过人间

公子优 ——

著

长江出版社
CHANGJIANG PRESS

目录

Contents

G U O R E N J I A N

我有一壶酒，足以慰风尘。
尽倾江海里，愿可祭英魂。

于令清："你最后还是说了拜拜啊，哥……"

活出一个人样。

也有幸福，光明，足以让一条狗

一个人逼成一条狗。但同时，它

它有诸多苦难，黑暗，足以将

我们就活在这人世间，

前言

献给所有心怀理想的人。

愿你纵使日夜饮冰，终究热血不凉。

也愿光从山河裂缝中照进来。

狗部

人生我陪你过，"狗生"我也陪你走啊。

——致于今清

第 一 章

于今清在合同上签下名字的时候才知道，名牌大学的本科生也不值几个钱。他签完合同正往回走，手机响了。

　　"喂，师弟啊，你最后签了哪儿啊？"电话那头是一个和他半生不熟的师兄，博士学位。

　　于今清不想告诉师兄，他把自己打包卖了，四千块钱一个月，便说："还没定。师兄，我跟你打听个事儿啊，079工程基地怎么样啊？"

　　师兄说："哎，079啊？你怎么就这么点儿出息，那就是个修飞行器的小破基地，你真想修飞行器，至少也得考虑一飞和二飞吧？"

　　于今清寻思着他是不是真把自己贱卖了，但嘴上还是道："师兄，你说我一个本科生，本科成绩也就那样，还是个考研失败的人，就算一飞二飞招了我，我拿什么跟硕士博士学位的人比啊？还不是进去打杂。"

　　师兄在那头拉长声音说："我这么跟你打个比方，修飞行器，就像扫厕所——"

　　于今清觉得无语。

　　师兄说："你扫家门口那个又小又破的公共厕所，扫着扫着可能哪天就有人好心给你升个职，让你坐那儿当个收费员和卖餐巾纸的，但估计那也到头了。你就每天接一块钱，递一包纸，说声欢迎下次再来，接一块钱，递一包纸，说声欢迎下次再来，可能你坐那儿连小肚腩还没来得及长出来就被机器取代了。"

于今清突然有点害怕，摸了摸自己的肚子，还好摸到的是八块硬邦邦的腹肌。

师兄继续说："但是你要是在电视台扫厕所——我听说想扫某电视台的厕所还得送钱，那你能见多少大场面，多少大明星，这能一样吗？"

于今清说："我吧，既不喜欢大场面，也不喜欢大明星。"

师兄说："哎，我说你怎么这么……哎，你转换一下思维，你想想，当大飞行器的总工、总设，能跟多厉害的人握手啊！这不是大明星？这不是大场面？你不喜欢？"

于今清说："也就那样吧。"

师兄说："那你就去 079 修飞行器吧。"

于今清："……"

师兄在那边叹了一口气，说："唉，你想去就去，至少是国企，受不了骗，也清闲，比你们班那谁谁跑去做房地产中介强点儿。"

于今清也叹了一口气，说："人家随随便便一单就是几百上千万了，我还在那儿领点儿死工资，能比谁强啊？"

师兄疑惑道："哎，你这是已经签了啊？"

于今清已经说漏嘴了，也懒得圆谎："是啊，我这不是怕你看不起那又小又破的工程基地吗？我以后就是一个扫厕所的，还就扫家门口那个了。"

师兄那边安静了两秒，又用故意显得特别乐观的那种口气说："这各有利弊嘛！你看我们实验室，'十男九痔'，一半是秃头，不全是被逼成这样的吗？你去 079 至少压力小，20 年以后同学聚会，你还是系草。"

于今清干巴巴地应了声"嗯"，心想：师兄你怎么知道你们实验室十男九痔？说得跟你见过似的。

师兄说："行了，你定了就别东想西想了，今天周五，咱们晚上撸串儿去？"

于今清说："我就不去了。"

师兄被噎了一下，说："你要是有天不想修飞行器了，去当健身教练也行。"

"行吧。"于今清挂了电话。

他觉得以后的人生就这样了，反正也没有方向，到哪儿不是一样？反正就是活着嘛，到哪儿不是活着？

转眼，毕业设计答辩结束。

毕业典礼上，校长讲话讲得像宿醉了直接来的体育馆一样，不过于今清也没关心，因为他们几个兄弟也是宿醉来的。

整个6月他们都在整日整夜地喝酒，好像要说完一辈子的话，喝完一辈子的酒，好像拖着行李箱走出校门以后，接下来过的不是人生，而是"狗生"了。

6月21日，当于今清和同窗4年的兄弟坐在寝室里，打算最后一起再打一次游戏的时候，走廊里响起了巨大的广播声。

他发誓，在本科4年中，寝室楼进了一个"变态"，广播没响；2楼某寝室充电器爆炸，广播没响；寝室楼隔壁的某实验楼着火，广播也没响。

而这一天，当他们兄弟几个最后打算玩一把游戏，告别这一起打游戏、一起看电影的光辉岁月时，广播响了——

"请各位同学注意，6月22号中午12点前，所有同学必须退宿。请各位同学注意，6月22号中午12点前，所有同学必须退宿。请各位同学注意，6月22号中午12点前，所有同学必须退宿……"

广播声无限循环，嘹亮豪迈，犹如冲锋的号角，让他们这几个兴致勃勃，哦不，手中"大刀"饥渴难耐的"狗子"，在这一刻萎了，并且萎得彻底。

因为在这一刻，他们突然意识到，他们做不了王侯将相，只能成为一只被捶的牛，进入社会，等社会把他们捶成一摊烂泥。

于今清站起来，穿越垃圾山、垃圾海，开始收拾他柜子里、抽屉里、床头上的一堆破烂儿。

他收拾了一个多小时，居然从全是鸡零狗碎的角落里收拾出几十封情书来——都是这四年的积累，有些还是快递来的，他根本都没拆。

老三正撅着屁股收拾衣服，一抬头看见于今清手上的情书，问道："哎，这是啥？"

于今清把那堆玩意儿丢到桌上，说："破烂儿。"

老三拿起一个天蓝色的信封，特别恶心地深深地嗅了一口："从来都是落花有意，流水无情，老四真是万花丛中过，片叶不沾身。"

这下其余几个人都一脸兴奋地围了过来。

于今清突然意识到，这四年过去，他只是丧气得要死，而没有变得像老三一样，真可谓坚贞了。

老二推了推眼镜，一脸深沉道："此话不对，机械系九男一女，哪儿来的万花？"

于今清深有同感地点点头。

于今清环视四周，觉得自己这朵出淤泥而不染的"白莲花"，临到头还被这堆"淤泥"污了一脸，反击道："四年里，只有我每天晚上都睡宿舍。"他狠狠地加重了"只有我"三个字的语气。

老大说："老四，一朵高岭之花。来，灯光师这边给一束灯光，键盘老师来一首《遇见》，工作人员请将话筒塞进这位观众嘴里——"

"高岭之花，念念。"其余几人趁机起哄道。

于今清一屁股坐在上床的台阶上，说："我不念。"

老大霸气地看了一眼老三，说："老三，你去买啤酒。"

老三穿着低腰裤，光着两条细长大白腿，从疑似某奢侈品牌高仿包里掏出一张卡，连捏着卡的手指都透着几分做作的气息："喝什么啤酒？"

他迈着模特步出去，没过多久，又迈着模特步回来了，两手空空。

其余几个人一脸了然。

很快，一个穿着酒吧制服的帅气男人出现在宿舍门口，两手拎着一堆五颜六色的酒，此时他面对一地垃圾，正一副不知如何下脚的样子。

老三随意一指，说："放我桌上。"

那是全寝室堆东西最多的一张桌子，不知该称其为奢侈品聚集地还是生活用品垃圾堆，神仙水与毛绒拉力器齐飞，红气垫共护手霜一色。

帅气服务员最后走的时候，老三对他说："明天见哦。"说完还没等人反应过来，老三轻轻一推门，就把门关上了——谁都知道，明天是个什么玩意儿！

老大开了一瓶酒，把瓶子递给于今清："老四。"

每人喝了几瓶酒之后，于今清就开始意识不清地给他们念他还没来得及扔掉的情书。他晕乎乎地抖着手去拿情书，心想：这几个家伙都比他能喝，他们就是故意的。

于今清大着舌头念："于今清学长，虽然你的过去我不曾参与，但是——"

"拒绝，下一题。"老二冷漠地推了推眼镜，说，"俗套。"

于今清拆开第二封情书，继续道："于今清学长，还记得歌王争霸赛——"

"下一个下一个。"老大挥手，"这一听就是给你献花的那个人写的，长得不清新，没意思。"

于今清打了个酒嗝，把那一堆信丢到桌子上，说："太烦了，我不念了，你们要看自己看。"

其余几个人拿着一堆信看来看去。忽然，老三从各色信封里挑出一封来："这是个快递，你也太负心薄幸了。我看看，哟，还是我们大一那年寄的，这你都没拆。"

老二摆出福尔摩斯的样子，说："老四大一刚入学就收了很多情书，估计懒得拆。你看，寄件人连名都没署，光画了一架飞行器，不会是飞行器设计系的哪个女生送的吧？"

老三说："你不拆啊？"

于今清看都懒得看，说："你们想看自己看。"

老大拆开快递看了一会儿，然后神色诡异地递给老二，老二看了，又神色诡异地递给老三。

于今清说："你们搞什么啊？"

老大深情地说："老三，你代表人民群众念一下这封信。"

老三做作地清了清嗓子，拿起桌上一瓶护手霜当话筒，放到嘴边："清清小朋友，几年不见，不知道你有没有长高——"

"停停停！"于今清酒全醒了，要去抢老三手里的信看落款。

老三灵活地躲开，伸出两条大长腿，两步跨过台阶跳到自己床上，半个身体躲在他自己挂上的深紫色丝绸床帐后面，一只手拿着护手霜当话筒，一只手拿着那封信，犹如站上了世界级演技大奖颁奖典礼舞台——也只有那儿容得下他了。

"'陈东君'——"老三看了一眼落款，故意拉长声音问，"是谁啊？"

"你把信给我。"于今清的声音里含着火气。

老三朝众人使了个眼色，不管不顾又开始念，声音里透着十足的坏劲儿："清清小朋友，几年不见，不知道你有没有长高。我现在一切都好。如果你同意的话，给我打个电话，我想五一假期来看你。你要是不同意——"

老三得意地向下看了一眼，眼睛里的嘚瑟劲儿还没来得及消失，就蓦地住嘴了，因为他看到于今清哭了。

打校赛摔断腿都没哭的于今清居然被他念封信念哭了。

老大说："老三，你下来，这过分了啊。"

老三从床上下来，讪讪地站在一边，把信递给于今清。

于今清从上至下把那封信看了好几遍，然后把挡在他前面的几个家伙挥开，说："我出去一下。"

老大拦住他，问："你没事吧？"说着又给老三使眼色。

于今清说："没事。"他拍了拍老大的肩膀，又看了一眼一向骄傲得像孔雀一样此时却不知所措的老三，"不怪你。"

说完，于今清就拿着那封信和快递袋往外跑。

天已经黑了，学校操场上空无一人，于今清一个利落的翻身，坐到一副双杠上。他拿出手机，存下快递袋上的电话号码。

大概是因为喝多了，他存号码的时候，几乎要用手指指着一个一个数字才能确认没有存错。

他看了半天手机屏幕，拇指在小小的电话符号上点了一下，拨了那个号码，大概也是因为喝多了。

"嘟"的一声，电话就接通了，但是没有人说话，只有呼吸声。于今清不知道这是自己的呼吸声，还是对方的呼吸声。

沉默良久，于今清忍不住轻轻地喊了一声："哥？"

电话那边传来低沉的声音，有点沙哑："清清。"

一别七年，他终于听到了这个声音。

他初二那年过生日，陈东君捧着蛋糕从黑暗里走出来，也是这样叫自己的。

那天，于今清放学回家，自己炒了个蛋炒饭。那时候他比同龄人瘦小得多，营养不良非常严重。一张巨大的圆桌，他坐在旁边，面前一个小盘子，圆桌剩下的部分就像一只大怪兽的黑嘴巴似的，似乎随时要把他吞下去。他特意把电视机的音量调得特别大，跟着里面的主持人一起哈哈地笑。

他扒拉着蛋炒饭，然后听到了敲门声，还有人喊他的名字。他调小了电视机的音量，才发现外面那个人简直是在踢门。

他听见陈东君在外面喊自己："你快点！"

"来了。"他赶快跑过去。

于今清一开门，就看见陈东君站在黑暗里，手上捧着一个双层的生日蛋糕，上面插了十四根蜡烛。

陈东君低下头，看着他说："清清，生日快乐。"

楼梯间的声控灯因为他的声音而亮起来，瞬间驱散了原本的黑暗。

"哎，你快放我进去，蜡烛都要烧完了。"陈东君笑着说。

于今清赶快把陈东君的专属拖鞋拿出来放到地上，那是鞋柜里仅有的一双拖鞋。

陈东君把蛋糕放在桌上，看见桌上还剩了一半的蛋炒饭，问道："你这是吃的什么啊？"

他一边说一边走进厨房，挽起袖子就要开始做饭，结果打开冰箱，发现里面除了六个鸡蛋，什么也没有。他又揭开电饭锅，里面只剩下半锅冷饭。

"我说了，你以后跟我回家吃饭。"陈东君又揉于今清的头。

他年长于今清三岁，正在读高二，个头已经长到了一米八八，身材精瘦，大手揉起后者的头来顺手得像揉一只小猫。

于今清没答应跟他回去吃饭，只是不好意思地去躲他的手，说："我们吃蛋糕吧，还有蛋糕。"

陈东君说："嗯，你去许个愿。"

当时，于今清闭上眼睛，双手合十，许愿以后自己能成为一个像陈东君那样的人。

陈东君是个成绩好又会玩的痞子，但他和街头那些小流氓不一样，笑起来虽然坏，可其实干干净净，是所有意义上的"干干净净"。

无论是他的什么，成绩也好，家庭也好，受欢迎也罢，一切都让于今清羡慕不已。

陈东君从小是家属院里的风云人物，于今清从三岁起就对他无比崇拜，心甘情愿给他当小弟。别说玩模拟打仗游戏的时候做他的副官，就算偶尔被迫穿上裙子做等待被王子拯救的公主，于今清都会半推半就同意的。

东君奶奶有次还真给于今清买了一条雪白的公主裙，他穿上后像小天鹅似的，她看着他说："整个家属院，哪个小姑娘能有清清好看。"

东君奶奶觉得这小孩一派天真可爱，逗着玩特有意思，就又说："跟你东君哥哥一辈子在一起，好不好？"

于今清看了一眼卧室，那一年他的字库里还没有"辈"字，他问："什么是'一被子'？"

东君奶奶咯咯直笑，说："就是一直跟你东君哥哥在一起。"

于今清眼睛亮了，大声宣告："我要和东君哥哥一辈子在一起！"

于今清妈妈和东君奶奶在旁边被逗得大笑，于今清妈妈故意说："你还没问人家东君哥哥同不同意呢！"

陈东君正在旁边拆一个机器人，拆得一地螺丝垫片挡圈，于今清跑过去蹲在他旁边问："东君哥哥，我一直和你在一起好不好？"

陈东君还在研究机器人的球形关节到底是怎么回事，他挥挥手，说："你别挡我的光。"

于今清又蹲到另一边，问："东君哥哥，我一直和你在一起好不好？"

陈东君被他弄得不耐烦，便说："行行行，我恩准了。"

于今清演公主一直演到七岁。

有天下午，家属院一群小孩又吵着要玩救公主的游戏，陈东君其实已经长大了，不想跟这些小屁孩玩这个了，但是他作为家属院的"大哥"，觉得"民意"还是很重要的。

作为大哥，他有义务带领诸位小弟玩他们想玩的游戏，于是他跟于今清说："你当公主。"

于今清跑回家穿上了东君奶奶送的那条雪白的小天鹅公主裙，那时候他还是苹果脸，大眼睛，水灵灵的，就是电视上拍童装广告的小童星也没他好看。

陈东君看到他，眼前一亮，突然想出个新玩法："以前我们玩了那么多次救公主，没意思，这回我们玩'找公主'怎么样？"

"怎么找？怎么找？"小弟们跃跃欲试。

陈东君对于今清说："我给你两分钟，躲起来。"

陈东君又看了看手腕上的电子表，对其余熊孩子说："两分钟以后我们去找他，谁先找到谁赢。"陈东君用电子表定了个时，"都不许看公主。"

所有小孩都捂住眼睛，于今清拎起裙摆拔腿就跑，他只想被陈东君找到，才不要被别人找到。

于今清一路疯跑，跑到了家属院的外面，他沿着马路走，想不出躲到哪里好，又怕其他小孩追来。这时候，他突然看见一条小巷子，很窄，差不多就两个人并肩站着那么宽，好像平时也没走进去过，可能别的小孩也不知道这个地方，他这么一想，就冲进那条小巷子里去了。

他跑进去以后，发现那条小巷子里没什么可以藏身的地方，就是一个死胡同。他在地上蹲了一会儿，有点想出去，但是突然看到大马路上一队小孩正从前面跑过去，他怕被找到，于是又向墙边缩了缩，没敢出去。

他等了半天也没人到巷子里来，有点儿得意，但是他蹲在地上脚都蹲麻了，又怕坐到地上坐脏了裙子，便觉得有点烦。他等着等着都傍晚了，实在蹲不住，一屁股坐到了地上。

于今清又等了半天，天渐渐黑下来了，他觉得其他人都把他忘了，早回家吃饭。他有点不高兴，怕再不回家就要挨爸妈的骂了，他拍拍屁股站起来，果然裙子都脏了。

他一边向巷子外面走，一边在心里嘀咕怎么陈东君也没找到他。

还没等他走出巷子，突然，一辆灰色的面包车停在了巷子口，那个刚好两人宽的巷子口一下子被那辆面包车挡了个彻底，他踮着脚也看不见外面。他抬头看了看，天快要全黑了。

面包车后座的门向后滑开，一个中年妇女从上面走下来，手里拿着一根棒棒糖。她蹲下来，笑眯眯地看着于今清说："小朋友，想不想吃糖呀？这个可甜啦！"

于今清一边向后退一边说："谢谢阿姨，妈妈说不能吃陌生人给的东西。"

中年妇女又朝他走近了两步，笑得和蔼可亲："阿姨不是陌生人，阿姨认识你妈妈，阿姨送你回家好不好？"

于今清摇头，心里越来越害怕，他扭头拼命往回跑，一边跑一边大声喊："不要！不要！"他听见身后急速的脚步声，巨大的黑色阴影笼罩在他的上方。

"救……"于今清幼小的身躯被提了起来，口鼻被一块湿毛巾捂住，于今清憋着气，拼命挣扎，结果还是被塞进了面包车里。

面包车的后座上还躺着一个小女孩，跟于今清差不多大，被绳子绑着，身上全是瘀青血痕，额头上一个紫红的大包，嘴被堵着，一双黑亮的大眼睛看着于今清，眼泪不停地从大眼睛里流出来，却一点儿声音都没有，像一只知道自己将被屠宰的动物。

于今清吓得大哭起来，一口气没有憋住，吸入了毛巾上的乙醚，晕了过去。

等于今清再醒来的时候，身上已经没有了公主裙，而是穿着条纹短袖和短裤，正躺在水泥地上，旁边是土砖砌的墙壁。

远处传来那个中年妇女的声音："我还以为是个小女娃呢，小女娃就分开卖了，要不卸了胳膊讨钱也行。"

于今清瑟缩着闭上眼睛，假装没有醒来，幼小的身体却控制不住地发抖。

他又听见一个男人说："男娃是好卖，这小孩长得也好，就是太大了，买回去还记着事儿，太麻烦了，要不还是分开卖吧？王哥那边说，急着要两个肾，那个女娃不一定对得上，都带去呗。"

于今清吓得脸色煞白，眼泪直往外流，他听懂"分开卖"是什么意思了，拼命咬着自己的手指才没发出声音。

中年妇女又说："也不一定配得上，王哥那一个肾才两万，有出七万买男娃的。"

男人说："主要他的年龄太大了，我看他当时还憋着气，挺机灵的，万一卖出去不认人，也是个麻烦。要我说，跟那个女娃一块吧，先看看能不能分开卖，不能分开卖就直接卸了胳膊和舌头讨钱得了，他长得好，肯定讨得多，还没那么麻烦。"

中年妇女说："行吧，那先把人都带到王哥那儿去吧。"

于今清赶快把眼泪擦干，像死鱼一样躺着，中年妇女过来把于今清和旁边那个小女孩抱起来，塞进面包车后座，自己坐上副驾驶座。

男人进了驾驶座，一边开车一边掏出手机打电话："喂，王哥，我这边有四个肾，正往您那儿去呢！"

"是，是，肯定是活的。"

……

"也就六七岁吧，一个男娃一个女娃。"

……

"太小啊，上回不是差不多的也能卖吗？"

015

......

"死啦？"男人啐了一口，浓痰吐在车窗外，"行，那行，那我看着合适再跟您说。"

男人把翻盖手机拍上，往口袋里一塞，说："送到另外那边去吧。"

中年妇女说："行。"

于今清缩在后座上，偷偷睁开眼，那个小女孩也睁大了眼睛，捂着嘴看他。他朝她眨了眨眼，把食指竖在嘴唇边，小女孩也朝他眨了眨眼，看起来很机灵。

于今清注意到面包车正从农村的山路上往外开，不一会儿就开到了两车道的水泥路上。他和小女孩都没被绑住，前面两个大人也忘了锁车门，他朝小女孩做口型："你一会儿跟着我。"

小女孩眨了眨眼睛，勉强对他笑了一下。

车开了挺久，开到一个类似乡镇集市的地方，人来人往，少量的汽车和大量的摩托车、自行车、行人都挤在一起，根本开不快。驾驶座上的男人骂骂咧咧："呸，什么玩意儿，这堵得……"

男人话音未落，于今清猛地推开门，从车门处滚了出去。

他的膝盖和手肘撞在地上，痛得他都有点动不了，但是他知道，躺在地上不动，就要被拉去卸了胳膊割了舌头，变成像他妈妈带他逛街时看见的那些没手没脚不会说话的小孩儿一样了。

于今清挣扎着爬起来，回头看了一眼，那个小女孩根本没出来，中年妇女从里面扯着她的头发，直接把那个小女孩从车后座扯到了副驾驶座。

于今清连滚带爬地扯住一个路人的裤子，说："救我，救我！"

那是一个老大爷，叽里呱啦地讲了几句于今清根本听不懂的方言。

于今清还没来得及再讲什么，就被人提起来了。他发着抖，转过头，四目相对，正是原本坐在驾驶座上的那个男人——大小眼儿，酒糟鼻，没胡子，猪肝色嘴唇，一口黄牙。

那个男人对着老大爷叽里呱啦说了一通方言，老大爷笑着点点头，又用方言说了两句，走了。男人用方言对旁边围观的大爷大妈讲了一通，然后把一直哭喊着"救我，求你们救救我，报警"的于今清塞进了车后座。

男人一上车就立马锁了车门和车窗。于今清坐在车后座，心情绝望，不停地发抖，他看见那个小女孩的两边脸颊已经肿得看不出原本的长相，脖子上全是瘀痕，此时已经晕过去了。

中年妇女转过头，目不转睛地盯着于今清，昏暗的车内光线将她的脸映得发青："再闹我就把你丢到井里去。"

面包车驶离了集市，大概开了三个小时，从大路又开上了山路。于今清饿得头晕眼花，一路颠得只想作呕，但没人管他，小女孩也还没醒。

男人又接了一个电话，说："嗯，我过两天就回来。"语气里全是不耐烦，"房子也砌了，妞妞上小学的钱也有了，不回来怎么了？我还不是为了这个家，你烦不烦？"

他正要挂电话，突然又换了个声音，语气近乎幼稚："妞妞，哎，是，是爸爸。妞妞乖不乖？"

……

"哎，你得了小红花啊？爸爸后天就回来。好，好，回来我给你带芭比娃娃。好，好，你想买什么样儿的就买什么样儿的。"

……

"行啊，肯定的，爸爸保证。"

……

"好，好，妞妞乖，妞妞再见。"

男人挂了电话，不久后面包车开到了一排平房附近，平房外面晾着花花绿绿的衣服，显得艳俗而廉价。

中年妇女说："定了？"

男人点燃一根烟，用手指夹着，张开嘴吸了一口，露出发黄的牙齿，牙缝很大，烟雾从他的鼻子里喷出来："还能咋的，别寻思麻烦事了，两个娃年龄都太大了。"

于今清缩在角落里，不停地发抖。他抓着车把手，死活不肯下车。男人去拖他，居然一下没拖动，就直接拿烟头去烫他的手指。男人按着烟屁股，像按在烟灰缸上似的，他被烫得眼泪直流，根本抓不住车把手了，男人这才把他从车座上弄下来，给了他两巴掌，拎起向平房那边走。中年妇女也从副驾驶座上下来，抱起那个没醒的小女孩，跟着他们。

还没走到平房，于今清就闻到了一股巨大的腐臭味，他忍不住干呕，却什么都呕不出。

越走近，那股腐臭味就越重，让于今清想起了大夏天特别热的时候，菜市场卖猪肉的那个摊子，苍蝇绕在摊子边，胖老板用手赶，却总也赶不走。

男人朝平房里喊："察爷。"

没人回应，他走近一看，门是锁着的。

中年妇女说："该打个电话来的。"

男人说："这里没信号。"

男人瞄了一眼窗户，于今清也跟着向里面看了一眼，转眼就开始干呕。男人把他扔到地上，他靠着墙，胃里什么都没有，只能不停吐胆汁。

男人指了指平房的另一边，跟中年妇女说："你看着他们，我到那边看看。"男人还没走，手机响了，他接起来，"喂，许爷啊！八万？哎哟！您这……是，是，肯定是男娃，好看，机灵，就是有六七岁了！城里娃，没病，白白净净的。"

中年妇女听他这么一说，又给他使了个眼色，男人继续说："行，我就带人过来给您看。行，行，回见。"

"我说了吧，人家不在乎七岁八岁的，都在山沟里，出不来，再养个七八年，不就养成自己的了？"中年妇女看了一眼地上的于今清说。

男人抽了一口烟，说："行吧，那女娃咋办？"

中年妇女说："现在察爷不在，要不办完男娃那边，再把女娃领过来呗，卖个两三万得了。"

"行。"男人点点头。

面包车又开了几个小时，在山沟里颠来颠去，于今清连胆汁也没得吐了，一脸菜色地躺在车后座。中年妇女递给他一瓶矿泉水、一个面包，说："快吃。"

于今清根本没力气接，中年妇女便说："停车。不是等着他们讲价吗？他这副蔫样，说好的八万，指不定就只给七万五了。"

她下车坐到车后座，把面包强塞到于今清嘴里，又给他灌水，跟填鸭似的填完了，他的脸色才稍微好看了一点。中年妇女拿着空包装袋坐回副驾驶座。

不久后，面包车停在了一栋土砖房前，此时土砖房前面已经围了好几个人。

于今清被拎下车，一个白胖男人走过来打招呼道："老尤。"

被称作"老尤"的正是开面包车的男人，他跟白胖男人握手，说："许爷，人带来了。"

许爷低声说："你八万，我只拿两万，别露馅。十万就是十万。"

老尤笑得露出一口黄牙，说："放心，这规矩我还不清楚吗？"

许爷点点头，朝身后招了招手。

土砖房门边的两个人朝这边走过来，一个是中年男人，黝黑枯瘦，还有一个中年女人，脸色蜡黄。中年男人穿着白色背心和蓝黄色条纹短裤，脚上一双茶色塑料拖鞋，中年女人穿着桃红色汗衫和白色圆点深蓝色长裤，脚上一双大红色塑料拖鞋。

许爷喊那黝黑枯瘦的男人"老周",喊那中年女人"周嫂子",又跟他们说了些方言。老周和周嫂子走近了,仔仔细细看了看老尤手上的于今清,于今清怕得直往后缩。老周去摸于今清,摸了半天才点点头,用方言说:"好,好,是男娃。"周嫂子又摸了一遍才跟着点点头。

老尤说:"那就一手交钱一手交娃。"

周嫂子又把于今清从头到脚摸了一遍,把他的条纹短袖短裤都脱了,让他光着站在土砖房前的一块水泥坪上。她仔仔细细看了半天,才跑回房里拿出一个大箱子,里面是一捆一捆的钱,十块、五十、一百的都有,还有个罐子,里面都是钢镚儿。

老尤和许爷花了老半天才把钱点好,要关箱子,周嫂子又摇摇头,拿了个塑料袋给他们,把钱全装进塑料袋里。老尤有点不乐意,许爷按住他,说:"小事儿。"老尤抽了口烟,提着塑料袋,说:"行吧,走呗。"

于今清就那么光着站在水泥坪上,看着老尤和许爷离开,他突然哭着朝周嫂子大喊:"还有一个小女孩,也买了她吧!"

老尤回头看了他一眼,加快脚步走了。

周嫂子皱起眉,她的手劲很大,长着茧的大手一把提起于今清,带着他朝土砖房里走,然后把他丢到一个塑料澡盆里,盆里的冷水激得他一个激灵。

周嫂子一边用方言讲着于今清听不懂的话,一边用一块布把于今清按在澡盆里搓澡,把他搓得全身发红发皱。

那天晚上,于今清坐在椅子上,看着面前的铝盆子里装的粥、丝瓜和咸菜,没有动筷子。

周嫂子不停地给于今清夹菜,但是他没有半点反应。

老周拿筷子往嘴里送粥,呼噜呼噜喝完一碗,看于今清还是没反应,他重重地把筷子拍到桌子上,拖着于今清到鸡圈里,用方言大吼了一通,拴上了门。

很晚的时候，周嫂子又跑进来，给了他两个馒头，里面夹着咸菜，然后她把鸡圈的门关上，出去了。

于今清垂着头，用力将馒头扔到地上，有鸡过来啄。

过了一会儿，他又哭号着爬过去，赶开那些鸡，拿起地上的两个脏馒头，拼命往嘴里塞，冷硬的馒头卡在喉咙里，差点让他喘不上气。

他好想他爸妈。

他好想他家。

如果这也是"救公主"游戏的一部分就好了，陈东君会站在他面前，拿着一把木剑，居高临下地对他说："你得救了，跟我走吧。"

第二章

于今清在鸡圈里睡了半个月后，开始知道帮着周嫂子洗碗、喂鸡。

又过了三个月，他就能完全听懂老周和周嫂子的话了。

半年后，他也能说当地方言了，他提出想去上学。

周嫂子坐在小板凳上，一边择菜一边说："没有学校。"

于今清小心地说："我可以走去很远的地方上学。"

周嫂子递给他一个簸箕，说："晒玉米去。"

于今清捧着簸箕，把玉米晒在水泥坪上。他坐在土砖房门前的水泥台阶上晒太阳，默默地跟自己说普通话。

"于今清，你叫于今清。"他不断地重复，"你不姓周，你叫于今清，记住。"

他开始背妈妈给他买的书里他能记住的诗，日子就这样日复一日地过。

于今清在老周家过的第一个年，周嫂子杀了鸡，做了鱼，包了猪肉大葱的饺子。老周喝了不少二锅头，不一会儿就喝醉了。周嫂子扶着老周去床上，扭头对于今清说："你洗碗，把鱼留着。"

于今清点点头。

他听到老周和周嫂子在炕上的动静，虽然他不太明白那是什么，但是每次只要有这样的动静，他们就会在房里不出来，一直到第二天早上才会起来。

于今清轻手轻脚地拿了个塑料袋，把剩下的饺子、鸡，还有其他菜，一股脑倒进塑料袋里，又拿了几个冷馒头放进去。天气冷，这些东西放两三天都不会坏。他把碗都洗了，只留下一盘鱼放在桌上。

于今清翻出周嫂子跟他说大年初一才能穿的新棉袄和新鞋子穿上，想着这样应该可以跑得快一点，不会被冻死。

他又拿了老周挂在墙上的手电筒和抽屉里的五十几块钱，然后拎着那一袋子剩菜冷馒头，悄悄地从老周家的土砖房里走出去，一路朝那天面包车开来的方向跑。

他远远看见对面也有手电筒的光，就干脆先关了手电筒。一个大肚子壮年男子迎面走过来，手电筒的光打在他脸上，他什么也看不见，只能眯起眼。

"你是哪家的小娃啊？"那人走到他面前，问。

"那边的，走……走亲戚。"于今清壮着胆子，朝远处一指。

"小娃别走丢咯。"那人憨厚一笑，"你怎么连手电也没有？你到底去哪里？"

于今清打开手电筒，用手晃了晃，笑着说："没事没事，我省电，我爹在前头接我。"

那人才点点头走了。

于今清吓出了一身冷汗，赶快又往前跑。

不知道跑了多久，他看见远处好像有水泥路了，他跑上水泥路，又沿着水泥路向前跑。路上有路灯，他又关了手电筒。

他跑了半天，看见远处有一栋办公室之类的建筑，窗户里还亮着灯，不由得放慢了脚步。他有点提心吊胆，后来他回想此刻，大概有点像近乡情怯的感觉。

于今清跑到办公室门口，轻轻地敲了敲门。他听见门里面有电视的声音，有点像《春节联欢晚会》。过了半天，没人来开门，他又敲了敲。

这回有人来开门了，是一名五十来岁的中年男子，穿着工作服。

"你走丢了？"对方打量他。

于今清摇摇头，用普通话说："您能听懂普通话吗？"

中年男人神色微微一变，用不太标准的普通话说："能。发生什么事了？"

于今清很认真地说："伯伯，我是被人拐卖到这里的。拐我的是一个女人，四十多岁，还有个男的，三四十岁。当时还有个小女孩，她跟我差不多大，现在我不知道她在哪里。他们有时候会把小孩卖掉，有时候把小孩变成乞丐，甚至还有更残忍的手段。我看到了好多身体残缺的小孩……"

于今清一口气说下来，说到后面激动万分，有些语无伦次："你们一定要把这些坏人都抓起来。他们十万卖的我，有个人拿了两万，有个人拿了八万……"

"今天过年，"那男人打断他的话，从桌上拿了一个橘子给他，说，"吃橘子。"

"谢谢伯伯。"于今清摆摆手，说，"我不吃了，您这里有没有电话？我想打个电话给我爸妈，我能背我爸妈的手机号。"

中年男人说："我喊你爹来接你。"

于今清说："你怎么知道我爸爸的电话？"

"你先看电视。"中年男人又塞了几颗水果糖在他手上，说，"坐着等。"然后他就走到里面一个房间里去了。

于今清的一颗心松懈下来，往嘴里塞了一颗糖。电视里有一群少女在跳舞，他觉得无聊，看着看着，就在办公室里的沙发上睡着了。

中年男人从里间的小窗向外面看，那个挺俊的小男孩正躺在沙发上睡得香。他拿起里间的一部旧电话机，却久久没有拨出号码。他脑子里有两个号码，一个号码是曾来过这里的几个警官给的；而另一个号码，连接着某个小村里的一部电话。

中年男人皱着脸，上面的沟壑更明显了。他的眼神在房间里游移，像拿不定主意。他转着脑袋，突然看到墙角的一斤椪柑，那是一个南下打工的老乡带回来的，一共就带了两斤，单单就给了他一斤。那天老乡握着他的手，一个劲儿地感谢他，说十里八乡又一年没出事，是他"保"了一方太平。

男人缓缓地把手指移到电话机按键上，拨出了电话。

于今清是被一个耳光抽醒的。

那个耳光直接抽得他从办公室的旧沙发上滚到了地上，于今清的额头被磕了一下，起了个大包，他还没来得及爬起来，脑袋上又挨了一下。

"十万块！十万块！"于今清上方的人一边揍他一边骂，"小畜生，我供你吃供你穿，你偷了我的钱就跑？"

中年男人把老周拉开，说："娃爹，好好说，好好说。"

"说啥！"老周指着于今清说，"养不熟，养不熟！"

周嫂子在一边抹眼泪，哭完了又去扯于今清，按着他跪在地上，说："给你爹磕头。"

于今清憋着一口气，即使被周嫂子的指甲掐得生疼，也不肯跪在地上，老周又冲过去给了他几下狠的。

周嫂子说："别打了别打了，大过年的。"老周一想到一家人刚还一起吃了年夜饭，转头这小白眼狼就穿着新衣新鞋，偷了手电筒和钱跑了，气更是不打一处来："今天我就打死他这个狼心狗肺的东西！"

他解开皮带，劈头盖脸对着于今清抽下去。"啪"的一声，于今清抖了一下，皮带扣刮到他眼睛下面，登时就是一条血口子。

周嫂子拉住老周，说："别打啦！别打啦！打破了相讨不到媳妇啦！"

老周挥开周嫂子，还要打于今清，中年男人把他扯到一边，低声说："老周啊，你这十万块钱买个娃，就要被你打死啦，你对他好点，好好说，养着养着不就养熟了？"

"养不熟，养不熟……"老周气喘吁吁地在一边踱步，他嘴上说着"养不熟"，但心里一想到地上那个白眼狼就等于十万块钱，到底没打了，就在一边气喘如牛地骂骂咧咧，把于今清骂成了"狼的传人"。

中年男人站在旁边，叹了一口气，拍了拍老周的肩膀，说："唉，大过年的，你们把人带回去，带回去。"

老周把于今清从地上拎起来，拖着向外走。于今清早就被打蒙了，他抬头看到中年男人身上的工作服，又看到墙上他已经认识的那几个红字，仿佛一切都是一场笑话。

于今清拼命去拉中年男人的胳膊，但是老周手劲儿大，他挣不脱，只能一边被拖着往外走，一边喊："伯伯，救救我，救救我，你说要喊我爸爸来接我的——"

中年男人没有走过去，他看着于今清被拖着出了办公室的大门，拖上了马路，离他越来越远，神情越来越绝望。

"他就是你爸爸。"男人低声道。

他的声音淹没在一派祥和的晚会结束音乐中。他身边已经没有人了，也不知道是说给谁听的。

他抬头去看斑驳墙壁上的那几个红字，遍布皱纹的黝黑脸庞上露出了淳朴的笑容。

今晚，他保护了一个生不了娃，一辈子和婆娘种田养鸡的农民。要是娃跑了，老周再攒半辈子钱，入了土也攒不了下一个十万。以前也不是没有过这种事，从前的老刘头，不就是花了五万买的媳妇儿跑了，一晚上就喝了药吗？

中年男人听着晚会主持人念出新春的祝福，在心里念叨：不，这些讲着一口普通话，穿得人模狗样的人，不需要保护。像老周、周嫂子、老刘头这样的人，才需要他的保护。

于今清被拖着从水泥路走上了泥巴路，四周都是土砖房，鞭炮噼里啪啦响，空气中遍布硫黄味和鞭炮燃放后的浓烟。

于今清就这么被拽着新棉袄的衣领往前去，新鞋子拖在地上，在泥巴地上留下两道长长的不规则的痕迹。

天光忽然一亮，他一仰头，看见满天烟花。

但是下一瞬间，那些光又全灭了，只剩下墨黑的夜，无星无月。

于今清在老周家长到了十一岁。

有天他正拿着笤帚在水泥坪上扫鸡屎，一群小男孩跑过来，他们都黑得跟小泥鳅似的，不但黑，还滑溜，大人都抓不住。

"周鸡屎！"一个小男孩拿着树杈绑着皮筋做的弹弓，从地上捡起一个石头，瞄准于今清。

于今清拿着笤帚，转头就往屋里头跑，那石头一下子打在他腿上，他一个趔趄摔在台阶上，膝盖一下摔出一个大口子，连着长裤都摔破了，血弄脏了长裤，淌到台阶上。

于今清回过头，那个小男孩正在对他笑，鼻涕都流到了嘴边，他还舔了一下，说："周鸡屎！周狗子！来啊！"

于今清抱着膝盖，不敢过去，他只剩下这一条好裤子，还摔坏了，老周又得打他。而且那小子是村长的儿子，自己要是打了他，老周只会把他绑着送去跪着认错，点头哈腰地赔笑，再当着所有人的面拿鞋底子抽他，抽得他脸都肿了，抽得他不停地说"对不起，我再也不敢了"，然后村长就会笑着拦老周，说："好好的娃，打他干啥？老周你也是的，小男娃哪个不打架。"这时候老周就会像小学生似的，说："是是是，您说的是。"

回到家，老周又会拿跌打药给他，骂骂咧咧地数落："你什么时候能不惹事儿？我说那浑蛋要我出啥开渠的钱，说人人都交了，我不早给了吗？那浑蛋，在这儿堵我……"

于今清看着那个"鼻涕虫"，慢慢站起来，转身向屋里走。

那群小孩都跑过来追他，他便赶快关上门，但是农村的土砖房有好几扇门，家家户户都差不多，白天都是门户大敞的，反正都是熟人，都穷。那些小孩一看这扇门关了，立即一溜烟地从另一扇门进来了。

老周和周嫂子都下田去了，屋里只剩下于今清，他还没来得及喘口气，就被那群小孩堵在屋里头了。

一个比他高胖多了的男孩拿着一根铁棒，"梆梆"地敲地："周狗子，你爹生不了娃，你是你娘跟哪个野汉子生的？"

那个拿弹弓的"鼻涕虫"哈哈大笑，说："周鸡屎是周狗子，什么野汉子，他是狗生出来的！"

于今清背后就是墙壁，他的手心贴在墙壁上，脑中突然出现了一个很模糊的画面：她牵着他在儿童书店里逛，给他买了一本带拼音的《唐诗三百首》，又带他去吃了他们那里唯一的一家麦当劳。

"清清，想不想要悠悠球？"她问。

"想！"小小的于今清说。

那个人又说："妈妈给你买，你一个，东君哥哥一个。"

于今清扑了上去，一双大眼睛像狼崽子一样发了狠，要跟那群大小"泥鳅"决一死战。

那里面好多大孩子，就连比他小的也比他黑壮得多，两下就把于今清打得趴在地上，但于今清下手也重，像不要命似的，让好几个人吃了亏。

"周狗子，你挺能啊，"有人踢他屁股，说，"站起来啊！"

于今清的手撑在地上，刚一动，一只脚就冲他手臂踢了一脚，踢得他的下巴磕到地上。

"鼻涕虫"刚挨了于今清两拳，有了一个黑眼圈，他一脚踩在于今清背上，说："周狗子，你还打我，你就只配吃屎！把他押到粪坑去！"

边上两个大点的男孩立马一左一右架住了于今清，把他架得双脚离地，直接往粪坑抬。众人来到粪坑边，"鼻涕虫"说："按着他，让他吃屎！"

于今清被推到粪坑边，被人按着脑袋，爬都爬不起来，只能手脚不停挣扎。他一摸摸到墙边一把镰刀，用镰刀把两边押着他的人挥开，说："谁过来，我砍死谁！"

于今清爬起来，站在粪坑边，双眼通红，一下子真没谁敢过去。

一群人对峙半天，大小"泥鳅"都去瞅他们的领袖，"鼻涕虫"面子上过不去，他看了看左右两边，说："你们还信周狗子真的敢杀人？上次他还不是跪着求我，被他爹拿着鞋底抽？"

有一个小孩说："他……他怕你，要不你过去呗？"

其他小孩都看着"鼻涕虫"，"鼻涕虫"涨红了一张小黑脸，说："去就去！"他恶狠狠地盯着于今清，"我要过去了！"

于今清扬起镰刀，在墙上敲了一下，土墙上的土砖渣子直往下掉，他一字一句地说："你试试。"

"鼻涕虫"左右踱步，说："我真的要过去了！"

突然，于今清的耳朵微微一动。

"好像是警察！"有人喊。

"屁！警察个屁！你就是怕了！"又有人叫道。

那人不服气道："你自己听，警车呜呜呜地叫，跟电视上演的一样！"

"你家有电视？说得跟你看过似的。"旁边有人插了句话。

"别吵吵。""鼻涕虫"指挥其中一个小孩，"你出去看看。"

"真的是警车，还是三辆！还有一辆不是警车的大车子，就停在外面，下来好多人！"那小孩儿大叫着跑了回来。

那群小孩一听，一窝蜂地向外面冲，两个胖的挤到一起，卡在门口还出不去。"鼻涕虫"在后面气得大骂"肥猪"，又几脚把其中一个胖子踹出去，一群人才一溜烟儿跑得没影了。

"当啷"一声，于今清手上的镰刀掉到地上，他脱力般一屁股坐在粪坑边，汗像下雨似的从脑门上淌下来。

"那里怎么回事？"一个扛着摄像机的人刚从车里出来，看到那群拿着铁棒木棍的小孩都从房子里冲出来，不解地随口问了一句。

一个警察站在旁边，摸摸后脑勺儿，说："小娃闹着玩儿吧？"

"大家都打起精神，这回是'打拐系列'第一期，从'解救'到'团圆'，一定都给我做好了！"一个胸口挂着工作牌的干练女性拍拍手，朝四周说。

说完，她走到一辆警车旁边，弯腰敲了敲窗户。车窗从里面摇下来，一个戴着墨镜的女人露出瘦削的下巴，说："李主任，真的确定是我儿子吗？我……太多次了，万一又不是，我……"

李主任点点头，站起身把车门拉开，又弯下腰，把自己的手放在面前这个女人的手背上，说："苟吉辉自己招认的，时间地点都对得上，年龄也对得上，就是她抱走的。别的小孩她记不全了，但是对穿公主裙的小男孩印象特别深，这个肯定不会错的。"

坐在警车后座的女人摘下墨镜，露出红肿双眼，眼睛里全是血丝。

"李主任，我真的……"瘦削的女人用手背捂住嘴，说，"你也是当妈的，你知道。我每次看到街上那些毁容的小孩，舌头都没有的小孩，看见他们睁着大眼睛看着我，我就在想啊，那是不是我的清清……我看见一个，报一次警，看见一个，报一次警——"

"那些得救的小孩，我都一个一个找去做亲子鉴定，你都不知道我等结果的时候是什么感觉。"

她用手捂着自己的下腹，说："李主任，你知道的，今年我被诊断出卵巢恶性肿瘤，三期，可是说实话，就是等这个恶性肿瘤的结果，都没我等亲子鉴定的结果那么让我害怕。我站在鉴定中心外面，就在想，那要真的是我的清清，我该怎么办？我怕得要死。但要是他不是我的清清，我又该怎么办？我更加怕得要死，我连他是不是还活着都不知道……"

"我觉得街上每一个被毁容的孩子都是……"她已经泣不成声，"都是我的清清。"

李主任作为新闻界的铁娘子，什么题材没拍过，现下却连她都跟着红了眼睛，她说："我喊你声妹子，闻雪妹子，你要是难受，我们就不拍，远远拍个背影就行了。你不想接受采访就啥也不用说，我们就带着今清早点回家。"

"谢谢你，谢谢，李姐。"董闻雪拿出纸巾擦掉眼泪，"我也不知道还能陪清清多久，他爸……不说了，不说了。"

李主任想要安慰董闻雪，可是作为一名新闻人，她知道，去年有相关报告显示卵巢癌在全国的五年存活率都不足百分之三十，在科技不够进步的国家里数值更低。她天生不会安慰人，只能说："那我先去看看，你跟我一起去，还是我把今清带过来？"

董闻雪沉默了一会儿，说："我跟你一起去。"

李主任点点头，等董闻雪下车。

摄像师在边上干着急，犹豫了半天，还是跑过来说："李姐，能不能过来一下？"

李主任跟他走到一边，问："怎么了？"

摄像师没敢在李主任面前纠结浪费她的时间，说："就是一会儿咱们真不拍啊？要是她不说点儿什么，孩子也不拍，那节目效果……"

"那是一个找儿子找了四年的妈。"李主任非常缓慢地说出这句话，声音低哑深沉得像一个老太太，"她找儿子找得连自己得了癌症都差点没发现，她老公都跟她离婚了，现在正在医院等着新儿子出生！"

"你还说节目效果，节目效果！"李主任难得有一次不管素质不素质了，指着摄像师的鼻子骂，"你先得是个人，然后才是个摄像师！那个在非洲拍了快饿死的小女孩被旁边的秃鹫盯着当食物的摄影师，得了奖是吧？然后呢？"

李主任加重了说话的语气："你告诉我，然后呢？"

摄像师深深吸了一口气，声音也哑得吓人："他自杀了。"

李主任点点头说："节目效果怎么样，是你的责任、后期的责任、我的责任，不是那对母子的责任。你跟着，别太近，他们要是有情绪，你立马关摄像机，尤其别吓着小孩，反正最后也要打马赛克的。"

"好摄像师首先要做到的，就是不把镜头戳到受害人的脸上去，更不要把摄像头戳到受害人的心里去。"她说完，看了一眼土砖房门口的警察，警察对她点点头。

她也点点头，转头走到董闻雪身边说："闻雪妹子，你准备好了我们就进去。"

董闻雪说："走吧。"

董闻雪走到土砖房门口，看见屋里的椅子上坐着一个男孩。男孩是背对着她的，一个年轻的女警正蹲在椅子边，对男孩说着什么。董闻雪几乎不敢走过去，因为那个男孩太瘦了，肩膀只有一点点宽，她觉得这个男孩比她记忆中七岁的清清还小了一圈。

董闻雪晃了一下，李主任赶忙伸手扶住她。

女警轻轻地对男孩说："妈妈在后面，你回头看看，是妈妈。"

男孩面无表情，只低着头说："她是老周的媳妇儿，不是我妈妈。"

董闻雪捂住嘴，那个男孩说的是普通话，虽然有很重的当地口音，但是她还是听出来了。她快步走到那把椅子后面，手颤抖着悬在男孩头顶，想去摸一下他的头发，又不敢真的碰到。

女警看了董闻雪一眼，眼圈也红了，说："你回头看看，真的是妈妈。"

女警温柔地说了好半天，又用眼神示意董闻雪站到前面来。

董闻雪终于把手轻轻地放到于今清头上，说："清清。"

瘦小的肩膀抖了一下，于今清慢慢转过身子，一双眼睛在两颊凹陷的瓜子脸上大得惊人。他脸色苍白，脸上还有刚才被人打出来的青紫血痕。

董闻雪一把将他搂到自己怀里，不停地喊他的名字。

于今清重重地按了按自己膝盖上的口子，疼得眉头一皱。他终于缓缓伸出手，回抱住董闻雪。

外面传来嘈杂的争吵声。

"你们这是干啥？干啥……"

"娃爹和我都是农民，是老实人啊！"

"这位同志，我们刚刚破获了一起特大跨省儿童拐骗贩卖案，经嫌疑人苟吉辉、许波雷招认，他们拐骗于今清并贩卖给周姓夫妇，经查实，确实是卖到了这里。"

"娃是我自己的，他姓周，姓周啊！养了这么些年……"

"这位同志，你先冷静一点……"

……

外面的争吵声又渐渐小下去。

一名年轻男警察走进来，跟年轻女警小声地说了些话。女警点点头，又走回董闻雪旁边，说："老周夫妇情绪很激动，说要是带走于今清，他们马上就喝农药。我看这样，你们先别出去，在里面待一会儿，等我们的同志稳定好他们的情绪，你们再找个机会上车。"女警轻轻叹了一口气，声音诚恳又无奈，"实在对不起，两边都有困难，你们才是受害者，但是没办法，这片都是这样，山沟里，命都可以不要，就为了要个儿子。我们跟他们沟通需要一点儿时间，希望你们体谅。"

于今清还抱着他妈妈没有松手，他抬起头，看着董闻雪，喊她："妈妈。"

董闻雪早就泪流满面。

"妈妈，我给你背背《唐诗三百首》吧。"于今清轻声说，"等我背完，咱们就回家。"

董闻雪坐下来，把于今清放在她膝盖上，说道："好，听清清的。"

本来还打算好好劝说的女警突然也跟着掉了眼泪。

空荡荡的土砖房里，响起了稚嫩的声音，和于今清说话的时候不一样。他背《唐诗三百首》的时候，字正腔圆，就像被选中在电视上表演节目的小童星。

"慈母手中线，游子身上衣。
临行密密缝，意恐迟迟归。
谁言寸草心，报得三春晖。"

土砖房里，温柔的女人坐在椅子上，看不清脸，她膝盖上瘦小的男孩只有一个背影，稚嫩的声音在房子里响了一遍又一遍。

陈东君手中的电视机遥控器"啪"的一声掉在地上，两节七号电池从遥控器里摔出来，不知道滚到沙发底下哪个角落去了。

陈东君妈妈从楼上的书房里走下来，问："东君，怎么了？你们老师不是让你们看社会新闻增加中考作文素材吗？"她看了一眼电视机右下角的标题，"这是社会新闻啊。"

"妈。"陈东君喊完一声，又沉默了半天。

"怎么了？"她疑惑地看着自己的儿子。

"那是清清。"陈东君说。

陈东君妈妈没听懂："什么？"

"我去趟奶奶家。"陈东君拿起钱包就跑。

"哎，东君，明天你还要上学呢！"他妈妈在他身后喊。

但是陈东君已经听不见了。

"你奶奶不是上周才来看过我们吗？"陈东君的妈妈自顾自说着，突然猛地一怔，转头看向电视里那个模糊的小孩背影。

电视声还响着，那个小孩还在字正腔圆地背古诗。

"临行密密缝，意恐迟迟归。意恐，迟迟归。"

陈东君拦了一辆出租车，报了一个地名。

他已经四年没有说起过这个名字了，也快四年没有回去过，平时都是他奶奶到他爸妈家看他。

因为四年前那件拐卖案，整个家属院里有小孩的，但凡家里有第二套房子可住的，全部搬了出去。

陈东君那时候读小学五年级，学校离家属院很近，他爸妈又很忙，没空管他，他就一直跟奶奶住。直到那个夏天，他带着一帮小弟，说了一句让他后悔一生的话——这回我们玩"找公主"怎么样？

之后他跟所有人一样，捂住了双眼，然后就再也没有看见过"公主"。

家属院里的熊孩子都消失了，陈东君也被他爸妈强行带走。他一次一次地偷跑回去，敲于今清家的门，坐在于今清的家门口傻等，然后一次又一次地被他爸妈揪回去。

接下来的整个暑假，他都被他爸妈关在家里，于是开学的第一天他就决定，以后每天放学他都去于今清家看看他回来没有。

直到有一天晚上，他又很晚才回家，他妈把一沓纸摔在桌子上，上面全是身体残缺的小孩照片。

"陈东君，你要是再乱跑，被人贩子拐了，就跟他们一样！"他妈妈吼出了这句话。

自此以后，陈东君不敢再回忆于今清的脸，也不敢再踏进任何和于今清有关的地方。

"师傅，麻烦停一下车。"陈东君看着车窗外斜前方的一条巷子口说。

司机师傅不太高兴地说："还没到呢。"

陈东君说："麻烦了。"

计价器上显示的是三十四，陈东君给了司机五十块钱，直接下了车。

这是刚才电视上出现过的巷子，陈东君自虐般走进去，一直走到死胡同的最里端，在里面站了好一会儿。

他站着看四周的墙壁，看外面的天，突然觉得不对，他应该半蹲着，这样他的视角才跟七岁的于今清一样，或许可以体会于今清当时万分之一的心情。

但是他发现他还是不行，他根本想不起七岁的于今清有多么高。

陈东君从巷子里走出来，往家属院小区走，走到院门口，他发现四年前那个小卖部还在。

那时候他的零花钱是所有小孩里最多的，他总是给于今清买棒棒糖吃，买了又不直接给于今清，逗得于今清哭，再把于今清哄笑，乐此不疲。

陈东君脸上泛起一丝柔和的笑意，他走进小卖部，发现这里棒棒糖的种类比四年前丰富很多，什么样的都有。

他一个新花样的棒棒糖也没要，只把四年前最老式的那种全买了下来，整整装了两个巨大的塑料袋才装下，就像要补齐这丢失的四年。

陈东君一只手拎着一个塑料袋往里面走，他没有思考，很自然地走到了于今清家楼下，抬头一看，于今清家亮着灯。

陈东君走上楼梯，站在于今清家门口，发现门口放了一双儿童运动鞋，他把右手的那袋棒棒糖交到左手，轻轻敲了敲门。

过了很久，里面才有人小声问："谁？"

陈东君把右手轻轻贴在门上，说："我。"

过了半天，里面的人才犹犹豫豫地问："你是谁？"

陈东君把脸正对着防盗门的猫眼，说："陈东君。"

过了一会儿，里面的人说："等等。"

陈东君微微别过头，听见什么东西移动的声音。

半晌后，门开了一条缝，一双大眼睛从门缝里往外看。

陈东君站在门外，安安静静地等着里面的人。

门又被拉开了一点，露出于今清脸颊下陷的瓜子脸。

陈东君站在门口，声音轻得连他自己都听不到："清清。"

门全打开了，于今清光着脚跑出来，抱住了陈东君的腰。

陈东君看见门边放着一把椅子，又低头看了看于今清，原来他才这么高，没有椅子还看不到猫眼。

陈东君左手提着两袋棒棒糖，右手不知该往哪里放，当他要把右手放到于今清头上的时候，于今清猛地后退，光脚直接磕在门框上，被绊得一屁股摔到地上，于今清痛得眉头一皱，但是眼睛里的惊恐还没来得及消失。

"怎么了？"陈东君向前走了一步，想去扶他。

"棒棒糖……"于今清白着一张脸小声说。

陈东君从袋子里拿出一个棒棒糖，脸上微微露出一丝笑意："要不要？"

一张中年妇女的脸从于今清的脑海闪过，他猛地站起来，瘦小的身体晃了晃，他刚站稳就重重地把防盗门关上，把陈东君和棒棒糖一并关在外面。

于今清背靠着防盗门坐着，听见陈东君在外面叫自己。

过了一会儿，陈东君不叫了，他说："我在外面等你。"

于今清站起来，又把椅子搬到猫眼下面，站到椅子上，从猫眼向外面看。陈东君一直站在外面，于今清一直悄悄地看着。

他看了好久，又搬开椅子，打开一条门缝，小声地喊："东君哥哥。"

陈东君"嗯"了一声。

"我不喜欢棒棒糖。"于今清小声说。

陈东君说："好。"然后他转身就往楼下跑，把两袋棒棒糖全丢进了楼下的垃圾桶里，再飞快地跑上楼。

他走到二楼中间的时候，发现于今清正光着脚站在门外，眼巴巴地向下看。

陈东君大步走过去，将一双手摊开在于今清面前，说："棒棒糖没了。"

于今清伸出小小的手，轻轻握住陈东君的手，把他牵进了家门。

第三章

第二天一早，于今清起床做好饭，分别装在三个保温桶里，然后背起书包，提着三个保温桶去上学。

　　他一开门，发现陈东君正站在他家门口，穿着市一中的校服，也背着书包。

　　陈东君自然地接过于今清手里的三个保温桶，说："走吧。"

　　于今清说："市一中是不是很远？"

　　陈东君说："嗯。"

　　"嗯？"于今清抬头去看他。

　　陈东君说："但是骑车很快。"

　　两人走到楼下，陈东君把三个保温桶放在一辆自行车的车筐里，对于今清说："上车。"

　　他刚说完就发现他的自行车太高了，便抱起于今清，将于今清放到后座上，自己再坐上去，回头说："抓稳。"

　　于今清伸出手，抓住了陈东君的校服，陈东君没有回头，但是向后伸出手，轻轻拉过于今清的两只手，放到自己腰上。

　　他骑着车，感觉到于今清瘦小的手慢慢地抱紧了他。

　　很快陈东君就骑车到了小学，他停稳车，把于今清放下来，说："清清，我下午来接你，你在学校里等我。"

　　于今清点点头，要去拿车筐里的保温桶。陈东君又说："我去给董阿姨送饭。"

于今清看着陈东君不说话，陈东君揉了一把他的头发，说："乖，等我下午来接你回家。中午你在学校好好吃饭，周末我带你去看董阿姨。"

于今清点点头，走进学校，走了两步又回头看了一眼。陈东君在他身后对他笑着挥挥手，说："快进去。"

于今清走进学校，拐了个弯，身影消失在拐角。他从一栋教学楼的墙角微微探出头，看着陈东君把自行车停在小学对面，拦了一辆出租车。

于今清皱起眉，低头站了一会儿，走去了教室。

陈东君拎着保温桶坐进车后座，说："去市医院。"

他下车以后，在医院外买了一束花，浅紫色的鸢尾配着娇小的蔷薇，还买了一个花瓶。当他走进病房的时候，看见董闻雪靠在病床上看书，她正输着液，还有管子从一旁的医疗仪器上延伸到她的病号服中。

他站在门口，轻轻敲了敲门框。

董闻雪抬起头，露出一个惊讶的笑容，不太敢确定地叫道："东君？"

陈东君走过去，说："董阿姨，我帮清清来送饭。"他把三个保温桶放在董闻雪触手可及的床头桌上。

"你去看清清了？"董闻雪看着他，笑容温柔，"上个月我接清清回来的时候，他跟我说，他要等你来，还拉着我给你买了拖鞋。"

董闻雪学着于今清的声音道："这是东君哥哥的专属拖鞋。"

陈东君笑起来，他给花瓶接了水，把鲜花插到花瓶里，放在窗台上，鸢尾和蔷薇在阳光下显得生机勃勃。

董闻雪看着这个才十四岁的男孩，他已经长得很高，笑容阳光，举止成熟。

"真好看。"董闻雪说，"以后你别来送饭了，你也快中考了。清清也不要来，他老是一个人跑来跑去，我不放心，我在医院吃饭就行。"

陈东君说："董阿姨，清清不会答应的，我也不答应。"他看到董闻雪手上的书，是一本小学三年级的课本，说，"这是清清的书？"

董闻雪低头看了一下那本书，眼神无奈又心疼："清清现在只能跟上小学三年级的课，很多内容学起来还很勉强，我就想着晚上他来看我的时候教教他。我其实觉得慢慢来就好，但是他看起来很急。他有一次说，他看到他以前的好朋友从六年级的教室里出来，已经不记得他了……他没说完，我知道他是怕我担心他。"

陈东君沉默了一会儿，说："以后我来教清清吧，我现在是年级前三，教小学生应该没有问题。"

董闻雪把书递给他，说："东君，清清的情况很特殊，不像小时候那么爱讲话。你可能也听出来了，他现在普通话讲得不是很好，课也跟不太上，但是他其实已经是一个很懂事的大孩子了。我只要他以后都平平安安，每天都开开心心，就够了。阿姨希望你如果要教他，也不要要求他太多，让他开心就行。"

"董阿姨，您放心。"陈东君点头说。

董闻雪问："你早上不上课？"

陈东君说："我请了一个学期的早自习假。"

董闻雪有些吃惊，说："你们老师能同意？"

陈东君笑着说："董阿姨，只要您早上能见着我，我就还是年级前三。"

董闻雪也跟着笑了，说："你啊，还跟小时候似的，考了双百分全家属院都要知道。"

"对了，昨晚我奶奶还问起，说您病了都没让她知道，清清回来了也不说，她特别不高兴。"陈东君说，"她说今天上午煲个汤，下午来看您。"

"让老人家担心了，是我的不是。清清刚回来的时候不太能适应，我在家陪了他差不多一个月，也就没跟别人说。"董闻雪解释道。

陈东君临走的时候，董闻雪忍不住说："东君，要是以后……你能不能一直陪着清清？我怕我……看不到他成年。"

陈东君看着董闻雪，这个在他印象里一直温柔漂亮的阿姨此时已经骨瘦如柴，眼角遍布细纹，虽然她的神情还是那样慈爱温柔，五官还是很漂亮，但是隐隐的，生命仿佛在以肉眼可见的速度流逝，空气里甚至可以闻到那种专属于久病之人的味道。

窗台上的鸢尾与蔷薇在阳光下开得娇艳，它们的茎插在水里，需要人天天换水伺候、小心呵护，可即便如此，也可能过几天就枯萎了。

陈东君缓缓说："董阿姨，快点好起来，在清清心里，谁也代替不了您。"

陈东君回到了学校。午休的时候，他坐在座位上看书，他同桌瞥了一眼，将他看的内容念了出来，他坐在座位上继续看，没理同桌。

他同桌直接念完了最后一行，又说："哎，别的我不记得，就这句我记得特别清楚！"他同桌揶揄道，"啧啧，你是不是对上回语文老师扣了你作文一分耿耿于怀，决心从小学补起？"

陈东君瞥了他一眼，嘴角微微勾起，没说话。

他同桌继续叽里呱啦，还没叨叨五秒，一个戴袖章的女生站到他同桌面前说："同学，你出来一下，午休时间喧哗，我记一下名字，你们班要扣分。"

陈东君用手背捂住嘴，一脸严肃地继续看书。

他同桌哀怨地看了他一眼，知道后者肯定在憋笑，执勤女生催促道："你快点出来。"他同桌垂头丧气地跟着女生出去了。

下午放学，陈东君收好书包准备出门，他同桌说："哎，你等等我啊，一起走呗。"

陈东君看了一眼黑板左下角，说："你得罚扫地。"

"哎，哎——"同桌愤愤不平。

陈东君说："还有，我搬家了，以后我们不顺路。"

陈东君打车回了小学，下了车一眼就看见于今清坐在学校花坛旁边，小小的身影，穿着小学校服，看起来特别乖。他旁边还坐了一个女老师，正在跟他说着什么。

陈东君走过去，于今清抬起头，露出一个笑容，喊道："东君哥哥。"

陈东君点点头，对女老师说："老师好，我是清清的哥哥。"

于今清说："这是我们班主任，杨老师。"

杨老师朝陈东君点点头，她看见陈东君穿着市一中的校服，便说："我打算跟今清一起去看他妈妈，有些话我想跟他妈妈说，但是今清要我跟你说。你今年多大了？"

陈东君说："14岁。"

陈东君看起来坚定又可靠，他也非常明白要怎么取信一位老师，他从书包里拿出上一次考试的成绩单，递了过去。

杨老师看到成绩单上的分数，又看到了年级名次后面那个"1"——省重点学校的年级第一，面前的孩子绝不是一般的小孩。

陈东君说："杨老师，我能和您单独聊聊吗？"

杨老师点点头，他们便去了杨老师的办公室。于今清乖乖坐在办公室外面看书，等他们出来。

杨老师拿出一份成绩单，她指着姓名为"于今清"的那一行道："你看，语、数、英，三门都没有及格。我知道今清情况特殊，成绩不是最重要的，他也非常努力，但是一直跟不上大部队，这样下去可能要留级。他本来就比别的孩子大几岁，不爱说话，又很敏感，在班上交不到朋友，这样下去就是恶性循环，永远走不出来。并且我最担心的就是他人回来了，心还在阴影里。"

陈东君沉默了一会儿，说："杨老师，这样，我给清清补课，每周过来和您交流一次。如果清清期末能有所提高，就不要让他留级。"

杨老师想了想，点点头。

陈东君又说："朋友那边，我找个机会，请班上的同学来家里玩。清清不太会交朋友，这方面也请杨老师多费心了。"

陈东君与杨老师又讨论了具体的补课方法，记下教学用书的出版信息，借了老师自己整理的资料准备拿去复印。

杨老师打开办公室的门，送陈东君出去，笑着随口一问："你是今清的表哥还是堂哥？"

陈东君走出去，牵起于今清的手，回头朝杨老师笑了一下，说："亲哥。"

杨老师一怔。

陈东君低头看于今清，说："清清，跟杨老师再见。"

于今清乖乖地说："杨老师再见。"

陈东君笑着抬起头，微微鞠了一躬："杨老师再见。"

杨老师脸上也慢慢浮现出笑意，说："再见。"

出了校门，陈东君又把于今清放在自己自行车后座上，于今清主动抓住他的衣服。

陈东君说："清清，我们回家吧。"

于今清把头靠在陈东君背上，轻声说："好。"

陈东君说："你抓好了，我带你飞过去。"这不像现在的他会说的话，那语气幼稚又嚣张，跟他十岁的时候一模一样。

陈东君一蹬脚踏板，自行车飞驰出去。

他们的车穿过一盏盏渐渐亮起的路灯，穿过一排排树叶渐渐掉落的梧桐，穿过一栋栋居民楼里飘来的做饭的烟火味。

傍晚的风有点儿凉，吹过清瘦少年的面庞和发梢，拂起他的衣摆，他身后的小孩靠在他背上，风一点儿也吹不到小孩。

两人回到家属院，陈东君把于今清扶下来，再背上他自己和于今清两个人的书包，牵过他的手，说："去我奶奶家吃饭好不好？"

于今清不肯动。

陈东君站到他面前，半蹲下来，和他四目相对："清清，记不记得奶奶？"

于今清说："记得。"他低着头，没有动。

陈东君看着他，没说话，却好像什么都明白了。过了一会儿，陈东君揉揉他的头，把他拉起来往他家走，说："那我们不去。"

到家之后，陈东君给他奶奶打电话，说他们不过去吃饭。他奶奶说："那你们等着，我把饭菜带到清清家去。"

不一会儿，东君奶奶就来了，几个保温盒一揭开，都是于今清小时候爱吃的菜。

东君奶奶下午去看了董闻雪，什么都知道了，现在再看于今清就更加心疼得不得了。陈东君已经长得挺高了，正在长个儿的年纪，很瘦。但于今清比他还瘦，不仅瘦，个子还只有一点点高，脸颊凹陷进去，看着一点儿血色都没有。

饭桌上，她不停地给于今清夹菜，看着他吃了两碗饭才放心地收了碗筷。她收好保温盒，问："东君，你什么时候回来？别太晚，明天还要上学。"

陈东君点点头，说："放心。"

东君奶奶对他孙子一直很放心，也没多问，又搂着于今清好一阵心疼，絮絮叨叨说了好些话，才拎着保温盒走了。

陈东君问："清清，今天有作业吗？"

于今清点点头："有，语文、数学、英语都有。"说着便从书包里翻出课本和练习册。

陈东君也从书包里拿出模拟卷，笑着说："我跟你一样，一起做。"于是两个人就在大圆餐桌上做起了作业。

陈东君做卷子很快，几乎不用多想，做卷子的速度类似别人抄卷子的速度，他做完一张数学卷后，注意到于今清的数学练习册还翻开在同一页，只写了几个字。他拿着笔，指着其中一行，说："一位数乘以多位数，来，我们来看看啊。"

于今清"嗯"了一声，陈东君接着说："乘法口诀我们背过是不是？七乘以十七，你看，"他在草稿纸上列了一个竖式，"七七四十九，所以这里，个位是九，对吧？我们在十位上写一个小小的四，一会儿要用到。再来，一七得七，所以十位我们又得到一个七，我们再用这个七加上刚才得到的四，得到十一，所以结果就是一百一十九。"

于今清点点头，陈东君有点夸张地说："哇！你这么快就会了啊？这个超难的，我当时学的时候学了一个学期都没学会！那我们再试试下一道六乘以二十九？"

于今清在草稿纸上照着陈东君的方法计算题目，很快算对了，陈东君还没来得及夸他，就听到他低声说："东君哥哥，你小学不是每次数学都考一百分吗？"

陈东君："……"

陈东君说："嗯，我就是期末考前最后一晚学会的。"

于今清说："哦。"

陈东君说："那我们再看看下一道题。"

于今清拉着陈东君的袖子，说："你别真拿我当三年级的小学生。"

陈东君摸了一下他的头，说："好。"

于今清说："你以后别送我上学了。"

陈东君说："不行。"

于今清低着头说："我都看见你坐车走了。"

陈东君揉了一把他的发顶，说："那也不行，快做题。"

陈东君看着于今清把作业都写完了，又给他解决了不少之前的问题，陈东君发现他学东西很快，只要讲解清楚，再耐心地等他练习一下，很快就掌握了。

陈东君轻声问："是不是老师讲得不好？"

于今清摇摇头。当然不是老师的问题，是他上课的时候静不下心，在陈东君送他之前，他上学路上怕遇到人贩子，去给他妈送饭也怕遇到人贩子，坐在课堂上又担心放学遇到人贩子。

他还会想到他以前的同学，又看着身边比自己小了好几岁的小孩，就更加着急，越急越是什么都听不进去。有时候他听着课，就会想到他妈妈，有时候甚至会莫名地想起老周和周嫂子，不知道他们会不会真的去喝农药。

他会看"打拐系列"的每一期，那个散发着腐臭味的平房大概还没有被人发现，那个叫作"老尤"的酒糟鼻没有被抓到，和他一起被拐卖的小女孩也不知道在哪里。

于今清低着头，什么也没说。

陈东君没忍心再问，他看了一下手表，说："你去洗澡，等你睡了我就回家。"

于今清洗了澡，躺到床上，陈东君给他关了灯，说："明天早上我在门口等你。"

他轻轻走出卧室，开门换鞋，准备回他奶奶家，还没走出去，就听见身后有脚步声。他回过头，看见于今清光脚站在卧室门口，手扒着门框。

"怎么了？"陈东君问。

"东君哥哥。"于今清喊他。

"嗯？"

"你能不能不走？"于今清说。

陈东君看着门边的小孩，说："好。"

那一晚，陈东君躺在于今清旁边，他听见于今清极不规律的呼吸声，感觉像是在哭。他伸手摸了摸于今清的脸，却没有摸到眼泪。

于今清抓住他的手，突然说："我没有爸爸了。"

陈东君紧紧回握住他的手，却不知道该说什么。

"我回来那天看见他了，他带我和妈妈去吃饭，然后接了个电话就走了。回去之后，我问我妈，爸爸什么时候回来。妈妈哭了，我才发现，我们家里没有爸爸的东西了。除了……除了……"于今清光脚跑下床，开了灯，打开床头柜，翻开上面压着的东西，最后露出一个背面朝上的相框，"除了这个。"

那是一张三个人的照片，温婉美丽的女人穿着连衣裙，男人穿着白衬衫，中间的小孩穿着背带裤。

"为什么只有我和四年前一样，其他的都不一样了？"于今清问他。

陈东君突然想起，今天上语文课的时候，他们老师说了一句话——行囊太重的人是走不远的。

陈东君闭了闭眼，好像想通了为什么于今清在学校会听不懂课。如果行囊太重会走不远，那么一人一半的话，应该会好一些吧？

陈东君从于今清手里拿过那个相框，放到一边。

"清清，有时候没有办法，有些人会来，有些人会走。"陈东君给于今清盖上被子，关了灯，再躺到他旁边。

于今清静默很久，突然问："那你会走吗？"

陈东君在黑暗里揉了一下于今清的脑袋，说："不会。"

于今清问："你保证？"

陈东君回道："我保证。"

于今清又问："永远不会吗？"

陈东君说："永远不会。"

那时候陈东君还不知道，有些事必须要有人去做，有时候人会被生活推着走。

董闻雪在第二年冬天的时候出院了。

那时候于今清已经在上小学六年级了，她出院的前几天，学校的老师说，于今清很有希望在初中追上以前的同学。陈东君当时比于今清还高兴，那个周末他带着于今清去游乐园疯玩了一天。

于今清长高了不少，从前个头不过齐陈东君的胸，现在已经到他的肩膀了，但还是比同龄男生矮一些，仍然瘦得过分。

不同的是，他比从前话多了不少，反而更像个十二三岁的小孩了。

其实游乐园那些过山车、跳楼机、海盗船，于今清一个都玩不了，不知从什么时候起，他就特别容易头晕，坐车都晕得厉害，所以这些他一概无法尝试。于是陈东君专门挑那种跟旋转、摇摆都没有关系的游乐设施给他玩。

后来于今清看见打气球的，五块钱十发子弹，打中十发就能送一个比他还高的熊。他用大眼睛看着陈东君，还眨巴了一下，说："我想玩这个。"

陈东君付了钱让于今清玩，于今清只中了六发，低着头不高兴，陈东君笑着说："我给你打。"

他又付了五块钱，拿起枪打。第一次只中了八发，老板说可以送一个小一点的玩偶，陈东君看了一眼旁边的于今清，又给了老板五块钱，说："再来一次。"

这次他十发全中，老板笑着说："挺厉害啊。"

陈东君笑着说："没办法，谁叫我弟弟要。"

那个熊又高又胖，于今清两只手都环不住，他勉强抱着，连前面的路都看不见，一张脸几乎全埋在熊嘴巴里。陈东君好笑地看着他抱着那只熊往前走，游乐园其他行人都给他让道。

当路过叫作"高空探险"的游乐设施的时候，陈东君停下脚步看了一会儿。

那是仿制的飞行器外壳，里面是空的，本质上和海盗船之类的东西没多大区别，一根机械臂带动一排飞行器在空中翻转。

于今清费力地把头转过来，去看陈东君，问道："你怎么不走了？"

陈东君看了一会儿，说："走吧。"

于今清没动，他说："你想玩这个吗？我在下面等你啊。"

陈东君沉默了两秒，说："这些跟实物根本不一样。"

于今清狡黠地冲陈东君眨眨眼，他抱着大熊，用身体撞了撞陈东君，说："你想玩就直说嘛，装什么深沉！"

陈东君其实想玩，但被他这样一说，反而面无表情地说道："不玩。"

于今清讨好地说："哎呀，你去玩嘛！我什么都不说，我乖乖地在这里等你。"

陈东君居高临下地看了一会儿于今清，于今清摆出一副"我很听话"的乖巧表情。

陈东君一本正经地说："那你不许乱跑，站在我看得见的地方。"

于今清大力点头，一脸"我会一如既往崇拜你"的表情。

陈东君交了钱坐到飞行器上，四周响起电子音乐的声音，其中夹杂着拙劣刻意的电子配音。于今清抱着大熊，看着陈东君坐在飞行器上飞来飞去，有点羡慕。

陈东君每翻一圈都会看一眼于今清，于今清抱着熊冲他笑得明媚。

陈东君又翻完一圈，到设施外侧的时候他继续向于今清本来站的地方看过去，居然没有见到人。他瞬间全身如坠冰窖，心跳仿佛停止。

这时候设备已经快停了，正在慢慢下降，但还没有降到最低处停稳，陈东君就解开安全带，从座位上跳下来朝外面跑。

"你干什么呢？"工作人员吓得大喊。

陈东君被关在护栏里还出不去，有冷汗从他额角上掉下来，他压着声音里的焦急，说："快开门！"

幸好这时设备已经完全停下来了，工作人员骂骂咧咧地打开设施外侧的大护栏。

陈东君飞奔到设施外面，却不知道要去哪里找于今清，四面都是人，他像一只被困在玻璃瓶里的苍蝇一样毫无头绪。

他慌乱地左顾右盼，心越来越沉，这时，他突然听见于今清在远处喊他："东君哥哥，我在这儿！"

陈东君回过头，只见于今清正远远地坐在一棵树下的长椅上，冬日的阳光从树上洒下来，把于今清映得像一个天使，大熊坐在他旁边，像一个憨厚的守卫。

陈东君感觉所有凝固的血液在这一瞬间重新流动起来，那一刻他才发现他的心跳得有多快。

陈东君快步走过去，双臂撑在长椅的靠背上。两人四目相对，他声音低哑道："我不是让你站在我能看到的地方吗？"

"我看飞机转看得头晕，站不住了。"于今清小声说。

陈东君站直身子，深深吸了一口气，又呼出来，说："我的错。"他一只手抱起于今清的大熊，一只手牵起于今清，说："走吧。"

于今清有点害怕，说："东君哥哥，你生气了吗？"

陈东君握他的手紧了紧，说："没有。"

"要是我再把你弄丢了，就真的不能原谅自己了。"他在心里对自己说。

"我们去看董阿姨。"陈东君牵着于今清走出了游乐园,坐车去医院。

病房的窗台上是陈东君新换的康乃馨,床头桌上摆了几本书,还有一些看起来新鲜的水果。那些水果是陈东君买给于今清吃的,因为董闻雪已经不能吃这些了。他们每个周末都会来陪董闻雪,下意识地,他们每周在医院待的时间越来越久,没人问为什么。

董闻雪躺在床上,鼻子里插着管子,头发已经掉光了,她虚弱地朝两个少年笑了笑,说话的声音轻得像一片羽毛:"东君带清清出去玩了?"

陈东君笑着点点头,把熊放在旁边的一把椅子上,说:"这回考试成绩出来了,清清语文考了九十六分,数学和英语都是一百分,还有一个多学期,清清上市一中肯定没问题。清清很努力。"他看了一眼于今清,后者笑起来,被夸了还有点不好意思。他接着说:"我想,也不能只学习,就带清清去游乐园玩了一天。"

董闻雪轻轻点头,说:"东君,是你教得好。你在,阿姨很放心。"她知道陈东君一年多以来付出了多少,陈东君就像同时在做于今清的爸爸、哥哥、朋友、老师,甚至是心理医生。

她看着清清的笑容越来越多,听清清说成绩变好,听他说跳了级,又交了新朋友,有一次还带了几个同班同学来医院看她。

那些小朋友捧着鲜花和水果,站在床前祝她早日康复。那时候她抬头看到陈东君站在一边,正看着清清和别的小朋友说笑打闹,眉眼里都是纵容。

有些事做起来,一天两天是很简单的,要日复一日地坚持就太难了。窗台上从来没有枯萎过的鲜花,每天早上没有断过的保温盒……有些时候保温盒里的饭味道变了,她能吃出来,那不是清清做的。床头桌上的水果一开始是她爱吃的,后来就换成了清清爱吃的。床头桌上的书，只要书签放到了最后一页，就会被带走，第二天就会有新的书放在那儿。

她一开始每天都会对陈东君说"谢谢"，后来就不说了。

当陈东君就像她的另一个儿子的时候，她说不出口了。

于今清坐在床边，拿着《诗经》给他妈妈念。他念到《关雎》："关关雎鸠，在河之洲。窈窕淑女，君子好逑……"

董闻雪"扑哧"一声笑出来。

陈东君正坐在旁边给于今清剥橙子，听到这里也笑了："那个'君子好逑'的'好'，不是四声，是三声。"

于今清"咦"了一声，问："电视里都是四声啊！这句的意思不就是说，君子都喜欢追求窈窕淑女吗？"

陈东君给于今清嘴里塞了一瓣橙子，堵住他胡言乱语的嘴："这句诗的意思是，窈窕淑女，是君子好的追求对象。"

"哇！"于今清含糊不清地嚼着橙子，"东君哥哥，你是君子吗？"

董闻雪看着自己儿子，又笑出声，还无奈地摇了摇头，眼睛里全是笑意和疼爱。

陈东君挑眉说："你觉得呢？"

"嗯，那窈窕淑女是不是你的好逑？"于今清吞下橙子，又好奇地看着陈东君。

陈东君想了想，说："比起'窈窕淑女，君子好逑'，我更喜欢'三十功名尘与土，八千里路云和月。莫等闲、白了少年头，空悲切'。"

等他念完，于今清似懂非懂地点点头，他笑着说："你继续念吧。"

于今清念完《关雎》，又念了几首别的。当他念到《氓》的时候，疑惑道："'士之耽兮，犹可说也。女之耽兮，不可说也。'这是不是说……"他突然恍然大悟，"我知道，这是不是一首倡导男女平等的诗？"

这首诗确实提到了男女的不平等,陈东君一本正经地点点头,也没纠正他读错的字: "说说你的想法。"

于今清得到了鼓励,说: "你看,这就是用反讽的手法,男人和女人做了同样的事,别人只说男人,不说女人。"他说着说着,突然觉得哪里有点不对, "这不是说男女平等的,这是在让我们保护女性,不要说她们?"

陈东君又往他嘴里塞了一瓣橙子。

于今清知道自己又胡说八道了,他想起刚才陈东君居然还点头,就一副气鼓鼓的样子。

陈东君笑着说: "等你上初中了,是要学这一篇的,别弄错了。这是在说爱情,男人沉迷于感情,还能解脱,女人沉迷于感情,就——"

他突然住了口。

这首诗的内容是在说一个婚后被丈夫虐待甚至抛弃的女人,陈东君担心地看了一眼董闻雪,而她仍然只是温柔地笑着。

于今清好像明白了什么,坐在一边不讲话。

陈东君和于今清走出病房的时候,于今清问: "那首诗到底是讲什么的?"

陈东君想了想,还是把整篇内容完完整整地翻译了一遍。

于今清半天没说话,一直到出了医院,才突然说: "原来这篇是讲我爸爸的。"

陈东君没有说话,当于今清躺在他身边,连眼泪都哭不出来,只能不停地急促呼吸的时候,那个曾经和蔼可亲的于叔叔在他心里就已经变成了一个浑蛋。

但他已经明白,一个人是没法评价另一个人的人生选择的。

直到两人到了家,陈东君坐在于今清对面,他才想好要怎么跟于今清说。

"清清，你看着我。"他们四目相对，陈东君郑重道，"其实，每个人读书都是在读自己的人生。清清，你还很小，你读这首诗时，只要记住，以后做一个对得起自己良心的人就好。你可以怪那些伤害你的人，谁也没有资格让你原谅他们。但是有一点，不要让他们占据你的人生，一个角落也不要给他们。"

于今清的眼睛睁得更大，里面有什么东西在闪动。

陈东君发觉自己这一年多来变了很多，从前他不会说这样的话，但此刻他说："我希望你的人生里永远有一束光。"

希望你人生里的这束光，让每一个角落都被照亮，让每一个角落都开满鲜花。

第二天早上，陈东君去给董闻雪送饭的时候，董闻雪对他说道："东君，我打算出院。"

陈东君修剪康乃馨的手一顿，回过头去看她，却说不出话。

"东君，阿姨知道你的心思比别的小孩重。"她笑着说，"不，其实阿姨没把你当小孩，跟昨天的事没关系。我只是觉得……我的身体什么样我知道，这个病不能谈治不治得好，只能谈有几年的存活时间。昨天，在你们来之前，有个以前和我聊过天的大姐走了，但这些我都不想跟清清说。清清的学费和生活费我是算过的，现在银行里的存款供他读完大学是没问题的，可我再治下去我就不知道了。"

陈东君想说什么，她摆摆手打断他："癌症病人，最后一段时间，很多痛苦都来自治疗，如果我躺在这里，什么都感觉不到，那没有意义。最后一段时间，趁着我脑子清醒，还能动一动，我想多陪陪清清。"

这个时候，陈东君说不出让她积极面对治疗、一切都会好起来那样的话，那样的话既苍白又无力，所有久病之人都听惯了这些，有如被爱与希望胁迫。

他修剪好花枝，换了水，说道："董阿姨，我帮您去办出院手续。"

那天傍晚，陈东君接于今清回家，开门的一瞬间，于今清看见了坐在轮椅上的人。

"妈妈！"于今清连鞋都没脱就跑过去，说，"你好了吗？好了吗？医生准你出院了？"

董闻雪对陈东君微微点了一下头，才揉了揉于今清的脸，说道："是啊，医生终于同意了。"

于今清在客厅里疯跑了一圈，最后抱着陈东君大喊："我妈妈好了！以后我每天都可以见到妈妈了！东君哥哥，我也跟你一样，有一个不生病的妈妈了！"

陈东君突然鼻腔一酸，说："是啊，你跟我一样。"

他慢慢露出一个笑容，然后把于今清举起来，带着于今清在客厅里慢慢地飞了一圈。

于今清把手臂张开，就像真的在飞。

于今清小学毕业的那个6月收到了市一中的录取通知书。

那天他故意把手背在身后，等陈东君来的时候，再自己给自己来了段"当当当"的背景音乐，然后迅速地把录取通知书贴在陈东君脸上。

陈东君微微退了一步，才看清上面写着什么。

于今清觍着脸说："嘿嘿，东君哥哥，你能不能借我穿一下你的校服？"

陈东君去拿校服给他，于今清穿在身上长了一大截，就像披了一个大袋子："哇，我还想着以后我可以穿你的校服，你可以穿我的校服。"

陈东君捏他脸说："那你就快点长大啊。"

于今清成长的速度并不慢，但是再快，也追不上董闻雪生命流逝的速度。

他还没来得及长大，董闻雪也没能看到他长大的那一天。

于今清上初中后，陈东君不用再骑自行车送于今清去附近的小学，也不用再去医院送饭。陈东君奶奶近年腿脚越发不方便，虽然她还想跟老街坊住一起，但是身体跟不上，于是她搬到了陈东君父母家，连带陈东君也被一起打包搬回去了。

陈东君升入高中部，他爸终于不再抱着"儿子需要历练"的心态，只丢给他一辆自行车，而是给他安排了一个司机，送他上学。

那天早上，陈家的司机一如既往开车先去接了于今清，再送两人一起去市一中。陈东君还是在于今清家门口等人，于今清穿着市一中的校服，远远看上去就像小一号的陈东君。

他站在门口，跟董闻雪说："妈妈再见。"

董闻雪坐在轮椅上，也笑着说："清清再见。"

陈东君在外面朝她微微点头，董闻雪也笑着点点头。

快关上门的时候，于今清听见董闻雪喊他："清清。"

于今清又回过头，董闻雪不舍地看了他好一会儿，他看了一下手表说："哎呀，我要迟到了。"

董闻雪宠爱地点点头，说："去吧。"

门要关上的那一刻，她又提高声音补了一句："注意安全，照顾好自己！"

"照顾好自己，清清。"她说。

那天傍晚，陈东君送完于今清，正坐在车上，司机的车还没开出家属院的大门，陈东君的手机突然响了，来电显示是于今清家的电话。

"清清？"

电话那头一片死寂。

"清清？"陈东君又叫了一声，随后立即对司机说，"张叔叔，麻烦掉一下头，回家属院。"

车开进家属院，电话那头还是没有人说话，只有急促而不规律的喘息声。

"等我。"陈东君下车后，飞奔向于今清家，他手上的手机还一直放在耳边。

当他跑到二楼的时候，听见电话那头的人说："东……东君哥哥，我……我妈妈是冷的。"

第四章

董闻雪被推出来的时候已经化好妆了，她被放在一口透明密封的棺材里，眼角的细纹被抹平，过分凹陷的面颊被填补得饱满，看起来脸色红润。

　　于今清站在旁边看了好久，然后转过头，给了陈东君一拳。

　　"骗子。"他说。

　　陈东君抓住他的手，把他狠狠按在自己怀里，说道："我是骗子。"

　　于今清挣脱不开，只能一拳一拳砸在陈东君背上。

　　葬礼是在殡仪馆举行的，等葬礼结束，就进行遗体火化。董闻雪的照片悬在中央，旁边摆满了花圈。

　　于今清跪在供桌旁，送走一批又一批来吊唁的人。来吊唁的大多是家属院的街坊邻居，因为自从董闻雪疯了一样开始找儿子之后，她和以前的朋友、同事慢慢断了联系，一直到下午，连他们家亲戚也没来一个。

　　傍晚，这间追思堂里已经只有于今清和陈东君两个人了。

　　陈东君出去买了几个豆沙包，弯下身对跪着的于今清说："吃点东西。"

　　于今清低头跪着没说话，陈东君把他拉起来，拖到外面，说道："你给我吃点东西。"

于今清甩开他的手，说："滚。"

陈东君看了他一会儿，转身就走。

于今清在后面看着陈东君离开，呆呆地在原地站了一会儿，又回到里面跪在地上。

"我的雪雪啊！"

于今清听见一声哀号，抬起头，看见一个灰白头发的女人从外面冲进来，趴在玻璃棺上号哭，他走过去，问："请问您是？"

那女人抬起头，眼睛里没有眼泪，说："菁菁，我是舅妈啊！"

于今清想了想，自己是有一个舅妈，但是很多年没见过了，于是说："我不叫菁菁，我叫于今清。舅舅呢？"

女人脸色一僵，说："噢噢，舅妈喊错了，是清清，清清。你舅舅在后头，就来，就来了。"

这时一个身穿深蓝色中山装的男人走了进来，肤色蜡黄，满脸沟壑。

"舅舅？"于今清问。

那个男人点点头，说："清清啊，我来看看雪雪。"

于今清跪下给二人磕了个头，按谢宾客的礼对待。

舅妈又在玻璃棺旁边号哭了一通，然后走到于今清面前，说道："清清啊，你以后怎么办啊？"

于今清一愣，他没想过要怎么办，所有事情都是陈东君一手处理好的，便说："送完我妈，我就回去上学。"

舅妈过去搂着他，说："哎哟，你可心疼死舅妈了，你的学费哪个给你交哦？你吃饭怎么办？"

于今清有点不适地退开，说："学费我妈存好了，我自己会做饭。"

舅妈看了舅舅一眼，说："你才这么一点点大，哪里会照顾自己哟，连存折都不晓得用吧？你跟舅妈走，住舅妈舅舅家。"

舅舅附和说："是啊，清清，你现在是未成年人，哪能连监护人都没有。"

　　于今清说："我的监护人是我爸。"

　　舅舅一愣，说："雪雪不是和姓于的离婚了吗？"

　　于今清没说话。

　　舅妈说："你就跟舅妈、舅舅走，你还记得表哥吗？哎呀，他可想跟你一起玩了，老是说要看清清弟弟。你看，你跟舅妈回去，你每天就跟哥哥一起上学下学……"

　　"他有哥哥了。"少年的声音从外面传来，显得冷静坚定。

　　于今清向外看去，陈东君正站在追思堂门口，面无表情。

　　"你……你是哪个？"舅妈脸上泛起疑惑的神色。

　　"你是姓于的那边的？"舅舅看着他说。

　　陈东君把于今清从地上拉起来，护到自己身边。

　　舅妈见他没说话，当他默认了，脸色有点不好看："哎，姓于的自己都没来，你一个堂哥来算怎么回事？你别是巴巴地奔着雪雪的存款来的吧？"她想去拉于今清，被他用手一挡。

　　"哎哟，你还打人！"舅妈一下坐到地上，"菁……清清，你这什么堂哥啊，还打人，你要是真跟他走了，不得天天挨打啊！"

　　舅舅也在旁边唉声叹气："这……这算是什么事，姓于的那边一个大人都没来，一个不知道哪儿来的小孩儿就要把我们清清带走……"

　　陈东君的脸色很不好看，于今清站在旁边，看见他的脸色，一把抓住他的袖子，说："你别走了。"

　　陈东君握住于今清抓自己袖子的手，说："我不姓于，我以前是董女士的邻居，她治病花费金额巨大，后期已经没有任何存款，还向我家借了20万。"陈东君看了于今清一眼，眸色深沉。

　　于今清微微点头，陈东君又说："我家也不着急，本来打算等于今清大学毕业工作了再还钱就行，收5万利息。"

舅妈疑惑地问道："清清，你不是说你妈妈把你的学费都存好了吗？"

于今清说："是存好了，借来的，存好了。"

坐在地上的舅妈脸色一白，不号了，指着陈东君骂："5万的利息，你们吃人啊！吃人！谁敢收5万的利息！"

"清清大学毕业，差不多十年以后才能还钱，这个年利率比银行最低的借贷利率还要低，甚至低于通货膨胀率。"陈东君把于今清推到他舅妈那边，说，"不要利息也行，今天你们替外甥还了钱，人带走。"

"这……这……"舅妈半天没敢把于今清拉到自己身边去。

"谁知道你说的是不是真的？借条呢？借款证明呢？"舅舅脸上的沟壑都挤到了一处，难看得很。

"就是！"舅妈一抹脸，站起来说，"你把借条拿过来！"

陈东君笑道："你们看了借条就打算还钱了是吗？我没工夫跟你们闹。一句话，还钱，我就让司机带你们一起去看借条；不还钱，我们就不要浪费时间了。"

于今清的舅妈朝外面一看，看见一辆黑色的车子，她不认识车的品牌，但看起来就贵得要死，再一看到车子牌照后三位都是8，立马就知道面前这个小孩不好惹。

她再回过头，看着陈东君就那么云淡风轻地站在旁边微笑。

舅妈扯出一个笑，拎起包说："清清啊，那……那舅妈下次再来看你啊！"她拽起旁边的舅舅，低声说，"走走走……"

董闻雪的照片挂在墙壁上，他们却没有回头再看一眼。

陈东君在后面，语气淡淡道："礼金单在那边……"

舅妈脚步一顿，像没听到似的拉着舅舅加快脚步走了。

"不要利息也行，今天你们替外甥还了钱，人带走。"于今清在旁边重复了一遍陈东君刚才那句话，语气冷淡。

陈东君一把将于今清抱进怀里，于今清感觉到陈东君胸膛的震动。

"他们想把你带走，想都别想。"陈东君说完这句话，突然一愣，又补充道："你是我弟弟，不能给别人做弟弟。"

"嗯。"于今清拉住他的胳膊喊他，"哥。"

从那一天开始，于今清开始喊陈东君"哥"。

天色已经很晚了，殡仪馆外下起蒙蒙细雨，突然传来一道刹车声。

于今清转头一看，一个穿着黑色西装的高大男人举着一把黑伞正朝这边走来，于今清死死地捏住陈东君的手，说："我不想他进来。"

于靖声站在门口，收了伞，将伞装进一个塑料袋里，又将皮鞋在外面的垫子上蹭了蹭，才走进来，说："清清。"

于今清别过头去。

陈东君微微点了一下头，喊道："于叔叔。"

于靖声点点头，说："是东君啊。"他放了一个很厚的信封在礼金桌上，但没有在礼金单上写自己的名字。

他又走到于今清身边，问："清清，最近怎么样？"

于今清没说话，于靖声也没再说话，他走到玻璃棺前，跪下来，低着头，看不见表情。他从西装口袋里摸出一颗干松果，放在玻璃棺的边缘。

"闻雪，"他的声音很低，大概只有自己能听到，"快二十年了。学校小花园里有几棵松树，傍晚我们走在树下面，这颗松果正好砸在我头上，你捡起来，放到上衣口袋里，跟我说它是'定情信物'。你还和当年一样，是我变了。"

"是我的错，不该跟你提什么去申报死亡，再要一个孩子。从那个时候起，我就知道，你不爱我了。我……"于靖声的头垂得更低了，"我不该放弃的，可是你知道的……不说了，我不该在你面前说那些。"

高大的男人在玻璃棺边跪了很久，方才起身。

上一次他这样起身，应该是十五年前吧？他牵着那只柔软细长的手，听见那个女人用温柔的声音说"好"，然后站起身。

只不过那一次，他的西装上插了一枝娇艳的红玫瑰，而这一次是一朵白菊。

于靖声走之前，对于今清说："你要不要搬去跟爸爸住？"

于今清沉默半晌，问："只有爸爸吗？"

于靖声不知该如何回答，此时追思堂里突然响起欢快的手机铃声，于今清眉头一皱。

于靖声从口袋里拿出手机，于今清瞥见他手机上挂着一个吊坠，是一个小相框，相框里是一张全家福——高大英俊的男人，漂亮陌生的女人，女人手上还抱着一个小婴儿。

于今清已经不用等待于靖声的回答了，他说："请你出去接电话，不要吵到我妈妈。"

于靖声叹了一口气，快步走出了殡仪馆。

等于靖声再进来的时候，于今清把那颗松果递给他，说："你忘带走了。"

于靖声没有接松果，说："那是……"

"我妈妈不需要。"于今清把松果塞到他的西装口袋里，退开两步，脸上没有表情，"谢谢您来看她，再见。"

葬礼举行了三天，殡仪馆的工作人员将董闻雪放到用于火化的棺材里，送去专用火化炉火化。

于今清站在外面，看着董闻雪被推进去，情绪激动地冲上去推开工作人员，陈东君立刻从他身后抱住了他。

工作人员被推得一个趔趄，但还是理解地点点头，在一边等于今清冷静下来。

陈东君轻轻捂住于今清的眼睛，于今清转过身，把脸埋在陈东君的胸口。工作人员以询问的眼神看陈东君，陈东君微微摇了摇头。

等他感觉到于今清的呼吸彻底缓和下来，才轻声对于今清说："清清，你想好要不要看。看了会难受，不看会好过一点，但是以后可能会后悔。"

过了很久，于今清转过身，对工作人员说："对不起，我给您添麻烦了。"

工作人员摇摇头，说："没关系的。"

然后于今清紧紧地握着陈东君的手，看着工作人员将棺材推进去火化。

"哥。"

"嗯。"

"哥。"

"嗯。"

"哥——"

陈东君把手放在于今清的后脑勺上，于今清终于安静下来。

最后，他们要把燃尽的骨灰装进一个坛子里。于今清装填骨灰的时候一言不发，最后抱着那一坛骨灰，说："原来这么轻。"

他们挑选完骨灰盒，将坛子放在骨灰盒里。骨灰盒很沉，于今清第一次居然没能拿起来。

陈东君突然想到他爷爷去世的时候，家中一位长辈说："骨灰很轻，骨灰盒却很沉，大概是为了让手捧骨灰的人记得那里面不仅是骨灰，更是一个曾经存在的人。"

肉体最终灰飞烟灭，而生命却永远沉重。

陈东君站在于今清身后，陪他走出火葬场，什么都没有说。

此后陈东君还是每天和于今清一起上下学。

初中部比高中部早一节课放学，于今清通常在教室里做作业，等陈东君来了，两个人再一起回去。

有一天放学，于今清把所有作业都做完了，一看时间，已经过了陈东君下课的点，于是收拾好书包，准备去陈东君他们教室外面等他。于今清走到高中部的教学楼时，发现大部分教室都空了，等到了陈东君他们教室门口，看见教室里的情景，他赶快退了一步。

一个高挑的女生正在和陈东君说话，陈东君背对着教室门，于今清看不清他的表情，而那个女生脸上带着笑意。

于今清躲在教室外，听不清完整的句子，只能听见那个女生说："我们……一起……"然后陈东君说："好……那就……"过了一会儿，教室里传来女生甜美的笑声。

于今清一把推开教室门，门被撞得发出一声巨响。

陈东君转过身来，女生被吓了一跳，一把抓住陈东君的胳膊，躲在他身后。

于今清突然特别黏糊地喊了一声"东君哥哥"，喊得自己鸡皮疙瘩起了一身，然后站到陈东君身前。陈东君看着于今清的发顶，突然笑了出来。

女生惊讶地看着他，他平时笑容不算多，难得这样笑一次，笑容里全是阳光。

陈东君不着痕迹地将手臂从女生的手中抽离，揉了一下于今清的头，说："王楚越，这是我弟弟清清。"

王楚越好奇道："你弟弟也在一中啊？"她笑得甜甜的，一看就是很有教养性格也很好的那种女孩子，随即又道，"弟弟你好啊！"

于今清把头抬起来，不知道怎么了，突然来了一句："不是亲的。"

陈东君眉头一皱，说："说什么呢？"

于今清把陈东君推开，说："我自己回去。"他虽然这样说，但脚一动都没动，就站在旁边瞪着陈东君。

陈东君对王楚越歉然道："我得回去了，弟弟得罪不起。"

王楚越笑着说："行，那你周五别忘了。"说完，她还跟于今清招手，"弟弟再见。"

于今清鼓着脸，也跟她招手说再见。

陈东君朝王楚越点点头，揽过于今清的肩膀，说："清清大人，咱们回家。"

于今清从陈东君的臂弯里跑出去，一个人走在前面。陈东君没追上去，就在后面不紧不慢地跟着，他看着于今清穿着校服故意走得很快的样子，心里觉得既可爱又好笑，唇角不自觉地微微勾起。

于今清走了半天，都要走出校门了，见陈东君居然还没追上他，回过头说："你怎么走这么慢？"

陈东君大步走到他身边，说："我怕遭你嫌弃。"

于今清撇嘴，说："总有人不嫌弃。"

陈东君走在一边没说话，于今清抬起头觑了陈东君一眼，说道："哥，周五我想去看我妈。"

陈东君看他一眼，说："周六上午我陪你去。"

于今清垂着脑袋，觉得他哥就是电视剧里的猪八戒，别看现在长得跟小白龙似的，其实就是见色忘义的典型。

走到校门口，陈东君照常给于今清拉开车门，把手挡在车门框上让他进去，但他理都没理，看也没看陈东君一眼，就从车后面绕到临近马路的另一侧。

于今清还没来得及自己拉开车门，一辆摩托车飞驰而来，眼看就要撞上来，他感觉自己被猛地一拉，撞进一个胸膛里，摩托车的轰鸣声和闷哼声同时在他耳边响起。

陈东君的右手紧紧护着于今清，右手臂外侧的校服已经全被划破了，鲜血从校服裂口的边缘浸透出来。

于今清愣了好一会儿才反应过来，他想去摸陈东君的手，又不敢真的碰到对方的伤口，只能叫了一声："哥。"

陈东君用没受伤的那只手拉开车门，说："上去。"

"嗯。"于今清闷声应了，小心地拉着陈东君的手臂，钻进车里。

司机张叔焦急道："去医院吧？"

"没事，我就擦破点皮，您先送清清回家。"陈东君镇定道。

一路上没人说话，于今清一直小心翼翼地看陈东君的脸色，可什么也没看出来。到了家属院，陈东君说："张叔叔，麻烦您多等一会儿，我送清清上去。"

两人进了家门，于今清赶快拿起药箱，说："哥，你先把衣服脱了，我给你把伤口洗干净，再涂点紫药水……"

"啪"的一声，于今清话都没说完，脸就被打得一偏。

大大的药箱掉在地上，药品和棉签散落一地，于今清呆呆地站着，看着陈东君的手掌。他的脸肿得老高，巴掌印在苍白的脸上清晰又突兀。

陈东君眼中闪过一丝后悔和心疼，他想上去摸于今清的脸，于今清却挥开他的手，一口气跑进了卧室，猛地摔上门。

陈东君站在卧室门口喊了于今清一声，又抬手想敲门。

"你跟那些打我的人贩子没区别！"于今清的声音从门内传出来。

陈东君的手一顿，声音压得很低，话里全是火气："于今清，你给我把门打开！"

过了半天，门从里面打开了，于今清站在门边，一脸的泪痕。他觉得他什么都没有了，现在连陈东君也留不住了。

陈东君看见他肿得老高的半边脸和挂在脸上的眼泪，叹了一口气："过来。"

他转身去洗手间，于今清跟在他身后，看着他打湿一条毛巾，又拧干。

陈东君说："你再过来点。"

于今清又走近一步，紧挨着陈东君。

陈东君一只手放在于今清的后脑勺上，一只手用毛巾把于今清哭花的脸擦干净，然后放下毛巾，把被冷水弄得冰凉的大手覆在于今清肿起的脸颊上，说："别哭了。"

于今清也拿过一条毛巾，打湿，拧干，轻轻放到陈东君被划破的手臂上，一点一点把上面的血痕和污迹擦干，说："哥，你痛不痛？"

于今清低着头，细细擦拭伤口，陈东君看着他后脑勺上的发旋随着他的动作晃来晃去，说："特别痛，痛死了。"

"啊！"于今清的动作更轻了，每一次擦拭都小心翼翼，就像捧着价值连城的易碎宝物，"哥，你打我打得对，都是我的错。"

"以后你不准自己开门。"陈东君说，"听见没？"

"嗯。"于今清闷声应道。

"你想去哪儿跟我说，我陪你去。"

"嗯。"

"周五我陪你去看董阿姨。"

"嗯……嗯？"于今清猛地抬起头，脸还肿得很难看，眼睛里却仿佛有星星，"哥，你不和王什么越一起了？"

陈东君把手放在于今清的脑袋上，好笑道："你说什么呢？"

"哼。"于今清又低下头。

陈东君揉于今清的头，说："周五你下课后来找我。"

周五最后一节课是数学课，离下课还有五分钟的时候，于今清就开始收拾书包了，他同桌大为吃惊，压低了声音说："'数学王'的课你也敢这样？"

"我也是被逼无奈。"于今清压低声音说，"我哥有情况，我得去抓现行。"

他同桌一脸的不理解："你干吗害你哥？"

"我怕他误入歧途。"于今清神秘兮兮地说，"你没看到思想政治课本上那句话吗？秋天的果实才是甜美的，要是他在春天就去尝，只会尝到苦涩的滋味。"

他同桌若有所思地点点头，说："你不愧是上个学期期末考试思想政治满分选手。"

"于今清——"讲台上的数学老师拍了拍黑板，说，"你上来做这道题。"

于今清背着书包走上了讲台，他拿起粉笔，手速飞快，在他落下最后一个符号的时候，不早不晚，下课铃恰好响了。他回头看了一眼讲台下，大家都还在埋头做题，没人解出来。他又别过头看着数学老师，一副尿急的样子："王老师……"

数学老师看着黑板上的完美答案，板着脸点了点头。于今清夹着腿，背着书包，一溜烟跑出了初中部的教学楼。

当于今清跑到高中部教学楼的时候，高中部的学生还没放学，正在课间休息。他站在走廊上，看见陈东君坐在座位上，身边围着一圈女生。

于今清没跑进去打招呼，他走出了高中部，跑到学校的打印店，花了两块钱印了薄薄一沓纸，然后守在陈东君他们班门口，等人下课。

当人陆陆续续出来的时候，于今清开始分发手中的纸，他长得好看，白白净净，规规矩矩，也没人管他，真当他是帮老师完成任务的低年级学生。

"麻烦看一下。"于今清把一张纸递给一个扎马尾辫的漂亮女生，笑得乖巧。那个女生点点头，接了纸，一边走一边看："'秋果春尝'的十大危害？"

一个满脸青春痘的男生走过，于今清对他乖巧一笑，但是没有发传单。平时于今清要买什么都是陈东君付钱，现在于今清身上只有两块钱，只印了二十张纸，他只能有针对性地发传单给他看准的目标对象。

又有一个短发的可爱女生走过，于今清笑着递上传单，说："小姐姐，请看一下。"

过了一会儿，又走来一个清秀帅气的男生，于今清想了想，走上前去，把纸递给那个男生，说："麻烦看一下，谢谢。"

那个男生接过纸，看了一眼，哈哈大笑："哪儿来的小弟弟？"

恰好此时陈东君走了出来，于今清赶快将手中剩下的纸往书包里一塞。陈东君走过来，对于今清说："你等我一会儿。"

刚才接了传单的男生说："陈东君，这是你弟？太搞笑了吧！"

陈东君挑眉，看了一眼于今清，明明乖巧又可爱，说："他哪里搞笑？"

"你看，哈哈！你弟刚给我发传单，哈哈哈！"那个男生把手上的纸递给陈东君，"'秋果春尝'的十大危害，哈哈哈！"

陈东君看了一眼那张纸却没接，只道："挺适合你。"

帅气男生："……"

于今清严肃地说："我们老师要我发的。"

"嗯。"陈东君点点头，摸了一下于今清的脑袋，"清清，黑板报还要收个尾，你大概还要等我三十分钟，先进来。"

于今清乖乖地坐在陈东君他们教室里，一边写作业一边看陈东君和王楚越一起出黑板报。那时候正值载人太空探测器热潮，SZ 系列探测器鼓舞了所有人，那一期黑板报叫"祖国的载人宇宙探测器"。

王楚越画得一手好水粉画，黑板上有三分之一是她用颜料画出来的宇宙探测器升空图。此时她正拿着水粉笔在右上角画漫画版的宇航员头像。陈东君写得一手好字，对宇航知识也很了解，所以她特意拜托他负责黑板报的文字部分。

王楚越站在椅子上，陈东君半蹲在黑板下方，一行字从左写到右，于今清眼看着两人就要撞在一起，猛地站起身，把笔扔到一边。

正在写字的陈东君转过头来，问："有题不会？"

于今清点点头，鼓着脸说："你教我。"

陈东君走过来，修长的手指上还有粉笔灰，于今清从书包里拿出餐巾纸，抓着陈东君的手给他擦干净。

陈东君问："哪里不会？"

于今清胡乱一指："这个。"

陈东君坐在他旁边，耐心地给他讲完那道题，准备继续去出黑板报。他偷偷看了一眼王楚越，发现她还没画完，一把拉过陈东君的袖子，说："这个我也不会。"

陈东君看了一眼题目，说："这不是和上一题一个解法吗？"

"是这个。"于今清的手指微微下移了一点。

"于今清小朋友，这几道题都在应用同一个知识点。"陈东君捏了一把于今清的脸，笑着说，"你刚才是不是没认真听？"

于今清讨好地拼命点头："哥，我错了，你再给我讲两遍吧！我这回一定认真听。"

那天下午，陈东君发现于今清突然间变笨了，等王楚越画完了黑板报所有需要绘画的部分，陈东君都没搞定于今清。而于今清不但什么都不会，还一脸委屈地看着他，他只好对王楚越歉然道："王楚越，你先回家吧，我锁门。"

王楚越犹豫了一下，她知道陈东君喜欢机器人、宇宙探测器，还有一些与科技、科幻相关的东西，她作为宣传委员，特意麻烦陈东君帮她一起出一期黑板报，然后就有理由请他看电影，说是答谢。她书包里有两张时下热映的科幻电影票，可是她问不出口，因为陈东君已经低下头继续给于今清讲题了。

"那下周见。"王楚越说。

王楚越走了以后，于今清很快就搞懂了所有问题，陈东君用笔轻轻敲了一下他的头，说："你刚才搞什么鬼？"

于今清摸着被敲的脑袋，说："我没搞鬼。"

陈东君站起来，拿着粉笔到黑板前继续写刚才没写完的字。于今清支着下巴，看着他的背影，教室窗户外的斜阳把光照在高挑清瘦的少年身上，半个身影隐在暗处，半个身影却在发光。

"哥，你喜欢王楚越吗？"于今清轻声问。

陈东君转过身，光将摇曳的树影映在他脸上，影影绰绰。

"不喜欢。怎么了？"陈东君用食指摩挲着被用得很短的粉笔，于今清看不出他的情绪。

"那你喜欢谁？"于今清站起身来，上身前倾，好像这样就可以尽快得到他想听到的答案。

"喜欢谁啊？"陈东君转头看着窗外，说，"不知道。"

"不知道啊？"于今清喃喃，"嗯，那你知道的时候告诉我啊！"

陈东君笑道："我告诉你干什么？"

"我……我帮你追呗！"于今清鼓着脸说。

陈东君不笑了，他转过身去，继续写字。

"但是，哥，早恋是不对的。"于今清小声说。

陈东君拿粉笔的手一顿，说："嗯，我知道。"

陈东君出完黑板报，让司机张叔带他们去董闻雪的墓地，车开了很久才开到。

于今清在妈妈的墓碑前默默地跪了下来，陈东君没有打扰于今清，他知道于今清需要时间。

过了很久，于今清才站起来，说："哥，我好了。"

陈东君说："你去车上等我一会儿。"

于今清说："我在这里等你。"

陈东君说："我有话要对董阿姨说。"

于今清点点头，陈东君看着他坐进了车里，才缓缓跪下。

"董阿姨，"陈东君轻声说，"我要跟您说一件事。"

他说完这句话以后，久久没有再出声。

"您拿我当儿子……"他看着墓碑上董闻雪的名字，终于还是没有把原本想说的话说出口，只道，"您拿我当儿子……我就会做到您的儿子该做的事。"

陈东君向着墓碑重重磕了三个头。

"我会保护好清清，"他的嘴边浮现出浅浅的笑意，像在设想什么，"一定会。"

他说完，又磕了三个头，才缓缓站起身，离开了墓地。

于今清看见陈东君回来，从里面打开车门，说："哥，你说什么了？要这么久。"

"没什么。"陈东君坐进车里，摸摸他的头，"我说你最近表现不错。"

"这些我都跟我妈说了。"于今清说，"你知道吗？我好像听见我妈告诉我，说她没走，说她还在看着我。"

"嗯。"陈东君握住于今清的手。

"哥，她说谢谢你陪着我。"于今清也握紧了陈东君的手。

后来的日子里，于今清每天和陈东君一起上下学，写作业，他经常喊陈东君陪他去图书城买书，去看陈东君打篮球，看陈东君的名字出现在年级第一的光荣榜上。

长大后的于今清再回想起那段时光，觉得一切都被浓稠的、柔软的、温暖的蜂蜜包裹着，甜得化不开。

春去秋来，于今清读初二的时候，过了他的十四岁生日。他在许完那个"以后能成为像陈东君那样的人"的愿望之后，看向陈东君。

陈东君对于今清说："吹蜡烛吧。"

于今清闭上眼睛，说道："刚才那个愿望不算，我要换一个愿望。"

他不想成为像陈东君那样的人了，他想成为能够保护陈东君的人。

于今清吹灭了蜡烛。

那天晚上，他们坐在于今清家的阳台上，于今清突然问："哥，你以后要考哪所大学？我跟你考一样的。"

陈东君看着远方的星空，说："还不知道，但大概本科会读机械。"

于今清突然想起很小的时候陈东君拆机器人的样子，他转过身靠在陈东君身上，说："那我也读机械吧！哥，你是不是对飞行器什么的很感兴趣？以后会不会去修飞行器啊？哈哈。"

陈东君笑着说："说不定啊。"

于今清说："那我以后陪你一起修飞行器啊！"

陈东君揉了揉他的头，说："你给我快点长大吧。"

第五章

6月的午后，阳光格外火辣。于今清没有午休，他想着这么好的时光用来午休简直浪费，应该去看高中部的篮球赛。

篮球场已经拉起了横幅，这场比赛是一班对九班，尖子班对体育王牌班。

当于今清跑到篮球场防护栏外面的时候，正好看到陈东君站在三分线外，修长的手臂举起，篮球从他手中投出去，在空中划过一道漂亮的抛物线——完美的空心球。

全场欢呼，于今清甚至听见有女生大喊："陈东君好帅！"

陈东君确实很帅，清俊的少年已经比同龄人要高大，有着并不突兀的手臂肌肉线条、修长的小腿和篮球服领口若隐若现的笔直锁骨。这种帅并不刻意，他是一个好看且自知的大男孩，只是他对这种好看不以为意。

于今清看得入迷，耳边听见的几乎全是女生的尖叫。他看了那些女生一眼，她们居然人手一瓶没开封的矿泉水——司马昭之心，路人皆知。

于今清没有挤到人群中去，他站在防护栏外的长凳上，跟着其他人一起喊："一班加油！陈东君加油！"

陈东君进了一个球，转身回防，余光看见于今清一个人远远地站在长凳上，皮肤都晒红了。于今清正看着他，双眼里的光和午后的阳光，让陈东君说不清哪个更明亮，哪个更灼热。

比赛结束的时候，全场发出巨大的欢呼声，陈东君跟队友击掌，说："我先走了。"他对每一个给他递水的人都说了谢谢，却一瓶水也没有接。

陈东君小跑到篮球场外，看着还站在长凳上的人笑了起来，说："下来。"

于今清不动，陈东君便把他从长凳上拎下来，说："吃不吃冰激凌？"

于今清别过头，说："不吃。"

陈东君问："喝不喝水？"

于今清说："不喝。"

陈东君又问："要不要不理我？"

于今清愣了愣，说："不要。"他心想算了，看在他哥这么用心设圈套的分上，就给个面子吧。

陈东君勾起嘴角，揽过于今清的肩膀，说："那我们走。"

那天，陈东君带着于今清逃了一节课，在盛夏的微风中，两人明目张胆地坐在空无一人的操场双杠上。于今清拿着陈东君买给他的雪碧，说："哥，我要听歌。"说完，他拿着冰雪碧冰了一下陈东君的右脸。

陈东君制住他的手，拿过雪碧喝了一口，开始唱了起来。

"故事的小黄花，从出生那年就飘着。

童年的荡秋千，随记忆一直晃到现在。

吹着前奏，望着天空，我想起花瓣试着掉落。

为你翘课的那一天，花落的那一天，

教室的那一间，我怎么看不见……"

唱到一半，陈东君停住了，于今清别过头去看他，问："哥，你怎么不唱了？"

"我不想唱了。"陈东君看着于今清说。

于今清朝左右看了看，操场上一个人也没有，只有树叶婆娑，轻轻风声，塑胶跑道在灼灼夏日下散发橡胶的气味。

只是他的左侧，还有陈东君。他甚至觉得，那一天好长好长。

后来于今清才想明白为什么他哥没有唱完那首歌。

后来的后来，他也会坐在大学的操场双杠上，哼起《晴天》。

"但故事的最后你好像还是说了拜拜。"

那时候，十九岁的于今清坐在双杠上，取下塞在左耳里的耳机，转过头看着空无一人的身侧，轻声说："你最后还是说了拜拜啊，哥。"

他们分别的开始，发生在于今清初三开学。

那天上午，陈东君和于今清作为新的高三生和初三生报了到。下午，陈东君带于今清去图书城买教辅资料和课外书。

于今清说买完书要和陈东君去电玩城一起打电动，到了图书城，陈东君就让司机张叔先回去了。两人买完书，走去离图书城不远的电玩城。

于今清说："哥，是不是我初中毕业之前只能玩这一次了？"

陈东君说："你还想玩几次？"

于今清说："我一会儿赢几次就再玩几次，行不行？"

陈东君笑道："行啊。"

陈东君买了一百个游戏币，问："玩哪个？"

于今清扫视了一圈，排除了投篮、赛车、射击，然后发觉自己没有一个有胜算的项目，最后他指向跳舞机，说："那个。"

陈东君挑眉道："走。"

当跳舞机的屏幕第三次出现"Game Over"(游戏结束)的时候，于今清说："哥，要不我们还是去投篮吧？"

"我带你玩双人枪战。"陈东君揽过于今清的肩膀，做万分遗憾状，对他说，"今年最后一次了啊。"

"哼！"于今清挥开陈东君的胳膊，要去踢他，他侧身一躲，转头却看见于今清一脸愤愤不平。

陈东君干脆站到他面前，张开双臂说："让你踢，让你踢。"

于今清根本生不起气来，反正他每次都是给陈东君做小弟就对了。他别过脸，说："过来，我带你玩双人枪战。"

陈东君又揽过于今清的肩膀，唇角的弧度更大："谢谢大佬。"

陈东君带着于今清，两人靠着一开始的四个游戏币一直玩到了第九局，于今清看着屏幕下方那个不可能完成的任务数字，一边大喊"这也太坑人了"，一边听陈东君指挥干掉敌人。

当屏幕上出现"任务失败"四个血淋淋的大字的时候，于今清气得差点去找电玩城老板理论，怒道："差一局，差一局我们就通关了！可以赢一百个币！"

陈东君拽住于今清的后领子，好笑道："你给我回来。"

于今清很不爽，说："哥，这是一家黑店，我们去把币退了，不玩了！"

陈东君笑道："大佬，输不输得起啊？"

于今清撇着嘴，陈东君捏住他撇着的嘴巴问："你刚才玩的时候觉得开心吗？"

"开心。"于今清被捏着嘴巴，口齿不清地回答，一脸憋屈。

"你看，这就是个游戏，只要玩得开心，输了又有什么关系？"陈东君放开于今清的嘴巴，说，"大佬，你可是要做大哥的男人，要输得起。"

于今清板着一张脸，板了一会儿到底憋不住，眼角眉梢都是笑意，口气却正经得不得了："嗯，说得对！"

陈东君拍了拍他的肩膀，说："志向远大。"

于今清抓住陈东君的手，说："陪大佬去投篮。"

陈东君说："遵命，大佬。"

于今清投完最后三个币时，累得像一条狗一样喘气："哥，今晚我可以吃三碗饭。"

陈东君帮他把一个篮球投进篮圈里，问："你想吃什么？"

于今清一边投篮一边喘着气说："你不回家好不好？去我家给我做可乐鸡翅。"

"嗯，我们一会儿去买鸡翅。"陈东君没继续帮于今清投篮，以便尽快结束战斗。他笑着站在一边，看于今清自己苦撑了两局，才战斗结束。

陈东君摸于今清的脑袋，摸到一手汗，他拿出纸巾给于今清擦汗，说："你别脱衣服，一会儿出去风一吹就感冒了。"

于今清点点头。天色渐暗，两人往外走，然后在路边等了一会儿，陈东君说："下班高峰期，这里不好打车，我们去对面。"

于今清指了一下不远处，说："哥，我们走地下通道。"

他们走到地下通道入口的时候，听见里面传来歌声，是一首很老的儿歌。于今清的眉头微微皱了皱，陈东君停下脚步，试着安抚于今清："那边还有一个地下通道。"

于今清摇摇头，说："没事。"

两人进入地下通道的入口，一级一级向下走去，那歌声越来越响亮，回响在地下通道里。

"天上的星星不说话，
地上的娃娃想妈妈。
天上的眼睛眨呀眨，
妈妈的心呀鲁冰花。"

于今清走下最后一级台阶，看见地下通道中间坐着一个蓬头垢面的女人，瘦骨嶙峋，皮肤蜡黄，下半身窝在一条污迹斑斑的花棉被里。她身前放着一个塑料碗，碗里有一些脏兮兮的硬币和发皱的小面额纸币。

女人低着头，左手将一个婴儿抱在怀里，右手拿着一个话筒，话筒连接着一个旧音箱，歌声从音箱里传出，夹杂着电流声。

行人匆匆路过，谁也没有驻足，就是偶尔有人给钱，也是边走边顺手将硬币投进碗里，甚至不曾弯一下腰。

"家乡的茶园开满花，
妈妈的心肝在天涯。
夜夜想起妈妈的话，
闪闪的泪光鲁冰花。"

那歌声十分好听，于今清站在旁边听了一会儿，却觉得很难受，他低声说："哥，给我十块钱。"

陈东君拿出钱包，给了他五十块钱。

于今清看见一个穿着高跟鞋的富态女人丢了一块钱到塑料碗里，硬币砸到塑料碗的边缘，把整个塑料碗打翻了。紧接着，那人穿着高跟鞋嗒嗒地走远，没有回头。她只是将她的爱心献出去，而爱心到底掉到了哪个角落，却并不关心。

于今清收回目光，想了想，没接陈东君手上的钱，说："哥，我们去给她买点吃的吧。"

陈东君担心地看着于今清，还是说："嗯。"

两人跑出地下通道，在街边的小超市里买了几个面包和几盒牛奶。

两人回到地下通道后，于今清走过去，走近了才发现女人怀里的婴儿正哭得声嘶力竭，只是被音箱里过大的歌声盖住了。他蹲下来，将面包和牛奶放在已经被收拾好的塑料碗旁边，那个女人却没有反应。

于今清看着女人木然的脸，拿起一个面包碰了碰女人的手，说："我给你和你的宝宝买了吃的。"

女人愣了一下，接着抢过面包狼吞虎咽起来，把婴儿和话筒都丢在一边。连接着音箱的话筒落在一旁的地上，发出"咚"的一声，音箱里却还源源不断地传出歌声，带着恰到好处又令人同情的煽情。

那歌声此刻竟变得过于刺耳了。

"当手中掌握繁华，
心情却变得荒芜，
才发现世上的一切都会变卦。
当青春剩下日记，
乌丝就要变成白发。"

于今清赶快抱起摔在地上的婴儿，襁褓里的婴儿大哭不止，他想从地上的牛奶中拿出一盒来喂婴儿，刚伸过手，正往嘴里拼命塞面包的女人就像疯了一样和他抢牛奶。

陈东君将于今清拉退一步，说："小心。"

四周本来还有几个驻足围观的行人，这下全作鸟兽散："快走快走，别惹疯子。"

"对对，快走快走……"旁边有人应和。

女人抢到于今清本来要拿的那盒牛奶，咧开了嘴，露出了发黄的牙齿和嘴里还没来得及咽下的面包渣。她抬起头，木然地看了一眼于今清。

就那一眼，女人突然一怔，霎时间，一双无神的眼睛突然溢满了眼泪，全身发起抖来。她伸出手去抓于今清，下半身从脏污的棉被里露出来，膝盖以下什么都没有，只有皮肉堪堪包裹的关节，形成光秃秃的半圆。

她看着于今清，手在空中乱抓，嘴不断张合，却只有喉间发出的毫无意义的喀喀声。

于今清抓住陈东君的手臂，死死地盯着这个女人。

女人那张蜡黄的脸上脏污不堪，眼角还有青痕，嘴角也有被撕裂的血痕，枯黄的头发中甚至还夹杂了几根白头发。于今清突然想到了另一张同样满是伤痕的脸，他拼命控制住自己打战的双腿，心想：绝对不可能，不可能。

他记忆里那张模糊的脸不属于妇女，而眼前这个女人像已经年过三十，绝不能称作女孩。

"当青春剩下日记，
乌丝就要变成白发。"

于今清打了一个激灵，看懂了这双溢满眼泪的眼睛。

他松开陈东君的手，再次走到那个女人面前，蹲下来，一只手握住那个女人指甲发黑的枯瘦手掌。

"你……你今年多大？"于今清的声音颤抖得厉害。

"喀喀喀……"女人拼命摇头，她张开的嘴里没有舌头，只有发黄的牙齿，不少已经龋烂发黑了，汹涌的泪水不断地从她的眼眶里滚出来。

"十四五岁是不是？你见过我吗？你是不是跟我差不多大？你不是她，不是那个跟我一起被拐卖的女孩，是不是？你记得我吗……"于今清语无伦次，怎么也说不出一句逻辑完整的话。

女人把于今清的手抓得死紧，不断点头又不断摇头。

"你到底……到底——"于今清猛地一顿，因为他看见面前的女人微微张开嘴，一字一字地比口型，于今清跟着她念出来，那是一句话——一会儿跟着我。

于今清跌坐在地上，眼睛好似在发烧，差点没有抱稳手中的婴儿。

陈东君扶住于今清，让他靠在自己身上。

于今清甚至不知道该做什么反应，抱着襁褓里的小婴儿，连自己已经泪流满面都没有发现，他只是木然地问："这是谁的小孩？"

女人猛地松开于今清的手，惊惧地看着那个小婴儿，然后用枯柴一般的手指了指自己的胸口，眼泪不停地流。

"你的宝宝？"于今清艰难地张开嘴，脑中一片空白，组织不出正常的问句，"这不可能，你跟我一样大，怎么会……"

陈东君捏了捏于今清的手掌，对他轻轻摇了摇头，眼里闪过一丝不忍。

于今清在被泪水模糊的视线中看到她的下半身只穿了一条短裤，一开始他被膝盖以下的残疾转移了注意力，走近了仔细分辨，才注意到这个女人身上散发着隐约的恶臭。

婴儿在于今清的臂弯中里嘶力竭地啼哭，破旧的音箱里传出一遍又一遍的甜美歌声。

"我知道半夜的星星会唱歌，
想家的夜晚，
它就这样和我一唱一和。"
不，他们没有童年，这个世界也根本没有光。

"我知道午后的清风会唱歌，
童年的蝉声，它总是跟风一唱一和。"

"哥……"于今清无力地靠在陈东君身上。

陈东君拿出手机，说："我报警。"

女人突然惊恐地剧烈摇头，看了一眼地下通道的一侧，喉间又发出"喀喀喀"的声音。

于今清和陈东君同时向她的视线方向看去，陈东君只看到一晃而过的男人侧脸，而于今清紧紧地抓住了陈东君的手臂。

"哥！哥！是——"于今清急促地喘气，心脏剧烈跳动，"你还记得我跟你说过的吗？那个酒糟……酒糟鼻！"

那是一张曾在无数个黑夜里出现的，于今清本来以为自己已经忘了的脸。

虽然已经过了好多年，但从七岁到十一岁，他一个人躺在鸡圈里的时候，他躺在炕上望着黑漆漆的屋顶的时候，他挨老周打的时候，他被其他小孩吐口水、往身上撒尿的时候，都不如想到这张脸的时候害怕。

这个人曾经拎着他，想要把他送到那个散发着剧烈腐臭味的地方。

现在，已经过了七年，于今清本来以为他已经遗忘了那段往事，可是他发现他没有，他根本忘不掉这个人，他心底的某个角落时时刻刻都记着，这个人没有落网，还在这个世界的某个地方，把一个又一个健康完整的小孩送进"屠宰场"。

于今清双腿打战，陈东君扶着他，一下一下地抚摸他的后背，说："清清，我在，我在，那个人不敢过来。"

虽然已经过了下班高峰期，但可能是刚经过了一辆公交车，空荡荡的地下通道又拥入了一拨人，于今清看着那个人混在人流中，从地下通道的另一个入口走了过来。

于今清死死地抓着陈东君的手臂，紧张地念叨："他过来了，他过来了……"

于今清说不出那种感觉，胃反射性想要呕吐，手脚想要颤抖，但所有的恐惧好像又随着他的长大变成了愤怒，让他想要冲上去揪着那个人，质问他怎么还敢出现在阳光下，为什么没有在满是苍蝇和老鼠的垃圾堆里烂成一堆腐肉白骨？

那个人穿着最普通的深色夹克和运动裤，头上戴着半旧的棒球帽，依然是酒糟鼻和猪肝色的嘴唇，有一只眼睛的上眼皮皱巴巴的，耷拉得厉害，让大小眼更明显了。这个人已经显出老态，他混在人流中，看起来与其他四五十岁的、来城里找活干以维持生计的农民工没有任何区别。

当那个人走到地下通道中间的时候，离于今清很近，近到只隔了一个人身。他随意地扭头看了一眼这个站在乞丐旁边，被另一个少年拉着，死死盯着他的怪异少年。四目相对下，那个人脸上没有任何表情，连眼睛也没有眨一下，他只是疲倦又麻木地看了于今清一眼，然后又转过头去，继续向前走。

他跟所有行人一样，将这两个少年当作一对在街上吵架的兄弟。

"清清，你冷静点。"陈东君感觉到于今清的身体猛然发力，"有什么地方不对？"

"他就要跑了，他就要——"于今清压低的声音里全是痛苦和不甘，他已经没有理智去思考为什么这个人没有管地上的女人，为什么这个人看他的眼神平静无波。

陈东君一直紧紧箍着于今清，将他固定在身前，说："你冷静点。"

"你什么都不知道，你什么都不知道……"于今清的眼泪再次滑落下来。

陈东君的力气太大，他只能眼睁睁地看着那个人混在人潮中，离开了地下通道。

过了很久，等那拨人都离开了地下通道，陈东君的手臂才一松。于今清返身一拳砸在陈东君脸上，陈东君没有躲。

陈东君把双手放在于今清的肩膀上，微微弯腰，认真地注视于今清，两人都从对方眼中看到了某种痛意："不是他。"

"是他，是他，我见过，我不会忘的！"于今清的眼泪一直掉，整个人有说不出的委屈，"哥……我真的记得，你为什么不信我？"

"别冲动。"陈东君抹掉于今清的眼泪，说，"操控乞讨的人不是他，你看。"

窝在花棉被里的女人眼里已经没有了惊恐，她恢复了原本的麻木，双眼无神。刚才发生的一切就像寂静夜空中突然绽放的一朵烟花，而那拨人退去之后，烟花随风而逝，一点儿尘埃也没留下。

她收拾起地上的音箱、话筒、塑料碗，专业得就像一个收拾好名牌高仿包，跷着脚坐在格子间里，等待办公室的钟走到五点三十分的白领。

"我看过新闻，贩卖人口的和乞丐头子肯定不是同一批人，他们是有产业链的。"陈东君说，"我不是不信你。"

而是有些事，我不能让你面对第二次；有些事，只要有一丝危险，我就不能让你冒险——后面这些话，陈东君没有说出口。

"可那人真的是他。"于今清红着眼睛说道，"我真的不会看错。"

陈东君站着思考了一会儿，然后对窝在花棉被里的女人说："你还记得拐卖你的人吗？你刚才看到拐卖你的人了吗？"

女人点钱的手一顿，过了半天，摇了摇低垂的头。

陈东君仔细回忆刚才地下通道入口的场景，一个男人的身影一晃而过，不是那个"酒糟鼻"，是另外一个男人。一开始，酒糟鼻根本没有注意他们这边，而那个男人看到他们，转身走了。于今清和他最初注意到的，根本不是同一个人。

同样是看向了地下通道的一侧，陈东君注意到的是一个举止突兀的男人——下了楼梯，看到他们却猛地转身就走；而于今清注意到的是一个举止穿着都非常普通的男人，因为只有他记得那张脸。

"刚才监视你的人出现了，对吗？"陈东君已经理清了思绪。

女人摇头的动作一顿。

"他是不是根本没有过来？"陈东君盯着女人的脸。

女人低着头继续收拾东西，不再有任何反应。

于今清猛地一震，说："怎么回事？"

陈东君确定了，令这个女人害怕的，是那个看了一眼这边掉头就走的男人，不是于今清看到的酒糟鼻。

"事情交给我处理。"陈东君把右手放在于今清的发顶，左手拿出手机拨了110。

电话很快接通了，陈东君报了地址和基本情况，他反复强调这个乞讨者是未成年人，很可能是被强迫的，警察说马上就到。

女人已经收拾好所有东西，她的腿悬在空中，一下一下用双臂撑着自己爬出来，要离开地下通道，陈东君蹲下来跟她说："刚才那个人不敢过来，我们在这里等警察来，你不要怕。"

女人艰难地绕开他，往地下通道外爬。

于今清绕到她面前，满眼不解："你为什么要走？警察马上就要过来了，他们会帮你找到你的家人的！"他忽然想起了某个大年三十的夜晚，"你不要怕，我们现在在大城市，求救是有用的！"

女人又绕开于今清，继续向外爬。于今清还要再问，陈东君拉住了他，说："我们在这里等警察来。"

"等警察来了，她都走了！"于今清急道，"我要拦住她！"

"哥，你不能这样，"于今清抓住陈东君的手，将他的手扯离自己的手臂，"你没去过地狱，我……我和她都去过。"

陈东君一怔。

于今清说完，又猛地摇了一下头，消瘦的脸颊比以往更苍白，嘴唇发抖，眼眶红着，但里面已经没有眼泪："不，哥，我也没去过。"

我只远远瞥见过它的一角，于今清在心里说。

陈东君终于没有拦于今清，他站在原地微微仰起头，看见地下通道墙壁上的灯管内落满了死去的飞蛾，昏黄的灯光好像将他的双目灼伤，疼痛难当。

于今清冲上去拦住那个女人，说："你别走！是不是那个人有什么你的把柄？那个人会被抓住的，你只要留在这里，我不会走的，我会看着警察来的！"

此时两个警察跑进了地下通道，一个是年轻人，一个是中年人。于今清松了一口气，没有血色的嘴唇扯出了一个难看的笑："你看，很快的。"

年轻警察说："我们一件一件事处理。首先，我们已经联系了救助站和收容所，但是需要被救助人自愿才行。"他蹲下来，温和地对撑着手臂的女人说，"你愿意吗？"

女人麻木地摇摇头。

"她是被拐卖的，我记得她，小时候我跟她一起被拐的！"于今清激动地看着年轻警察，"她是未成年人，她不是自愿乞讨的，有人监视她！真的！"

年轻警察点点头，神情更加严肃："今年你多少岁？"

女人手臂一松，整个身体瘫到地上，她从怀里摸出一张脏兮兮的居民证，是带塑封的第一代居民证。

年轻警察看了一下居民证，念道："宫燕燕，××××年的，已经成年了。"他又将居民证递给中年警察。

于今清一把夺过居民证，中年警察眉头微皱，倒也没有为难他。他目眦欲裂，瞪着居民证上的出生年月，几乎要将那张居民证盯出一个洞来："这是假的，假的，不可能，她跟我一样大！你们查一下，这是假的——"

中年警察从于今清手中接过那张居民证，仔细看了看，说："现在已经逐渐开始更换第二代居民证了，不过第一代居民证也同样有效。唉，一代居民证是传统的视读证件，只能凭直观视觉验证，比较容易伪造，也不容易辨别真伪。"他拿着居民证仔细比对了女人的长相和居民证上的照片，"至少从照片上来看是同一个人。"

"就是说，这个很可能是伪造的对吧？"于今清抓着那个女人的手说，"你说啊，你是被强迫的，你是跟我一起被拐卖的，这张居民证是假的！"

女人把手从于今清手中抽出来，对他摇了摇头，眼里没有泪，也没有光，什么都没有。

中年警察问："你是被拐卖的吗？"

女人摇摇头。

警察又问："你是自愿乞讨的吗？"

女人点点头。

于今清神色焦急道："刚才她不是这么说的！是有一个乞丐头子过来了，她才不愿意让我们报警的！"

女人向墙边缩了缩，垂着头，没有看任何人。

中年警察无奈地说："根据相关法律，要是她不愿意，我们不能把她带去任何地方。"他指了指女人绑在背上的婴儿，"这个孩子是你的吗？"

女人点点头，又比画了一下，从怀里摸出了一本结婚证，中年警察看了看，点点头，对于今清说："她已经结婚了。"

于今清极为艰难地指了指那个女人的下半身，说："我不信。"

女人身躯一抖，慢慢地向地下通道外爬去。

年轻警察拦住要追上去的于今清，说："小朋友，你等等。"

"肯定有哪里不对！"于今清几乎要崩溃了，"肯定有哪里不对！有人监视她，你看她的样子，怎么可能是自愿的！"

"小朋友，那时候你还很小，很可能是记错了。"中年警察一脸同情地看着于今清，"残疾人生活不便，你不能用你的标准看他们，他们愿意接受救助，我们都会尽力救助，他们不愿意，我们也不能逼迫他们。"

中年警察看着于今清憎恶的眼神，无奈地深深吸了一口气，又吐出来："小朋友，有些事，等你长大就明白了。"

"不是这样的！"于今清用手肘击向拦他的年轻警察的胸口，陈东君怕他惹上事，赶快把他拉到自己身边，说："抱歉，我弟弟有童年阴影，所以不能控制情绪。"

年轻警察摇摇头，没说什么，中年警察理解却又无奈。

陈东君抓住于今清，不让他乱动，然后对两位警察严肃道："我想说的是另一个问题。我在电话里说了，今天我看见了一个可能是乞丐头子的人，但我没说的是，我弟弟看见了以前拐卖他的人。那年的特大拐卖案，有人还没有落网，我弟弟今天看见那个人从这条地下通道经过了。虽然事情已经过去了好几年，但是我弟弟对拐走他的人印象很深，不会记错的。"

年轻警察神色一变，说："我们去警察局录一下口供。"

于今清没有动，他仍呆呆地看着那个女人的背影——她背上绑着婴儿的褓褓，腰上绑着一辆小板车，板车上拖着她的花棉被、破话筒、旧音箱，还有那个薄薄的透明塑料碗。随着她一下一下地移动，小板车的轮子在地上吱吱呀呀地响。

她拖着那一堆东西，靠一双枯瘦的手臂，消失在了地下通道的尽头。

于今清闭上了眼睛，他知道，他再也不会在这个潮湿的、昏暗的、隐约散发着尿骚味的地下通道看到她了。

可能他这辈子再也不会见到她了。

"哥，难道就这样算了？"于今清低着头说。

陈东君什么话也说不出来，只能站在于今清身后，把手放在他的脑袋上："我们去录口供吧。"

两人到了警察局，中年警察让陈东君在外面的公共座椅上等，他带于今清进内间单独谈话。

于今清把自己能记起的都说了出来。那个人叫"老尤"，长相如何，他和一个中年妇女一起拐卖了于今清。"老尤"联系上很可能是在贩卖人体器官的"王哥"，并把自己带到一个被称作"察爷"的人的地盘，最后又跟"许爷"连上线，把自己卖掉。

"你提到的中年妇女和'许爷'都已经落网了。'王哥'不能确定是谁，'察爷'和'老尤'都在被通缉的名单里。"年轻警察调出资料，"我们有'老尤'居民证上的照片，是一代居民证，你过来看一下。"

于今清走过去，往警局的台式电脑上一看——那是一张平淡无奇的方脸，没有任何特征可言。

于今清盯着那张脸，看着照片旁边的"尤又利"三个字，摇摇头："不是这个人，我记得的，肯定不是。这个是假的。"

年轻警察皱眉道："这是公安部的通缉材料，应该不会错。当时苟吉辉，就是你说的中年妇女，还有许波雷，也就是你说的'许爷'，现在都已经被执行死刑了，这张照片是在行刑前经过他们指认的。"

"他们说谎。"于今清死死地盯着电脑显示屏上的照片，"他的样子我死都不会忘。"

"也有改变容貌的可能。"中年警察想了一下说，"你描述一下尤又利今天的着装。"

于今清闭上眼睛，说："棕色夹克，黑色运动裤，鞋子……我不能确定，好像是运动鞋。他戴着白色棒球帽，背了包，不是很大，应该是黑色的运动书包，好像是帆布的。"

"他应该不是偶然经过，那个时间是下班高峰期之后，很可能他在附近上班，或者住在附近。"中年警察说，"那个地下通道没有监控，但他肯定会在同样的时段再经过这个地方，我们连续几天都去那里守，应该会有所收获。"

于今清点点头。

年轻警察说："到时候我们开车过去，你就坐在车里，不要下车，看到的时候告诉我们。"

两个警察又嘱咐了于今清一些注意事项，让他在打印出来的记录上签了个字，然后就开门让他先回家。

于今清坐在椅子上没动，犹豫道："今天那个乞讨的女孩，我真的记得她！你们来之前，她都认出我了，但是我提到报警的时候，有个监视她的人出现了一下，她立马就一副根本不认识我的样子……你们能不能管一下她？"

中年警察将警帽一摘，放在桌上，右手用力地抓了抓自己头顶稀疏的头发，说："我们真的想管，街上这么多乞丐，如果他们愿意，不用你说，我一个个全管定了。但是，他们根本不想让我们管。今天你也看到了，她连居民证和结婚证都掏出来了，我怎么管？把她绑去收容所？我今天这么做，明天就有人跑到这里来说我知法犯法。孩子……"他深深地叹了一口气，粗糙的大手摸了摸于今清的头顶，"我也希望街上没有乞丐，没有罪犯，希望根本没有警察这个职业。"

于今清低着头说："可是，你们就不能把监视她的人抓起来吗？"

"怎么抓？"中年警察无奈地摇摇头，"每一个乞丐都说是自愿乞讨的。"

"可是你们知道事实不是那样的。"于今清闷声说。

"我们不能主观臆测谁是受害者，更不能让我们心中的受害者说出我们假定的口供。"年轻警察脸上也带上了疲惫，"我们需要证据……可现在苦于没有证据。"

当于今清出去的时候，陈东君已经喊司机张叔来接他们了。年轻警察又跟陈东君说了一下大概情况，说接下来几天会去接于今清指认尤又利，陈东君说："我陪他。"

年轻警察点点头，目送他们出去。

于今清坐在车上的时候，一直闷头不说话。陈东君看了一会儿于今清的侧脸，将手放在于今清的后背上，默默支撑着他。

快要到家的时候，于今清说："哥，为什么？"

陈东君知道于今清在问什么，他可以给于今清列举所有的可能性，但是他不忍心。当他母亲把那些残疾乞讨儿童的照片都甩在他面前的时候，他就查了这条产业链是怎么运作的。

这个女人可能是被租给了一个乞丐头子，没有腿又带着孩子，一年可以租出五千块，比普通断手断脚的人价格高一些。而她一个月可以为乞丐头子讨到一万块钱，乞丐头子每个月就会给她八百或一千的零花钱。

虽然她的居民证是假的，但是结婚证是真的，她可能被卖给了某个人做老婆，又被那个男人转租出去。

她还可能被转卖过多次，可能进过收容所，也可能遇见过不同的好心人和警察，最终变得不信任任何人。

这一天，唯一一点模糊的记忆触动了她，但那个监视她的乞丐头子让她看清了什么是现实。

陈东君又想，最好这一切都是他的猜测。

最好那个人真的叫宫燕燕，真的生于××××年，只是恰好比了个口型，说了一句什么相似的话。

最好那个人真的结婚了，真的是因为乞丐赚得多而且自愿乞讨。

最好……够了，陈东君发现这样充满逻辑漏洞的推理根本没有办法说服自己。

最后，陈东君只能坐在于今清旁边，跟他说："清清，把她忘了。"

他说这句话的时候甚至不敢看于今清的眼睛，那双眼睛在见过地狱以后还那么清澈。

陈东君只能重复那句话："把她忘了。"

把她忘了。

把它忘了。

把它们都忘了吧。

第 六 章

陈东君回家的时候，他妈妈在客厅里等他，她看了看表说："陈东君，你已经高三了。"

陈东君点点头，简单说了一下傍晚到晚上发生的事情。

他妈妈皱起眉道："你不要管那么多。我知道你拿他当亲弟弟看，但是他到底不是你亲弟弟，就算是亲弟弟，也没有你到了高三，还要天天接送、陪他吃饭写作业的道理。"

"妈，清清家就只剩他一个人了。"陈东君说，"我的成绩没有问题。"

"我知道。"陈东君妈妈的脸色难看，摆摆手说，"算了，你别惹事就行。"

等陈东君上楼后，他爸爸起身泡了杯冰岛正山端过去，笑着说："何大领导，消消气。"

何隽音接过茶，眉头仍没有放松："陈先生，你儿子傻，你别也跟着搞不清楚状况。"

陈禹韦坐到她身边帮她捏肩，说："我是没有何大领导的觉悟，但陈东君那小子成绩一直挺好，你还担心他高考不行啊？"

"我不是担心他的高考。"何隽音把陈禹韦的手拍开。

"那你是担心他早恋啊？"陈禹韦又把手放在她的肩膀上，笑得痞气。

"你胡说八道什么呢。"何隽音瞪了陈禹韦一眼,她拿这个老师痞子没办法,还好陈东君现在不像他爸这么痞了,"这个节骨眼上,他要是单纯喜欢别人还没什么,千万别搞大小姑娘的肚子。"

陈禹韦说:"我说真的啊,现在的半大小伙子想那些很正常嘛,我当年也想。"

何隽音再次拍开陈禹韦的手,眉头皱得死紧:"要不我还是跟东君说一声吧,这次上面的动作很大,老刘已经下马了,之后坐这个位子的人是空降还是从下面提拔,谁都不知道,现在我真的一点儿事都出不得。你忘了老刘怎么落马的?还不是他有个坑舅外甥,打着他的招牌给他揽事……"

"不至于,真不至于。"陈禹韦不要脸,继续将手放到何隽音的肩上,"东君随我,虽然招小姑娘喜欢,"陈禹韦在何隽音脸上亲了一口,"但是肯定不会乱来的。我们之前没怎么管他,不也挺好的?现在他都高三了,你告诉他这个,不是给他增加不必要的压力吗?要我说,何大领导,在家庭教育这个方面啊,你这个领导的觉悟还不如鄙人这个小小的经商人士,是吧?"

"陈先生,"何隽音白了他一眼,"你很骄傲嘛!"

陈禹韦继续给何隽音捏肩,说:"作为何大领导的家属,我一直很骄傲。"

第二天下午,警察给陈东君打电话,说去接他和于今清,但是这两天可能希望比较小。

因为中学报到一般是周五,然后放一个周末的假,周一开始正式上课,所以这两天他们去蹲守尤又利正好是周六周日,很可能这个人并不上班,也就不会经过地下通道。

周六和周日两天,便衣警察开了一辆普通轿车接他们,车停在那个地下通道附近,从下午5点到晚上9点,于今清一直全神贯注地盯着那个地下通道，但是一无所获。每次盯久了于今清都觉得脑仁生疼，两眼发晕。

陈东君帮他按太阳穴，说："明天你不要一直盯着，我也见到了那人，我会帮你一起看。"

于今清摇摇头，说："哥，我不敢不看。"

要是没有抓到这个人，他在往后的生活中，每时每刻都会后悔，他曾经在那么紧要的关头休息了一下。

周一，还是那天那个年轻警察去市一中接了陈东君和于今清，帮他们跟班主任请了假。年轻警官带他们简单吃了饭便开车去那个地下通道，5点，他们就准时坐在车里，盯着那个地下通道的入口。

陈东君对年轻警察说："我还不知道怎么称呼您。"

年轻警察回过头，爽朗一笑，道："我姓纪，你叫纪哥可以，不要叫小纪哥。"

于今清本来神经绷得很紧，这时候"扑哧"一下笑出来，说道："好的，小纪哥，没问题，小纪哥。"

陈东君很喜欢于今清这个样子，忍不住又揉了揉他的头。

纪警官嘱咐他们："今天很关键，尤又利很有可能出现，你指认之后，记住不要激动，不要下车，我们会直接将他带到前面那辆车上，那辆车里有四个我的同事。到时候我送你们回去。"

"抓了他以后呢？"于今清问，"会怎么判刑？"

"要综合其他证据，如果只有你的指认这一个证据，按照'疑罪从无'的原则，他将被无罪释放。"纪警官看见于今清那种有点担忧不太敢抱希望的眼神，安慰道，"如果真的是尤又利本人，不会没有证据的。"

"可是，连照片都……"于今清突然很灰心。

"除了照片，还有很多特征可以说明问题。"纪警官微微沉下声音，"好了，你别想太多，仔细看。"

他们一直等到了 7 点半，于今清又觉得有点头疼，但是忍住没说。他看着街上的人渐渐稀少，好像希望又少了一点，那希望值就像正弦曲线，从零升到顶峰，又从顶峰降下来，每过一分钟，等到尤又利的可能就少一分。

快 8 点的时候，一辆 201 路公交车驶了过来，车门开了，从车上下来了一大批乘客。

于今清忍不住探出头去，他看着那批乘客从公交车门四散开去，一拨人在往地下通道走，突然，人群中有一道目光与他的正好对上了。

于今清的瞳孔猛地一缩，是那个人！

"是他，是他，"于今清竭力稳住自己的声音，他发现那个人还在盯着他，目光好像起了变化，"就是戴着白色棒球帽的那个人，穿棕色夹克，没换衣服！"

纪警官手里的对讲机一直是开着的，前面车里的警察已经听到了于今清的话，还没等他说完，前面那辆车已经车门大开，四个警察迅速将混在人流中的棒球帽男人拦截下来。那个人没有挣扎反抗或者要逃跑的迹象，他只是惊讶地摸了摸后脑勺，露出一个不解而讨好的笑，就像每一个不敢得罪警察的小市民。

警察让他上车，他配合地点点头，甚至不用警察押送，自动往于今清他们这辆车这边走，脸上还带着讨好和胆怯，只是一大一小两只眼睛一直盯着车窗里的于今清，又伸手摸了摸自己的酒糟鼻。

一个警察拉住他，说："不是那辆车，前面这辆。"

他又朝那个警察憨厚一笑，说："我搞错了，我搞错了。"他说话的时候，一口本地口音，没有一点儿尤又利居民证上所属地的方言腔调。

等他和四个警察上了车，车驶出很远，纪警官才对陈东君和于今清说："我送你们回去，有了结果我打电话给你们。"

纪警官把两人送到于今清家，陈东君说他留下陪于今清，不用纪警官再送。纪警官看于今清恹恹的样子，叹了口气，对陈东君点点头，开车走了。

于今清突然说："哥，今晚你陪我睡好不好？"

陈东君点点头，说："好，你去洗澡。"

于今清走进浴室后，陈东君给他妈打电话，说晚上不回去，他妈在电话里的口气并不好："今天是你高三第一天上学，你到底想干吗？"

陈东君说："那天我说的嫌疑犯，今天被指认了。"

何隽音在电话那头沉默了一会儿，说："要是警察要你去做证，或者当面跟犯人对质之类的，你不要去，听见没？"

陈东君也沉默半晌，然后说："我不能答应。"

"你……"何隽音压着火气说，"我知道你跟他从小穿一条裤子，你奶奶也一直念他们家的好，你要给他钱，你要陪他，你要干什么都行，但你做什么事之前都想一想，别把自己搭进去。"

"我不会的。"陈东君说。

何隽音挂断了电话，她没有告诉陈东君，身处她这种位置，不要说真的做了什么，就是干干净净什么都没做，也免不了被泼一身污水。这么多年，针对她实名的、匿名的种种举报，又何曾少过？

而现在局势变化太快，她真是一步都错不得。

但她还是没有告诉陈东君这些，她总觉得陈东君还是个小孩，虽然是个优秀而早熟的小孩，但是毕竟还没满十八岁，不过是个高中生，还没有到需要知道这些东西的时候。

陈东君刚挂了电话，就听见于今清在喊他。他回过头，看见于今清从浴室里探出头来，说："哥，你能不能进来？"

陈东君走过去，看见他光着脚站在浴室里，像洗澡洗到一半跑出来了，肩膀上还有泡泡，便笑着问："你就这么跑出来了？"

于今清睁着一双大眼睛仰视陈东君，说："哥，我有点怕。"

陈东君把人按回浴缸里，说："我在。"

于今清坐在一缸泡泡里，抬头看着靠在浴室门上的陈东君，说："哥，我觉得他今天看到我了，我觉得他想起我了，他终于想起我了！"

"你别想了。"陈东君拿起于今清手里的浴球给他擦背，"如果是他，他会被判刑，不会有机会出来；如果不是他，你就没必要害怕。"

于今清眼底还是有浓浓的阴郁，他说不出那种感觉，四目相对的时候，他好像能感觉到那个人在说"原来是你"。他没有任何凭证，那只是一种感觉，感觉到那个人认出了他，感觉到那个人不会放过他，甚至感觉到那个人会被无罪释放。

于今清不寒而栗。

陈东君摸到他手臂上的皮肤，说："你怎么起鸡皮疙瘩了，冷吗？"他打开了浴室的暖风，"还是觉得怕？"

陈东君看着于今清低着头，身体泡在热水里居然还在发抖，摸摸他的头，说："清清，我会一直在。"

于今清回过头看他，叫道："哥，哥……"

"嗯，我在。来，你把眼睛闭上。"陈东君挤了洗发水，揉散在手心，然后帮于今清搓揉一头短短的碎发。

于今清闭着眼睛也不消停，不停地动来动去。

"别闹。"陈东君细细地从于今清的鬓角搓到发顶，又搓到后颈，"听话，再动我打人了。"

于今清这才安安分分不动了，问："哥，你是不是把我当小孩？"

陈东君拿着喷头帮于今清冲掉头上的泡沫，说："你本来就是小孩。"

"我才不是。"于今清小声说。

"什么？"陈东君小心地帮于今清捂住耳朵，再冲掉他鬓角的泡沫，"洗完了去睡觉。"

于今清回过头，说："哥，我……"

"洗完睡觉。"陈东君把浴缸的塞子打开，帮于今清冲掉身上的所有泡沫，再用大浴巾把他整个人罩起来，想要直接将人扔到卧室去，又担心他一个人待在卧室里会很害怕。

"你给我坐在这里，等我洗完澡。"陈东君把暖风开到最大，搬了一把椅子放在浴室里，让于今清坐着。

于今清被大浴巾包着，窝成一团坐在椅子上，等着陈东君。陈东君用最快的速度洗完澡，一只手拿着吹风机，一只手把于今清打包到卧室。

"哥，我来。"于今清把吹风机插头插好，一只手拨弄陈东君的头发，一只手拿着吹风机帮他吹。柔和的热风从吹风机里源源不断地输送出来，吹在于今清的手掌上，在9月微凉的夜晚显得格外温暖。

于今清又说："要是能一辈子都这样就好了。"

陈东君笑着说："你小时候都不知道'一辈子'是什么意思。"

"哥，我知道的，那个时候我就知道，'一辈子'就是很久很久的意思，久到我本来以为不会走的人都走了……"于今清吸了吸鼻子，"但是你还在。"

等于今清帮陈东君吹完头发，陈东君又开始给他吹头发。吹完头发，于今清说："哥，我们明早吃什么？"

陈东君笑道："你这也想得太早了。"

"不是，哥，"于今清的声音闷闷的，"我不想其他事，就会想到今天坐在车里，他看着我……"

陈东君语气温柔道："好，你想吧。"

于今清说："哥，你给我讲个故事吧。"

陈东君想了想，说："我给你背《邹忌讽齐王纳谏》吧。"

于今清"啊"了一声。

陈东君说："是你们下个学期的必背课文，出自《战国策》，中考要考的。"

于今清："……"

陈东君问："怎么样？"

于今清回道："好……好吧。"

于今清迷迷糊糊听到其中一句时候，觉得哪里有点不对，但是他太困了，听着听着就在陈东君没有起伏的背诵声里睡着了。

那一晚，于今清梦到人贩子要来报复他们，陈东君为了保护他，倒在血泊里，血流得到处都是，把他的梦境全部染成了红色。

于今清从梦中惊醒，猛地别过头去看陈东君。陈东君正躺在他身边，陈东君在睡梦中感觉到他在动，下意识地拍了拍他。

"清清，别怕。"

第二天早上，陈东君睁开眼，发现于今清眉头皱起，睫毛不停地扇，怎么看都很不安。

"清清，起床。"他轻声道。

于今清小声嘟囔："哥，我好困。"他一边假装抱怨一边睁开眼看陈东君，"你都不让我多睡一会儿。"

陈东君铁面无私道："起来。"

于今清突然发现自己真的比陈东君矮很多，问道："哥，我会长得跟你一样高吗？"

"肯定会。"陈东君先起床，"我去做早饭，你先去洗漱。"

陈东君下床去厨房，于今清一边在床上滚来滚去一边大喊："哥，我好想成年！"

陈东君已经走到门边，脚步一顿，回过头看他，问："怎么了？"

"没什么。"于今清不想说。

陈东君看着他，说："你快点去洗漱。"说完就往厨房走。

"哥，"于今清跳下床，连鞋也没穿，跑到陈东君身边，揶揄道，"哥，你是不是怕我比你长得高啊？"

"没有。"陈东君板起脸，把于今清拉开，"快点，要迟到了。"

于今清站在厨房门口，一边看陈东君煮面一边刷牙，刷牙时也不老实，口齿不清地说："哥，你身材真好。"

陈东君往平底锅里打了两个鸡蛋，回头跟于今清说："你过来。"

于今清乖乖走过去，陈东君右手拿着勺子拨弄平底锅里的鸡蛋，左手漫不经心地在于今清的头上狠狠敲了一下，说："你挺嚣张啊，嗯？"

于今清叼着牙刷，两只手捂着头，一边口齿不清地说话，一边快速跑开："我不敢了，我不敢了——"

陈东君看着他的背影，嘴角勾起一抹温柔的笑。

一个月后的一个周日，陈东君和于今清去家属院附近的篮球场打篮球。阳光下，两个少年占了一边篮球场。

陈东君轻易地从于今清的手里夺过篮球，轻轻一跃，手腕跟着一动，投出一个空心篮。于今清立即接起落下的篮球，准备投篮，陈东君一个闪身，从他身边擦过，手一勾，篮球又到了他手里。

陈东君扬起手，于今清立即拦截，防他再进球，却没想到那只是个假动作，下一秒他已经带球晃过，绕到了于今清身后。

等于今清回过头的时候，陈东君已经得分了。

汗水从陈东君的额头上流下来，他抬手随便擦了一下，笑着说："还来不来？"

于今清扯起下衣摆，擦了一下头上的汗，说："来啊！怎么不来！"

陈东君把于今清的衣摆拉好，又走到篮球场旁边的长椅边，拿起长椅上他们带的毛巾，一抬手，跟投篮似的丢毛巾给于今清，说："接好。"

于今清一边拿毛巾擦脸一边喊："哎，水也扔过来！"

陈东君笑着把水扔过去，于今清跳起来接了，喝了一大口。

陈东君说："慢点喝。"

于今清"咕咚咕咚"喝完水，抬手把水瓶扔过去，他准头太差，一丢就丢出了篮球场。陈东君一边跑去捡水瓶，一边笑骂："你企图消耗敌军体力。"

于今清乐得不承认自己准头差，恨不得刚才再丢远点，他远远地朝陈东君喊："这叫作'不战而屈人之兵'，出自《战国策》。"

陈东君捡起水瓶，一听差点气笑了："下次去图书城，我得给你买本《孙子兵法》，让你看看到底出自哪里。"

于今清冲他吐舌头，说："我不管，你快回来，我们再比过！输的人做饭！"

陈东君跑回来，拿起篮球，抛给于今清，说："我让你一次。"

于今清跳起来，在无人阻碍下，他连投三次篮，好不容易进了一个，高兴地跑到陈东君身边炫耀："你输了！"

陈东君好笑道："还没开始我就输了？"

"你总得让我赢一次吧？"于今清开始耍赖。

"各凭本事呗。"陈东君眼底满是笑意，说话的时候因为带着笑意，胸腔微微起伏。

于今清踢了陈东君一脚，说："你到底是不是我哥啊？"

陈东君手一勾，从地上捡起篮球："大佬，输不输得起啊？"

"哼，有什么输不起的！"于今清拦到陈东君面前，恶狠狠地说，"你想从我手下过，先得留下买路钱。"

陈东君大笑起来，一个不注意还真的被于今清抢了球去，他一个箭步绕回于今清的前面，嘴唇勾起，学着于今清说："你想从我手下过，先得留下买路钱。"

于今清带着球撞向陈东君，用篮球盖了陈东君一脸，说："大佬赏你的。"

他趁着陈东君没反应过来，一抬手，篮球在空中划出一道抛物线，砸到篮圈边缘，"当啷当啷"地晃了几圈，然后在于今清期待的眼神下擦过篮网，从篮圈中心掉了下来。

于今清欢呼着跳了起来，陈东君眼睛里全是笑意，他摸了摸于今清的头，两步上去接起篮球，单手一挥，篮球再次在空中划出一道漂亮的抛物线，又是一个空心篮。

"追平。"陈东君转头看于今清。

于今清接起落在地上反弹起来的篮球，说："你等着。"

他刚说完，手里的球就被陈东君闪身夺走，再抬头时篮球已经进了篮圈。

"反超。"陈东君说。

于今清愤怒地拿起球，抱在自己怀里。

陈东君的声音里全是笑意："你带球走步了啊。"

于今清只好开始运球，并看着球再次从手中消失。后来，于今清累得抱着球一屁股坐在地上，陈东君走过去拉他，他死死地抱着球，说："我没走步。"

陈东君好笑地把他从地上拎起来，说："不准耍赖。"

于今清哼哼唧唧的，陈东君摇摇头，笑着说："回家了，大佬。"

于今清一口气跑到长椅边，拿起水瓶猛灌了几口水，然后站在长椅上，拿水瓶指着太阳的方向，豪情万丈道："命定的对手，总有一天你会跪在我的脚下！"

陈东君把他从长椅上拽下来，憋着笑说："我等你。"

两人收拾好东西回到家，于今清满头大汗，正准备去洗澡，陈东君的手机响了，是纪警官打来的电话。于今清站在旁边，有点紧张地看着陈东君的手机。

"我们已经确认了，那天抓的人不是尤又利，这周一我们就已经将他释放了。我们考虑到你高三课业比较多，可能周六也要补课，所以今天才给你打电话。"纪警官说。

"我弟弟应该不会记错。"陈东君看了一眼一脸汗水，正睁着大眼睛眼巴巴地看着他的于今清，说，"没有伪造居民证的可能性吗？"

"有，但是关键不在这里。"纪警官语气肯定道，"尤又利不是本地人，据其所属地的刑警调过来的资料显示，尤又利多在北方活动，有明显的所属地口音，而这次抓到的人名叫刘三春，本地口音，本来是附近县城下面的农民，至今未婚，现在一家餐馆做帮厨，已经干了有六年了。"

于今清听见电话里的声音，从陈东君手里拿过电话，说："虽然打拐案是三年多前破的，但是他拐我是在七八年前，可能他拐了我不久就逃到这里了。"

"但是刘三春确实是本地人，和尤又利老家那边没有任何联系。"纪警官说，"一些细节必须保密，总之案件的处理结果就是这样。"

电话两边的人都静默了许久。

"那谢谢了。"于今清的声音没有起伏，"再见。"

"记忆有时候会出错，何况你那时候还那么小……"纪警官忍不住说。

"嗯，我知道了，谢谢纪警官。"于今清挂掉了电话。

"哥，真的是我记错了吗？"于今清蔫蔫地坐在地上，抱着篮球，下巴靠在篮球上，没有擦干的汗水从他的额头上滴进眼睛里。

于今清心里难受，一边揉被汗水弄痛的眼睛，一边说："怎么可能？"

陈东君坐到他身边，把纸巾递给他，说："可能真的是你的记忆出了错。精神科临床有一种疾病，叫作PTSD，也就是创伤后应激障碍，有时候会表现为过度警觉，有时候会出现选择性遗忘，不能回忆起事情发生时的细节。"

于今清垂着头，视线在篮球纹路和地板纹路上来回移动，就是无法聚焦："哥，我觉得我的记性很好。"

陈东君说："这和记性没有关系，清清，这是我们的身体在进行自我保护。因为有些事情太可怕了，所以我们选择遗忘，谁也没有错，错的是做出可怕事情的人。"

"可是，哥，我真的没有忘记过那张脸。"于今清突然抓住陈东君的手，就像抓住最后一根救命稻草，"哥，你信我吗？"

在那漫长的四年里，一个七岁的孩子其实完全可以顺其自然地忘记他本来是谁，忘记他是怎样到了那个地方的，但是于今清一直在强迫自己回忆那些甜美的、差不多失去的记忆，回忆那些可怕的、令他反复产生梦魇的记忆。

他本来可以忘记那些痛苦的事情，本来可以轻而易举地成为那些欺负他的小男孩中的一员，跟着他们拿弹弓，由被欺凌者变成欺凌者，由狗变成打狗人。

这是世间常态，但是他没有。

有时候甘愿痛苦是一种天赋，会让人本能地拒绝那些愚昧与无知带来的欢愉，这不是所有人都学得来的。

陈东君看着于今清讲不出话，他相信于今清，却也相信人类创伤后的记忆具有局限性。这两者是可以同时成立的，一个人没有说谎，但是他相信的东西可能原本就是错误的。

"这个世界有很多长得像的人，七年过去了，那个人不可能还跟七年前一个样子，清清，别再想了。"陈东君看到于今清眼睛里一点一点透出失望，光一点一点熄灭，心里突然很不是滋味，"别这样。"

陈东君想摸摸于今清的脑袋，但是于今清站起身，躲过他的手，没有看他："哥，我出了好多汗，脏，先去洗澡了。"

陈东君拦在他面前，说："清清，我们谈谈。"

于今清冷淡地说："没有什么可谈的。"

"你不高兴，都不愿意跟我说话？"陈东君脸色难看，"警方给出来的结果就是这样，有时候我们的记忆就是会发生错误，我不是说你在说谎，而是你的大脑它骗了你，你懂吗？"

"哥，你聪明，书读得多，你跟我不一样，你什么都理智，看什么都冷静，可以一条一条地罗列出来，分析得清清楚楚。我蠢，我幼稚，我冲动，行了吧。"于今清绕开陈东君，毫无血色的脸上一点儿表情也没有，"我去洗澡。"

陈东君一把拉住于今清，粗暴地把人扯回自己面前，声音里压着火气："你在说什么？你再给我说一遍！"

"你就愿意信他们，不愿意信我。"于今清把陈东君抓住自己的手甩开，"你不信我就不信我，能不能别找那么多借口？"

"你能不能冷静点？定罪是要靠各个证据互相印证的，不能光靠你一个人好几年前的印象！"陈东君克制住怒气，忍住想要再次抓住于今清的冲动，"我说得不对吗？你就不能动动脑子？"

于今清冷笑道："我是没脑子，全世界就你陈东君最聪明，你说的话都对，我蠢，我不冷静，我都承认，够了吧？"说完，他退后了两步，脸上带着那次中年警官在地下通道时相同的嫌恶表情。

陈东君被那个表情刺了一下，刚才竭力压下去的火气全上来了，他猛地把于今清拽到自己面前，盯着于今清的眼睛说："不准你这么看着我！"

于今清脑子里什么都没有，他的肩膀被捏得一阵剧痛，心里全是他哥不信他的憋屈，那种感觉就像千斤巨石压在胸口，一口鲜血哽在喉头，憋得他要发疯："走开！"他压低了声音，像是喉咙里有个伤口。

"你不准跟我说这种话！"陈东君攥着于今清清瘦的肩膀，手指的力量逐渐加大。

于今清猛地一挥手，把陈东君的脸打到一边，说："这是我家，你出去！"

"我出去？"陈东君的眉头皱得死紧，眼睛里是完全遮掩不住的怒火，几乎烧得他双眼赤红，他大手抓起于今清的两只手腕，"你给我再说一遍！"

于今清的两只手腕被捉了起来，他惊怒交加，觉得疼痛和耻辱，陈东君什么时候这样对过他？瞬间，憋屈、怒火、心痛、震惊、羞耻一时间全涌了上来，他感觉到自己在陈东君面前就像一个弱小的稚童，不被相信，智商被鄙视，因为身材瘦小而被其用武力制服。

于今清紧紧地盯着陈东君的脸，咬牙切齿道："滚。"

陈东君的瞳孔猛地一缩，手指的力道更大。

于今清吃痛，咬住嘴唇，又说："滚。"

"好，很好。"陈东君把于今清扔到地上。

"你干什么？"于今清拼命挣扎。

陈东君重重一巴掌打到于今清身上，于今清回过头瞪着他："你把我放开，滚出去！"

陈东君说："滚出去？你再说一遍试试？"

他一掌又一掌打在于今清身上，于今清咬着牙，红着眼睛一声不吭。

陈东君只是想教训于今清一顿，但是打了几巴掌之后，他看着于今清倔强的脸，突然像被什么东西驱使，他双眼发红，捉住于今清的两只手。

下一刻，于今清的眼泪在一瞬间迸出来，他双眼大睁，难以置信地看着眼前的人。

"哥，哥，不要……"

于今清一直在哭着求饶，那是一场酷刑，而施暴者是他哥，是他穿着开裆裤学走路起就信任的陈东君。

于今清到后来才想清楚，陈东君其实一直是一个痞子，在于今清回来之后，他才收起了所有本性，变得克制又理智，永远都在当一个好哥哥，一个好榜样，甚至像一个好父亲。

但是他的骨子里，其实一直是一头狼，他靠脑子，也靠拳头，身体里仿佛流淌着属于野兽的血液。

所有的包容与体贴，所有的照顾与呵护，都是陈东君愿意给，于今清才拥有的。其实从本性上说，他不耐烦做任何拖泥带水的事，不喜欢被反驳，更不能接受被于今清用那样的目光与言语对待。

在一些人看来，保护与驯服本质上就是同一件事。

过了很久，久到于今清脸上的泪都干了，他双眼空洞地说："哥，打120。"

陈东君突然意识到自己做了什么，他摸到于今清身上的血液。

陈东君一瞬间眼前发黑，于今清又指了指电话，说："打120。"

等陈东君打完急救电话，于今清说："你走吧。"

"清清……"陈东君想把于今清从地上带起来。

于今清痛得几乎不能动，但仍拼着一口气猛地往旁边一躲，他动了之后，脸上马上露出因为强行移动身体的痛苦表情，而后说道："走。"

陈东君的手一顿。

"你别再出现在我面前。"于今清双眼无神地望着天花板，一字一句地说。

陈东君坐在于今清的旁边，一言不发，一直等到救护车来。

当救护人员询问情况的时候，陈东君正要说话，于今清打断他，跟救护人员冷静地说："不是故意伤害，是意外。"

于今清被抬上救护车的时候，双眼大睁，看着泛着火烧云的绚丽天空从自己的视线范围一点一点消失，声音冷淡："别让他上来。"

陈东君准备跟上救护车的身形一顿，什么话都说不出，只能从钱包里拿出两百块钱备用，然后把整个钱包塞到救护人员手上。

随车医务人员对陈东君点了一下头，从救护车里面将门关上了。

陈东君站在原地，被家属院里看热闹的大爷大妈围住。

"这是怎么回事啊？"

"这不是东君吗？你把清清打了？"

"作孽哟……"

"他就剩下一个人了，他把你当亲哥哥啊！"

陈东君垂下头，于今清把他当亲哥，是真的。

他站在指指点点的人群中，听着那些猜测和指责，心想：对，我做的事，畜生不如。

陈东君一直站于今清家楼下，看着救护车从家属院的门口开出去，然后转身推开围着他的人，走进楼道。

他一步一步走上楼梯，每走一阶，就给自己一个耳光。

明明那是自己最想要保护的人，明明不舍得动他分毫，明明是想看他健康快乐长大的。

陈东君坐于今清家门口，甚至想不起来刚才具体发生了什么，好像一转眼，于今清就身上带血了。

他想起于今清那天说"你和那些打我的人贩子没区别"，可能真的没有什么区别。

他把头埋在手掌里，一直坐到了深夜，突然手机响起来，他接起来，是他妈妈来问："你今天又住于今清家？"

"我一会儿就回去，不麻烦张叔了，嗯。"陈东君说。

陈东君疲惫地站起身，往楼下走，从三楼走到二楼的时候，他听见有人正在上楼，脚步很轻。

楼梯间一片黑暗，这边的声控灯已经老化，需要大声说话灯才会亮，反正他对这片区域已经足够熟悉，就着楼梯间窗户透进来的一点月色继续往下走。

快走到一楼的时候，他和上来的那个人擦肩而过，楼梯间太暗，两个人都没有注意到对方。

当陈东君又下了两级台阶的时候，他突然感觉有什么东西微微反了一下光，他朝斜上方看去，那个上楼的人手放在夹克口袋里，夹克口袋边缘露出了一把水果刀的尾部。

陈东君顺着那个人的夹克看上去，看到了那张在黑暗中模糊的脸——蒙住了口鼻的口罩上面，是一大一小两只眼睛。

第 七 章

　　陈东君迅速低下头，强自镇定，以正常的步伐走下楼梯，以确保脚步声没有异样。

　　当他快要走出楼道的时候，听见上面传来敲门声，他一边快步向外走，一边掏出手机，发现手机已经没电自动关机了。他大步走到家属院外，打了一辆车，直奔警察局。

　　他进去后一眼看到了在值班的纪警官，说："那个刘三春有问题。"

　　陈东君一边说一边走到纪警官办公桌旁边，双手撑在办公桌上，居高临下地逼视纪警官，道："他很可能就是尤又利。"

　　纪警官无奈地说："真不是，我们确认过了。"

　　"好，就算他不是，那他就是蓄意报复。我刚从我弟弟家出来，下楼的时候跟他擦肩而过，他没认出我，我认出他了。他戴着口罩，口袋里揣了水果刀。"陈东君看着纪警官，口气是从没有过的严肃，"今天我弟弟没在家，但他以后肯定会再来。万一他们真的碰到，会出人命的。"

　　纪警的官表情凝重起来，但还是有点怀疑："应该不至于，他人挺老实。"

　　"纪哥，哪个罪犯天生长着一张罪犯脸？"陈东君劝说，"我们现在赶快走，说不定还能碰上他。"

120

纪警官迟疑了一下，说："走。"

到于今清家的时候，楼道空空如也，什么人也没有。纪警官敲开于今清家邻居的门，问今天有没有发生什么异样的情况，邻居看了眼陈东君，有点犹豫。

纪警官也跟着看了一眼陈东君，说："你先下去。"

等陈东君下楼之后，邻居跟纪警官说："刚才那小子，今天好像把他弟打了，打得救护车都来了。唉，是不是有人报警了？我本来没敢说，那小子爸妈好像挺不简单的，以前他住我们院里就是所有小孩的老大，没想到长大了这么无法无天……"

纪警官脸色一变，又问了晚上有没有其他情况，邻居回忆了一下，说："我没听见什么响动。"

纪警官问完情况，下楼对陈东君说："我送你回家呗。"纪警官一想到陈东君把他弟打进医院，嘴上还说什么碰到就会出人命，就觉得自己得赶紧把这个麻烦精送走。

陈东君说："去刘三春家。"

纪警官跟老大哥似的拍了拍陈东君的肩膀，说："你就别给我惹事了。"

"我没惹事，现在去那个人家里，说不定还能找到证据。"陈东君严肃道。

"你是不是吃人家馆子吃出点儿蟑螂头发什么的，蓄意报复人家啊？我跟你说，你这样惹事是浪费我们警力。"纪警官揽着陈东君的肩膀，"你纪哥也是你这个年纪过来的，我告诉你啊，老这么混不行啊！"

陈东君看着纪警官，说："你相信我行不行？我真的看到了。"

"这楼道这么暗，不大声说话灯都不亮，你肯定看错了。而且人家怎么知道你弟家住哪儿？"纪警官一脸的不相信，认定陈东君就是一个不良少年，存心给他找事儿，"行了，我送你回家吧！这么晚你爸妈不着急啊？"

121

陈东君忽然体会到于今清的感觉。

哥，你信我吗？——于今清说这句话的时候，眼睛里还有光，他却看着于今清眼里的光，说了一堆自以为是的理论，最后终于让光熄灭了。

说到底，他不过是个比较早熟的高中生。

好的家世，好的教育，还不错的头脑，让他有一套自己的思维方式与逻辑，这套思维方式让他的人生一帆风顺，甚至可以说非常优秀地长到这个年纪，他也就理所当然自以为是，理所当然傲慢。

这种自以为是和傲慢平时并不显山露水，但是当这种人讨论起问题时便可以被人察觉，他只相信以他的逻辑推理出来的东西。

他过分相信他的思维方式，也终将败于他的思维方式。比如这一天，他终于惊慌失措地发现，他的自以为是伤到了他一直最想保护的人。

陈东君想到于今清躺在担架上空洞的眼神，仰起头闭了闭眼，想不出怎样做才会得到他的原谅。

最后他想，不管自己能不能被原谅，至少要保护于今清平安。

"那你告诉我，刘三春他家在哪里？"陈东君说。

"哎，你这小子，我就知道你是要找他麻烦。"纪警官无奈地把陈东君按进车里，"人家就是一个老老实实打工的，连房子都是租的，你家境这么好，心眼儿怎么就这么小？"

陈东君从来没在意过自身家境，兄弟朋友都是自己交来的。于是他一坐上副驾驶座就用手指堵上车钥匙孔，语气坚定地道："去刘三春家。"

纪警官看了他半天，说："我以前还觉得你挺成熟的，敢情就在你弟面前那样？我们就去这一次，要是不对，你赶紧回家写作业，听见没？"

纪警官把他的手挪开，车钥匙插进钥匙孔，一边踩油门，一边嘀咕：“都高三了还这么闲，真是……”

车子开了不久，纪警官把车停在一栋老式楼房下面，对陈东君说：“你坐车里，我上去。”

“我也上去。”陈东君说。

纪警官想了想，说：“你去买两件牛奶，上去就说是上次认错了人，给人道歉去的。”

陈东君点头，去附近的小卖部提了两件牛奶。

纪警官和陈东君一起上楼敲门，却没有人应门。

陈东君低声说：“他还没回来。”

纪警官说：“说不定人睡了。”

他又敲了敲门，还是没有人应门。

这时楼道里响起了脚步声，陈东君浑身的肌肉都绷紧了。

这轻轻的脚步声，和他在于今清家楼道里听见的一模一样。

突然，脚步声停了，人开始往回走。纪警官听见脚步声渐远，便对陈东君使了个眼色，两人也跟着向下走。

纪警官下楼后，看见那个离楼房不远的背影，叫道：“刘三春？”

刘三春双手插在裤兜里，转过身来，脸上露出一个恰到好处的惊讶笑容，一边眼皮耷拉着：“纪警官？”他又看了一眼提着牛奶的陈东君，“这是？”

纪警官点点头，说：“他来跟你道歉，上次认错人了。”

刘三春憨厚地挠头笑笑，说：“没啥没啥，就是我好多天没去上班老板意见挺大。我记得不是你指认的我啊。”

陈东君面无表情地说：“哦，你看到了是谁指认的你吗？”

刘三春笑容一僵，又讨好地继续笑起来：“没没，我听说是个小孩，说我是人贩子，我看你也不是小孩……嘿嘿，原来是你啊，也难怪，现在的小孩都营养好，长得高……”

“你刚上楼，怎么又下来了？”纪警官笑着打断他。

123

"我这不烟瘾犯了，"刘三春搓搓手，"去旁边买包烟。"他指了指刚才陈东君买牛奶的那家小卖部。

"那你之前干吗去了？在哪儿快活啊？"纪警官开玩笑道。他仔细观察了一下刘三春的穿着，身上应该没有可以藏水果刀的地方。

刘三春不着痕迹地打量了一下陈东君，眼皮忽然微微跳了一下。

他揉了揉酒糟鼻的鼻翼，说："散步呗。"

他又摸了摸自己的肚子，道："我们这种在馆子里打工的，就是容易长胖。纪警官您看看，我一个农民工，要啥没啥，就这样，还差点三高了。"

纪警官笑着说："你这就是中等身材，真说不上胖，我看你们这小区也不大，你在哪儿散步啊？"

"我转了挺远，也没注意具体在哪儿，跑了挺久就原路返回了。"刘三春笑着说。

纪警官点点头，对陈东君说："你再给人道个歉，我们就回去了。"

陈东君看了纪警官一眼，纪警官说："快点。"

陈东君上前一步，伸出手，说："对不起。"

刘三春也伸出手，重重地握上陈东君的手，此时陈东君刚好挡住了纪警官看刘三春的视线，刘三春突然龇牙笑了，露出一口被烟熏黄的牙齿。

那是一个不属于"刘三春"的笑，没有讨好与憨厚，他比了一个口型："你等着。"

陈东君猛然甩开他的手："你说什么？"

刘三春一愣，脸上泛起老实又讨好的笑容："我刚要说'没关系'呢，你这孩子怎么……"

陈东君盯着刘三春，一拳抡了过去。

纪警官从陈东君身后拉住他，说："行了，你发什么疯！"

陈东君力气太大，纪警官用了全力才拉住他，纪警官对刘三春说："你快提着牛奶上去吧，估计这倒霉孩子在你那馆子吃坏肚子了。"

刘三春挠了挠头，说："那真的对不住，你要再来吃，跟我说，我给你免一次单。但是吧，你这小孩，话不能乱说，我这么久没上班，这个月工资都被扣完了，奖金一分钱没有，我这还得交房租，唉。"说完，他拎起地上的两件牛奶，又招呼了一下，就上楼了。

"他刚才跟我比口型，说'你等着'。"陈东君看着刘三春的背影，半天才冷静下来，"事情没这么简单。"

纪警官强行把陈东君按进车里，说："我看是你跟人家说'你等着'还差不多！人家都没怪你，还说下次去吃饭给你免单，你给我老实点，再惹事我联系你爸妈了啊！"

陈东君几乎要气笑了，问："你都看不出来刘三春根本就是装的吗？"

"人家正常得很。"纪警官一脸无奈，"我只看出来你喜欢惹事。"

纪警官想到陈东君把他弟弟打进医院居然用一句"我弟不在家"打发了他们，外加深厚的家庭背景，越看越觉得这小子爱说谎，缺管教，上次见面还装得成熟稳重，估计就是为了指使他弟弟诽谤别人。

陈东君一路上把自己所见及其推理说尽，却换来纪警官真心诚意的教育——要做一个好公民、好学生、好少年。

真是离谱！陈东君在心里埋怨了一句：太离谱了。

纪警官强行把陈东君送到家，说："你别给我惹事了，学点好行不行？"

陈东君摔上车门，他终于体会到什么是千斤巨石压在胸口，一口鲜血哽在喉头。

就是在那时候，他发现"标签"是一种可怕的东西。

这个标签没贴到他身上的时候，他觉得道理都在他那里。标签贴到他身上的时候，他才知道，当给一个人贴上标签的时候，也就基本关闭了和这个人交流的通道。

关闭通道是很容易的，难的是说服一个人打开它。

陈东君憋闷地向他们家大门走去，快走到门口的时候，他看见他们家门口的一个垃圾桶。

陈东君脚步一顿，想到刘三春家楼底下也有一个垃圾桶。

陈东君突然想起来，刘三春说下楼是烟瘾犯了去小卖部买烟，可后来他根本没有去买烟，拎着两件牛奶就走了，那他下楼的原因是什么？

忽然，一个又一个片断在陈东君脑海里串联起来——如果刘三春回去以后发现家门口有人，那么就顺势下楼，将口罩、手套、水果刀等可能的作案工具丢进垃圾桶，再以买烟为借口……

陈东君快步走到马路边，打了一辆车，直奔刘三春住的那个小区。

他必须在刘三春之前拿到那些作案工具，从而证明刘三春真的蓄意杀人。

此时已经到了凌晨，老旧的小区里一个人也没有，只有昏黄的路灯。陈旧的灯泡闪烁，灯光明明灭灭的，无人修理。

陈东君还剩下一百多块钱，夜晚难打车，他多付了一百让司机等他回去。

下车以后，他往刘三春家楼下走，那一段的路灯不知道怎么回事，他离开的时候还是好好的，现在已经坏了。

其实这个时候陈东君已经发现了不对，但是他太急于处理好这件事，并没有在意那些反常的地方。

从看着救护车离开的那一刻开始，他便急于赎罪，急于确保于今清将不再受到任何伤害。

陈东君借着月色走到垃圾桶附近,他看不见垃圾桶里的东西,只能试着用一只手捞。

他摸了几下,非常轻易地就摸到了一把金属的东西,还差点割到手,拿出来,果然是一把水果刀。

陈东君打算再从垃圾桶里摸出其他东西,他刚要腾出右手继续捞,把水果刀从右手换到左手,忽然移动中的水果刀在微弱的月光下反了一下光,照出了不远处一个狰狞的人影。

陈东君警戒心骤起,迅速站起来,但是已经来不及了,空气里传来衣服摩擦的响动,那个人已经扑了过来。

他要抢那把刀,陈东君侧身躲开他的手,尽量不让刀碰到他,也不让他抢到刀。

那个人压低了声音:"你把刀给我,我不找你们麻烦。"

微弱的月光下,那人一口黄牙,语气森然。

陈东君往后退了一步。

"你好了没有?怎么这么久啊?一百块也不能让我干等这么久吧?刚好有个人要坐车,要不我送完他再回来接你?"

司机大大咧咧的声音从远处传来,远处有手机屏幕的光在往他们这边晃。

陈东君正准备往司机那边跑,突然黑暗中的人脸色一变,直接向他手上的水果刀撞过来,比刚才扑向他的速度还要快,颇有破釜沉舟的架势,陈东君躲都躲不及。

"扑哧"一声,他手中锋利的水果刀刺入了那个人的身体。

陈东君感觉自己脸上被溅上了温热的液体,他手指僵硬地松开了水果刀,那个人用手抓着水果刀,跪倒下去。

陈东君低下头,那个人的大小眼睁着,瞪着他,眼白大得吓人,嘴唇张开,有浓稠的血液从他的牙缝和嘴角溢出来。

那个人不动了。

陈东君蹲下身，把手放到酒糟鼻的鼻孔下面。突然，一道手机屏幕散发的光从他身后很近的地方照了过来，转瞬那道光在空中摇晃了几下，"啪"的一声，手机掉到了地上。

"啊啊啊！杀人了！"

于今清住院的第二天晚上，地方台正在转播总台新闻，他对病房护工说："麻烦换个台吧。"

同在一个病房的老太太摆手说："哎，别换，一会儿这个播完了还有本地新闻。"

"那麻烦你把声音调小一点，我想休息。"于今清其实没有睡意，他睡不着，只是他听什么都觉得难受。

"哎，你这时候睡，半夜醒来就睡不着了。"老太太大着嗓门嚷嚷，"别调小声音啊，我耳背，调小了听不见！"

于今清用枕头盖住了自己的脑袋。

"今天的新闻就播送到这里，谢谢收看。"

"全国气象预报……"

"下面进入本地新闻——

"10月6日凌晨，在本市某小区发生了一起蓄意伤人案。嫌疑人陈某某，持水果刀行凶，受害人为一家餐馆的帮厨刘某某，为进城务工农民，至今昏迷不醒，未脱离生命危险。据悉，嫌疑人陈某某为未成年人。

"此案目前处于警方审理阶段，同时引发了一系列思考：未成年人相关法律所保护的对象和边界到底在哪里？权力究竟应该怎样被行之有效地关进笼子里？

"10月6日上午，有市民称嫌疑人陈某某在作案前一天傍晚曾在另一小区殴打一名未成年人，导致其重伤住院。

"10月6日下午，本台接到市民董姓夫妇热心举报电话，举报嫌疑人陈某某向失去双亲的未成年人发放高利贷……"

老太太看电视看得津津有味，一边嗑瓜子，一边咂巴嘴："我就知道这些有钱有权的都不是东西，生出来的也都不是东西！呸！"

她嘴一噘，把一片瓜子壳吐到地上，接道："这下该抓了吧？不能在外面蹦跶了吧？要我说——"

旁边床铺传来动静，老太太恋恋不舍地把目光从电视机前移开，别过头去看于今清："你干吗？哎，医生没说你能出院，你连鞋都没穿——"

"现在的小孩，"老太太又嗑了一颗瓜子，鼻子里喷出一口气，"真是一代不如一代，一个比一个没礼貌，大家竟然还说现在年轻人素质高。"

晚上医生来查房，指了指今清的床问："人呢？"

老太太唉声叹气："跑啦，拦都拦不住。"

旁边来见习的医学生说："老师，我们真的应该跟警察那边搞个联网什么的，共享一下通缉名单。之前那回也是，那个男的欠了医院八千多块医药费，跑得没影了，师兄叫我去报案，结果怎么着，那人刚好是个通缉犯。"

"你胡说八道什么。这就是个小孩，钱包还放在护士长那里。"医生白了医学生一眼，跑到老太太那里询问病情。

"你还别说，"老太太津津有味地道："小孩就不会跑了？你是没看到新闻，那个拿水果刀捅人的就是小孩，爸妈还都不是一般人，这下不知道在想什么办法救儿子呢……"

何隽音这一天确实都在想办法救儿子，她请了假在家，整整一天，不是在打电话，就是在接电话。

领导、同事、亲戚、朋友、警察、电视台、报社……还有根本不认识的人直接打电话来骂她。

人们总以为是互联网的便捷给这个社会带来了舆论暴力，但其实是人本身带来的舆论暴力。

"蒋律师，你说吧。"何隽音用两根手指端起茶杯，喝了一口茶。

她坐在沙发上，穿着没有一丝皱褶的西装套裙，一条腿搭在另一条腿上，腰杆笔直。这个时候，她就像一个全身武装的女战士，连眼角眉梢和指甲也是冰冷锋利的。

"案件还有很多疑点，警察那边都没给出说法，何女士，电视和纸媒的舆论导向很明显，很可能是有人在背后操作。"蒋律师顿了一下，说，"但现在也很难说。牵扯到您这样的人的事谁不爱看？涉及未成年人的案子谁不关注？您这两者都沾了，这条新闻一做，既赚了收视率又赚了吆喝，谁不做这条新闻谁傻。"

蒋律师心直口快，本是当笑话说。

"行了。"何隽音打断他，"你快想办法，东君什么时候能出来？"

"刑事拘留最多三十七天，实际上不会那么久。首先，陈东君第一时间就主动用出租车司机的手机报了警，而且根据陈东君提供的证据，可以证明他不是蓄意伤人。警方在垃圾桶里找到了带刘三春生物特征的手套、口罩。水果刀上也有刘三春的指纹，但是不能判断指纹是在刘三春被捅伤后他握上去的，还是之前就有的。现在主要的问题是无法判断陈东君是冲动伤人还是防卫过当，并且受害人现在还没脱离生命危险，他是醒是死，可能会有完全不同的结果。"蒋律师的语气缓和下来，"当然，情况还是对我们很有利的。"

"这事能私了吗？"何隽音的声音没有波澜。

蒋律师说："受害人受重伤，一般不能私了。当然，也不是没有别的办法。或者，要是刘三春真的是罪犯，那就好办多了。"

"我等不了，谁知道那个人什么时候醒？我儿子一定要好好的。"何隽音说。

蒋律师犹豫了一下，说："音姐，我跟您是老朋友了，我就直说了啊，您现在那边的情况，不适合弄出大动静。"

"风险我担。"何隽音挂了电话，又打了两个电话。

第二天，本地另外一个电视台播出了一则新闻，讲述了一个市一中尖子班的优秀男生智斗歹徒的故事，一些纸媒也同时改了口，畅谈关于见义勇为却失手伤人的法律与道德问题。

何隽音打了一天电话，好不容易到了晚上，终于消停了。她听见敲门声，保姆去开了门，她站起身，看到门外站着一个瘦削的男孩。

男孩光着脚，满是尘土污迹的脚上有两道血痕，他身上穿着白色的条纹病号服，穿堂风一吹，吹得病号服像挂在杆子上的白旗似的。

保姆给于今清拿了一双拖鞋，于今清站在门外，不敢进去，说："何阿姨好。"

何隽音曾经找过他，说陈东君本来可以跳级，但是为了陪他放慢了所有计划，她希望他也能为陈东君的前途考虑，至少不耽误陈东君的正常课业。所以之后陈东君提起要他去他们家，他每次都拒绝，他什么也没有说，只是用尽一切方法让陈东君继续陪着自己，于是本能地不敢面对何隽音。

何隽音淡淡地说："进来吧。"

于今清拘谨地穿好拖鞋，站在沙发边上，没有坐下。

"我哥……"

"你……"

两人同时开口。

"您先说。"于今清马上闭嘴。

何隽音看着他的病号服下摆，皱着眉问："你怎么回事？"

于今清回头一看，才发现他一路跑到这里连伤口裂开了都不知道，现在裤子和衣服下摆全是血。

于今清把身体的背面对着墙壁，说："没事，我摔了一跤。何阿姨，我是想来问我哥。嗯，东君哥哥他现在回家了吗？还是在警察局？"

"我会想办法。"何隽音说。

于今清松了一口气，说："他有没有受伤？怎么会这样？"

"我也没见到他。"何隽音的语气变得不太好，"他捅了刘三春，你说刘三春是人贩子，结果其实不是。我早就跟你说过，东君把你当弟弟，我没意见，但是他不能把自己搭进去。"

于今清低下头，说："对不起。"

"之后我会直接送东君出国。就算什么事都没有，他在学校也待不下去了。"何隽音用指甲摩挲着茶具上精致的花纹，"你觉得这些事的起因是什么？"

于今清身体一僵，手不自觉地扶上背后的墙壁，好像这样才能支撑住他的身体。

"他本来有大好的前途。"何隽音盯着于今清说。

"阿姨说句实话，如果没有你，东君已经跳级在读大二，他可能在做机器人或者飞行器的研究。"何隽音指了指客厅的一排架子，"那是东君过去的十七年。"

那是一个占据了整面墙壁的架子，全是各类科技杂志、机器人、飞行器与宇宙探测器的模型。顶端的高速飞行器模型最为亮眼，陈东君甚至特意买了射灯安在那些高速飞行器上方。这些模型几乎囊括了国内外所有王牌高速飞行器种类，连近年才出现的机型也被他收藏了。

于今清走过去，发现每一个模型旁边都有陈东君标注的简介，从研发到列队，从优势到缺陷，从器身到布局，再到翼面、发动机等等，这里就像一个小型而私密的博物馆。

那是于今清没有真正认识过的陈东君的世界。

于今清伸了伸手，不敢去碰架子上的任何东西，只远远地在空气中滑过，就像触摸着陈东君过去的人生。

"你应该能看到，他喜欢的是什么。"何隽音站在于今清身后，也看着那些模型和陈东君写的简介。

她能发觉那些字体的变化，工整刻板的，清俊洒脱的，略微狂放的，克制优雅的，那是一个少年心境的变化，没有人能比一个母亲更理解这些变化所代表的含义。

何隽音说："我和陈东君他爸爸，不是那种要逼着孩子去干什么的父母，我们所做的一切，不过是让他能安安心心追求他想追求的东西。一个小孩，如果在年少的时候因为外力影响不能学想学的东西，不能做想做的事，那是很可惜的。"

"我们尽力给他一切，也不干涉他的任何决定，哪怕那会使他走一些弯路。"何隽音拿起一个老旧的机器人，那个机器人的手臂一看就是另外做了安上去的，不是原装的。她想到了陈东君小时候，嘴边浮现一丝笑意，却转瞬即逝，"但是我们总有底线，有些事发生一次就已经足够成为教训。你很聪明，一定明白我的意思。"

于今清退了几步，离那座架子远远的，却什么都没有说。

何隽音将机器人放回去，盯着于今清说："你一定觉得东君对你负有责任吧？"

于今清一怔，他本能地觉得陈东君是他哥，就该无条件地信他，无条件地对他好，但是其实在这个世界上，从来没有无条件的信任和关爱。

或许在他心底的某一个角落，真的有一个声音在告诉他，陈东君该为他曾失去的一切负责，这就是一切所谓"无条件"的原因。

"可是你仔细想想，他真的该对所有事负责吗？他不应该过他想过的人生吗？"何隽音看着于今清，指着架子上的一个模型，锋利而精致的指甲在水晶吊顶灯下泛出冷光，把于今清的双眼刺痛，"你看看那些，那才是他想过的人生。"

"有些枷锁从来就不应该出现在他的人生里。你明不明白，那是谁的人生？"何隽音的话一句句砸过来，于今清的肩膀塌了下去，像垮掉的房子，像被抽了脊椎的狗。

他明白了，那是他的人生，他的"狗生"。

人贩子，屠宰场，呕吐物，鸡圈，尿液，粪便，血液，董闻雪的骨灰，手机上挂着陌生全家福的于靖声，要把他带回家的舅舅舅妈……一切的恶意，那都是他的，从来不是陈东君的。

"所以……"何隽音正要说出她的决定，手机突然响了，她接起来，是信用卡客服。

对方说："我们接到失物招领电话，一个带有您信用卡的钱包遗失在市三医院，现在找不到失主……"

何隽音以为是诈骗电话，正要挂掉，那边专业的客服小姐又马上报了卡号，说有消费记录，签字人是于今清。何隽音看了于今清一眼，淡淡地问客服："什么消费记录？"

"包括救护车费、挂号费、住院费……"客服小姐解释了一番，又把医院说明的情况跟何隽音重复了一遍，强调医院希望失主去拿钱包，且病人情况严重不应出院。

何隽音听到伤情描述的时候眉头紧紧拧了起来，她挂了电话，看了于今清半天，于今清被她看得又低下头。

"你……"何隽音不知道怎么开口，沉默半天，才说，"我让老张先送你回医院。"

她本来心如磐石，什么都决定好了，现在却有点开不了口，这比突然被告知儿子捅了人还让她难以接受。

何隽音看于今清没有动，叹了口气，说："东君肯定是要出国的，我会给你出你大学毕业之前的生活费和学费，你不用担心。"

"不用。"于今清说，"只要我哥没事就行。"

他走到门口，拍掉拖鞋上被他的脚沾上的灰尘，把拖鞋整整齐齐放到一边，向何隽音告别："阿姨再见。"

于今清光着脚走了出去，和他来的时候一样。

一周后，一架飞行器从这片大陆的东南方飞往了另一片大陆的西南方，各方舆论随之一片沸腾。

两周后，何隽音被相关部门调查。

一个月后，没有人再谈论起这件事。

那个少年到底是尖子生，还是不良少年，没有人再关心。那个凌晨少年到底是蓄意伤人，还是智斗歹徒，也没有人再关心。全民的焦点放在了娱乐圈某个当红女明星的婚礼上，众人翻出其黑历史，一顿口诛笔伐。

两个月后，报纸的头条又变成了某当红男星出轨，众人扒掉其好男人外皮，拍手称快。

与此同时，一条新闻出现在本市某报纸其中一个版面上——

迟到了四年的正义——特大跨省拐卖案尾声。

拐卖案的头目之一尤又利于六年前退出拐卖组织，并伪造居民证，化名刘三春，其反侦察能力较强，在退出拐卖组织前留下伪造居民证，并逃到南方，学习当地口音，以逃过警方的调查。

六年前，尤又利的退出竟是因为另一次拐卖，被拐卖的对象是他当时年仅七岁的女儿妞儿（化名）。

尤又利通过与各个拐卖头目联系，找回了女儿，并决定金盆洗手。他对组织成员苟吉辉、许波雷等承诺，互不泄露对方信息，若一方被捕，其他人则赡养对方的家人。

此后尤又利一直留在本地打工，并通过不同银行账户多次转账，辗转将生活费转到其妻女手中，但是没有赡养已经被判处死刑的苟吉辉、许波雷的家人。

今年9月，尤又利被曾经遭其拐卖的儿童小于（化名）认出，又因其较强的反侦察能力与伪装能力被无罪释放。

尤又利在被指认过程中认出身穿某校校服的小于，并在被释放后于该校门口多次跟踪小于，摸清其基本情况，了解到小于深夜独自在家，就于某晚身携水果刀，决定杀人灭口。

尤又利的行为被小于的同校同学小陈（化名）发现，并报警，但是尤又利的伪装让他再一次逃脱。

当晚，小陈发觉尤又利将水果刀等作案物品藏匿在小区垃圾桶里，孤身返回尤又利所在小区，获取证据。在此过程中，小陈撞见急于毁灭证据的尤又利，并与其展开搏斗，尤又利被捅伤，昏迷不醒。

没想到这次昏迷，竟成了尤又利落网的契机。

尤又利在一个多月的昏迷中，其妻女丧失生活来源，多次试图与尤又利联系。这让密切监视尤又利妻女的警方发现了蛛丝马迹。

警方将尤又利妻女接到其昏迷的病房，终于唤醒了尤又利。

他醒来的时候，对着六年未见的妻女失声痛哭。

今年12月，尤又利因组织贩卖儿童、妇女，故意杀人等罪，被判处死刑。

最后，该报记者记录下了一段对尤又利的采访。

记者：你为什么要拐卖儿童？

尤又利：来钱快。

记者：你没有想过那些丢了小孩的父母怎么办吗？

尤又利：他们可以再生一个，又不是生不了。

记者：那些被拐卖的儿童去了哪里？

尤又利：给别人做儿子，要不就是做乞丐，卖不出的还有其他法子。

记者：你有杀过被拐卖的儿童吗？

尤又利：看听不听话，太不听话的只能扔掉。我也不想浪费，有时候没办法。

记者：你后来为什么不干了？

尤又利：怕遭报应。我女儿被拐了，我就怕报应了，怕报在她身上。

记者：你没有想过那些被拐卖的儿童和你的女儿一样吗？

尤又利：那怎么一样？

记者：你10月份被释放之后，为什么还要去杀人灭口？

尤又利：我觉得我没错，我已经决心好好做人了，是他不放过我，那我老婆、我女儿怎么办？他不放过我，我只好不放过他。

记者：你从来没觉得自己做错了吗？

尤又利：是人都会犯错，我都决心要改了，是他不放过我。

尤又利强调：是他不放过我。

二十二岁的于今清坐在操场的双杠上，过往像走马灯一般浮现在脑海里。

他转过头，身体的左侧还是没有人，但是心的左侧却被填满了一点。

他曾从天堂跌落地狱，又从地狱重返天堂，最后在人间独自行走七年。

陈东君的那封信摊在他的膝头，他只看了一遍就可以背。

他等了这封信七年。

清清小朋友：

几年不见，不知道你有没有长高。我现在一切都好。如果你同意的话，给我打个电话，我想五一假期来看你。你要是不同意，我也能理解。当年做错的事，给你的伤害，我抱憾终身。

陈东君

"清清。"

"清清？"

于今清回过神，他听见电话那边的人在喊他，应道："我在，哥。"

对面静默了一下，说："清清，我……"

"哥，你先别说话，听我说……"于今清紧紧抓住手机，好像这样就能抓住那流走的七年。

于今清对电话那头的人轻声说："哥，我懂。"

"人都会犯错。"于今清说。

人都会犯错，这不应是推托者的推托，这应该是仁慈者的仁慈。

生部

以前我觉得，这个时代，已经没有诗。

但是还好，我还有你。

现在我觉得，如果这个时代，已经没有诗。

那么，我们就一起做两个写诗人。

——致陈东君

第八章

那一晚他们说了很多话，都在讲七年前的事。

那一晚就像他们以前并肩躺在一起的每一晚一样，他们无话不谈，好像从没有分开过，但是他们下意识没有谈起一些话题。

陈东君没有问于今清为什么之前没有找他，于今清没有问他这七年到底在干什么。

有时候，我们无法承受，曾被我们伤害的人没有原谅我们所犯下的过错的压力；更无法承受，他们为了我们牺牲了自己本来可能美好的人生，所以最好什么也不问。

他们翻来覆去、不厌其烦地讲那四年，甚至讲到于今清七岁之前的事情。讲到最后，于今清的手机提示只剩百分之十的电量，他只好说："哥，我的手机要没电了。"

陈东君沉默了两秒，说："好，那你早点睡。"

于今清轻声喊："哥。"

——你在哪儿？

于今清没问出口。

陈东君应了一声："嗯？"

于今清说："哥。"

——我想去找你。

这是于今清想了很久的事。

陈东君应道："嗯。"

于今清又叫："哥。"

——你知不知道，我要从学生变成社会人士了。

于今清想把自己的一切都和他分享。

陈东君继续应道："嗯。"

于今清不厌其烦地叫："哥。"

——拜拜。

于今清在心里说。

陈东君不厌其烦地应道："嗯。"

于今清最终道了一句："晚安，哥。"

电话那边又静默了一会儿，陈东君说："晚安。"

于今清挂了电话，落寞地向寝室走去。

两个多小时的通话，没有人提到"见面"二字。这样的一个电话，像一次没有"再见"标志的告别，好像他们都默契地选择了与过去和解，但这样的和解不是为了重逢，而是为了不被过去捆绑，更好地向前走。

于今清想到这里，觉得自己真正地失去了陈东君这个哥哥。

两人从此互不相欠，于是失去了最后一丝再会的可能性。

当于今清回到寝室的时候，老三正在用他的独门绝技锻炼身体，老大在吹瓶，老二在打坐。三个人见于今清回来，立即围过去，问："老四，你还能来吗？"

于今清说："来？"

老大说："刚才我们仨打游戏输惨了，现在找上隔壁老宁再来一把，你来吗？"

于今清说："来。"

老二推了下眼镜，说："弄'死'他们。"

老三迤迤然把头伸到隔壁寝室，喊道："嘉嘉，快来！"

"我的老天爷！"老三花容失色，连方言都叫出来了，"你那个外国女朋友怎么……"

"我在视频，请你闭嘴。"宁嘉把手机侧过去，对着视频里的美人殷勤地说，"我们刚才说到哪儿了？"

老三简直气到喘："还……还说到哪儿了？你们刚刚都快'无法无天'了……"

"你去和你的朋友聊天吧，"视频那头的美人莞尔一笑，海蓝色的眼睛与玫瑰色的嘴唇看起来温柔美好，"我下个月就来看你了，我们有很多时间。"

"不不不，我不敢。"宁嘉听到"有很多时间"，登时心里一紧，"亲爱的，我想陪你。"

美人很温柔，说起话来温文尔雅，字正腔圆："可是你们就要毕业了，以后就很难见到了。"

"那正好，我本来就嫌他们烦。"宁嘉继续狗腿地说。

美人又温柔一笑，说："我要去吃晚饭了，和同课题组的同学约了时间。"

"噢，你去你去！"宁嘉傻笑。

美人说："再见，嘉。"

"再见宝贝。"宁嘉吻了一下手机屏幕，然后转过头，看着扒着门框的老三，横眉冷对，"干吗？"

老三摇摇头，说："你这个小废物，过来打游戏！"

宁嘉说："你们寝室四个？"

老三说："不然你以为呢？"

宁嘉说："一群废物。"

一场游戏以五个队友互相攻击、互相拖累、互相骂脏话结束，对面敌军目瞪口呆，最后回了四个字——甘拜下风。

老三说："废物。"

宁嘉说："一群废物。"

老大说："你们这群废物。"

老二说："废物中的废物。"

于今清说："我觉得还行。"他放开键盘，继续收拾行李，"游戏而已，玩得高兴就行，输就输了，你们输不输得起啊？"

——输不输得起啊，大佬？

他说完这句话的时候低头笑了一下，带着些释然。

第二天，于今清是第一个走的，早上8点的飞机，从首都直飞目的地。其他人一会儿也要走，于是拖着行李去送他。

于今清办完托运，领了登机牌，其他几人围着他站在安检口。

老大莫名产生了一种送儿子上战场的心疼，说："老四，你连家都不回，就直接去修飞行器，'为父'真是……"

于今清两只手都提着行李，于是一脚踢向老大的屁股，骂道："滚。"

其实他是无家可回，虽然后来和于靖声关系缓和，但是于靖声家到底不能算他家。

老二说："我听说那边的妹子都很水灵。"

于今清的一点儿离愁别绪被摧毁得彻底："我进安检区了。"

老大洒泪挥手，说："洛阳亲友如相问，你就劝他不要问，珍重。"

老二推了推眼镜，说："桃花潭水深千尺，常走小心湿了鞋，珍重。"

老三做作地思考了半天："青山一道同云雨，人面菊花两相残，珍重。"

于今清："……"

于今清走进安检门，嘴角带着他自己都没有察觉的笑意。他明白，能成为一个无忧无虑的傻子，其实是一件幸运的事。

登机的时候，于今清在给 079 工程基地给他面试签合同的高工发了消息：严工，我这边正点登机。

严工很快就回了消息：好的，你的师父会去接你，他有你手机号。

于今清知道工程基地一般是由一线操作工人当师父，带本科生一年，上现场，爬飞行器，修飞行器，弄清楚飞行器的各个零件到底是怎么回事，处理各种故障。只有理论知识的本科生一开始都由这样的"师父"带着实习，过了实习期才会跟着技术员工作。

两个多小时后，飞机降落在机场，于今清刚要打电话过去，手机就收到了一条陌生号码发来的短信：机场显示屏显示你的航班已降落，我在 05 出口等你。

于今清给这个号码存下"师父"二字，然后去看指示牌，05出口刚好是离他最近的出口，他拿了行李直接顺着人流往 05 出口走。

他走出出口的时候，看到了一个高大的身影，对方背对着他站在门口，穿着白色 T 恤和牛仔裤，肩宽腿长，肌肉线条明显，隐隐的力量感从 T 恤里透出来。

就在于今清想打个电话确认的时候，那个人转过身来，他下意识地退后了一步。

"哥？"他不敢认。

眼前的男人是一个性别特征非常明显的成年男性，甚至带着一丝不近人情的威严。除了那张脸，他和以前的陈东君几乎没有任何相似处。

陈东君走过去，自然而然地接过他的行李箱，说："我来接你。"陈东君的声音没有变。

于今清反应了一会儿，叫道："师父？"

陈东君"嗯"了一声，又说："我带你。"

于今清"哦"了一声，然后就无话可说。

陈东君是他的师父，背后的意味不言自明，他也不敢深思其中究竟，只觉得陈东君宽阔的背脊里透出来的力量感，应该是日复一日地爬飞行器、修理飞行器累积出的"勋章"。

如此一想，于今清只剩下心酸。

"上车。"陈东君把于今清的行李放到后备厢。

于今清看了陈东君一眼，站在车门边没动。正要走去驾驶座的陈东君脚步一顿，大步走到副驾驶座边，帮于今清拉开车门，用手挡住车门框。

于今清老老实实坐上副驾驶座，陈东君看着对方的发顶，无声地笑了一下，他伸出手，在于今清头顶上方停了一会儿，最后变成一个关门的动作。

陈东君的车里看起来冷冰冰的，什么也没有，于今清坐在副驾驶座上不知道该干什么，也不知道该说什么。陈东君坐在驾驶座上，带着一股不容置疑的气势，当他不开口的时候，旁边的人好像自带了保持安静的义务。

于今清看着陈东君娴熟地倒车、交停车费，一直到陈东君把车开出机场，他终于憋出一句话："我们去哪儿？"

陈东君看了一眼手表，说："去我家。你饿吗？我买了鸡翅，可以做可乐鸡翅。"

于今清突然觉得有些恐怖，陈东君意图无缝对接他们七年前那个打完电玩的傍晚，于是一句话脱口而出："哥，我们要不先去图书城，再去打电玩，然后回家，你给我做可乐鸡翅？"

于今清话音还没落，陈东君一个急刹车，他的身体猛地向前一倾，又被安全带拉住。陈东君猛打方向盘，将车停在了路边。

他转过头，盯着于今清问："你什么意思？"

于今清被陈东君的低气压震住，身体僵直，没有转头，两眼盯着挡风玻璃前的马路，说："我想去图书城。"

"今天周三，我下午要上班。"陈东君踩上油门，"周末再去，如果你急着买书，可以下午打车去。"

于今清在一瞬间被打回现实。

他想，可能自己真的是跟老三他们在一起待久了，戏太多。

陈东君一边开车一边跟他介绍路过的建筑，自然得像一个带外地朋友旅游的本地人。车开了很久，快到目的地的时候，他问："一般新来的本科生都在8月高温假后入职，严工说你下周一就入职。"

于今清想了想，问："可以今天下午去吗？"

陈东君说："原则上没有问题。"他把车停在员工宿舍的地下车库，于今清跟在他身后，他一边走一边问，"你对079了解得怎么样？"

于今清想了想，说："079有5个中心，严工说我在飞行器修理中心工作，那里是核心部门。"

陈东君说："5个中心里有两个核心，一个是飞行器修理中心，一个是发动机中心。飞行器修理中心有3个车间，总装、结构以及试飞站。079正在转型，本来主修武装螺旋飞行器，从前年开始，试修几种型号的高速飞行器，计划在3年内拿下这几种型号的修理权。"

电梯到了10楼，陈东君打开了门。

这间公寓是典型的单人公寓，没有沙发电视这样的东西，空旷的客厅里整齐摆放着工作台、计算机、各类模型、零件以及打印好的图纸。

陈东君打开鞋柜，于今清注意到鞋柜里有好几双半旧的拖鞋，陈东君从旁边拿出一双还未拆封的拖鞋给于今清，说："你还没有签保密协议，注意一下，客厅里的图纸及零件型号名全部涉密，较低密级的东西最多带到宿舍，特殊的不能带出079。我不多说，下午你注意看保密协议。"

于今清点点头，陈东君说："你随便坐，我去做饭。"

于今清看着客厅里没有烟火气的一切，这些冷冰冰的东西构成了现在的陈东君。陈东君冷硬得像一块钢筋水泥墙壁，容不得他试探一分。

陈东君很快端出三菜一汤，他说："味道一般，你将就一下。"

于今清吃了一口菜后，忍不住抬头看陈东君，这饭菜的味道是真的一般，比陈东君高中的手艺还不如。

陈东君说："我做饭少，一般吃食堂。"

于今清犹豫道："以后我做饭吧。"

陈东君说："你的宿舍不在这一栋。"

于今清愣了一下，说："这样啊。"

这个公寓只有一间卧室，他下意识认为他会和陈东君住在一起，想来想去到底是他自己太理所当然了。无论是陈东君的信，还是电话里那个会叫着他"清清"并跟他说笑的陈东君，都从来没有提过要跟他完全回到从前的关系。

他们可能对过去的一切都释怀了，但是释怀同时意味着放下，没有愧疚，同时也没有牵绊。

可能他们这次的重逢太过巧合，给了他无限希望，也同时赠了他一份空欢喜。

陈东君给他夹了一筷子鸡翅，说："不要光吃饭。"

于今清回过神，他有一肚子话想说，却说不出口。他消沉了这么多年，那句"我想去图书城"已经是他能说出的最像示好的话，他不信陈东君不懂。

陈东君不懂，只可能是因为他选择了不懂。

"……要过来，你一起去。"陈东君的食指轻轻在桌上叩了一下，"你在听吗？马上就要入职了，注意力不能这样不集中。"

"对不起。"于今清撑住自己的额头，说，"我要一起去干什么？"

"你下午休息吧。"陈东君拿出一串钥匙和一张卡放在桌上，

"这是你宿舍楼的门禁卡以及宿舍和信箱的钥匙。碗筷就放桌上，我回来收拾。"他站起身，拿上笔记本，"我去上班了。"

墙上的钟才指到下午1点，离上班的点还有一个小时。

于今清跟着站起身，说："我和你一起去。"

陈东君说："你先调整好再说。"

于今清跟在他身后，说："我调整好了，陈工。"

陈东君开门的手一顿，没有回头，说："那走吧。"

于今清进079要先去学习保密条例和安全守则，到下午4点才学完。他签了保密协议后，负责保密和安全培训的李老师给他发了制服和安全帽："你等一下，张师带你参观一下飞行器修理中心各个车间，其他中心你以后有机会再去。"

于今清问："张师……张老师？"

李老师笑道："你们这些本科生还真没进过车间啊？也没实习过？"

于今清一脸尴尬道："进过，进过，但是没干过正事，就参观参观。"

"一般一线工人你就喊声'师'，比如张师、王师，表示尊重。你说要来一个姓康的，你不叫康师，难道叫他康师父啊？"

"噢……受教受教。"于今清领悟了，"那参观完，我去哪儿找陈师？"

"哪个陈师啊？"李老师问。

"陈东君啊！"于今清说，"您不认识他啊？他刚送我到门口就走了。"

"那你得叫陈主管，叫陈工也行，人家是飞行器修理中心技术主管，你咋刚学个词儿就乱用？"李老师是北方人，越看越觉得于今清好笑，说起话来也没顾忌，"这倒霉孩子，看着是个帅小伙，咋一点儿眼力见都没有。"

"不都是一线工人带我们吗？"于今清心里那点酸楚消失无踪，只剩下失落，但那点失落与陈东君本身无关，只与他经久不消的惦念有关，这样让他好受不少。

"一般是这样，可谁叫你一个人来这么早。"李老师哈哈大笑，"进口武装螺旋飞行器那边有点难题，陈工去一线了，就说顺便带你。你多学着点儿，跟他可比跟一线工人和技术员都学得多。一线工人的操作和技术背景都过硬的，079没几个，不要说079，你放眼外面……哎，张师。"

正说着，张师来了，李老师收住话头，让于今清赶快换衣服跟去参观。

张师进079也才两年，比于今清就大了1岁，他带着于今清往总装车间走，边走边给他指点，哪里是物资供应中心，哪里是发动机中心。当他们走到总装车间的时候，刚好一架高速飞行器在拆卸，拆得只剩骨架板筋和无法拆卸的电路。

于今清身体一震，说："LY-09！"

张师惊讶道："不错嘛，这可是新器型，剥成这样你都认识。"

"它两年前才开始服役，怎么就要修了？"于今清问。

"不是修，079现在还没有高速飞行器的全权修理及维护权。"张师解释，"这是前段时间因为试飞事故坠毁的一架LY-09，这样已经不能再服役的高速飞行器会作为试修对象，如果079搞定了这个型号，就可以拿到修理权。"

"我进来之前不知道079是修什么型号的，听说是前年才开始试修高速飞行器的。"于今清问，"怎么突然开始修高速飞行器了？"

张师神秘兮兮地把于今清从总装车间拉出去，低声说："我告诉你一个内幕，你别往外说啊！"

于今清想，他大概要知道一件全基地都知道的事了。

"这是……"张师突然看见远方空中出现了一架他从未见过

的器型，不自觉张大了嘴巴，机械地重复出他已经对100个人说过的话，"技术'新贵'和骨干老派的对决。"

超出于今清认知的高速飞行器从天幕的远端飞来。

于今清看见远处的试飞站地面上站着一个高大的熟悉身影，他对天空比了一个手势，那架高速飞行器便垂直降落在试飞站的储能广场。

飞行器上下来一个穿着作训服的身影，他走下高速飞行器，走到地面的人身边，给了地面的人一个紧紧的拥抱。

"那是什么型号啊？"张师感叹。

于今清低下头，不去看试飞站："张师，我们不去参观其他车间吗？"

张师看了半天试飞站那边，说："噢噢，那边是结构车间，就是专门修飞行器骨架、不可拆卸的部件及电路的车间，刚才你看到的LY-09被完全拆卸后，就会被送到结构车间去。我们看完那个就去试飞站。"

张师一边带于今清参观结构车间，一边低声说："我听说是陈工带你啊？刚才试飞站那里的人好像是陈工，你认出来没？"

于今清说："我没太看出来，那是在干什么？"

张师说："应该是接飞行器，不过这事儿一般用不着陈工去啊。"他突然把声音压得更低了，"快点看完这边，我跟你继续说刚才的内幕。"

于今清跟着张师看完了结构车间，张师便拉着于今清往试飞站走："陈工就是技术'新贵'的代表，才用了一年就上位，手腕强硬，不是他，079也不会转型。"

于今清不觉得陈东君是这样的人，但好像现在他对陈东君的判断力基本处于失效状态。他问："那陈工这人到底怎么样？"

张师激动起来："那必须好啊！你知道我们一线操作最烦啥吗？"他没等于今清回答，直接道，"坐办公室的那些技术员，整天看资料，屁都不懂，现场有问题，你叫他去，他看两眼，只会说什么这根线那根线'可能'有问题。"

张师学着技术员的样子在空中指来指去，加重了"可能"二字，从鼻孔喷出一口气："嗬，结果我们给他拆三个小时外壳，给他拆两个小时线皮，弄了半天弄出来，嘿，根本不是这根线的问题！我们累得跟狗一样，和那根线半毛钱的关系都没有，解决不了问题，还得去找他。谁叫我们不懂原理，只能求着他呗！"

于今清疑惑道："他们不动手的吗？"

"也就你这种刚来的会问这个，全079能动手的技术我只服陈工。"他们走到了试飞站入口，张师拍拍于今清的肩膀，带着一种不属于他年龄的成熟，"要是你们这些未来的技术员都和陈工一样，079就还有点救。"

于今清看他一眼，这个人眼睛里有一丝希冀，光从里面泻出来，把那张原本显得油滑的脸洗了个干净。

张师笑得大大咧咧，说："你进去呗，多跟陈工学着点儿！"

于今清也拍了拍他的肩膀，露出一个笑，说："你要是以后来找我排除故障，我肯定不让你白忙。"

于今清走进试飞站，第一眼没有看到任何人，只看到一架飞行器，第二眼才注意到远处一角站着陈东君和那个穿作训服的人。

于今清走过去，说："陈工。"

穿作训服的人轮廓分明，一张脸阳刚帅气，不开飞行器的话可以直接入选仪仗队。他本来正在笑着说什么，看到于今清过来，脸上还带着笑："你弟弟？"

陈东君点头，笑着跟于今清介绍："丁未空。"

这是见面以来于今清第一次看到陈东君笑，他看了一会儿陈东君的脸，才对丁未空打招呼："你好。"他看了一眼对方身上的标识，"丁队长。"

"小弟弟。"丁未空揽着陈东君的肩说,"我跟你哥是生死之交,你不用这么客气。"

陈东君带着警告意味看了丁未空一眼,把他的手拿开:"你少说话。"

丁未空笑得得意,说:"我少说话,你请喝酒?"

"少来。"陈东君往外走,"你那飞行器没问题啊,少跑过来蹭饭。"

"我执行任务回来,累得跟狗一样,好歹给你送了资料吧?"丁未空笑着说,"而且你又不是不知道我为什么老往这儿跑,不是有个小灯泡总是不亮嘛。"

陈东君嗤笑一声,看一眼于今清,说:"你来排除一下故障,什么灯不亮?"

于今清想了想,说:"故障灯吧。"

丁未空哈哈大笑。

陈东君对丁未空说:"听到了?快滚。"

丁未空说:"我千里迢迢来看你,你就这么对我?"

陈东君说:"你要一年来一次,我请你喝酒,你老往这儿跑,我只能叫你快滚。"

丁未空说:"那我真走了?"

陈东君说:"快滚。"

丁未空说:"你考虑一下我说的。"

陈东君说:"快点。"

丁未空爬上高速飞行器,陈东君看了一眼手表,对于今清说:"下班了,你去我那里,把行李拿去你宿舍。"

于今清跟在陈东君身后向外走,问:"那是什么器型?"他其实想问,那是谁?

"LY-10。"陈东君说,"还有,LY-10取消了故障灯设计,改为屏幕显示,他那是在开玩笑。"

于今清忍不住回头看了一眼那架 LY-10，高速飞行器垂直起飞，很快消失在天幕，陈东君都没回头看一眼。

"你不送送他？"于今清问。

"他拿这儿当他家，我还用给他脸？到时候真天天来了。"陈东君的嘴角不自觉浮上笑意，"你都参观完了？"

于今清应了一声。

陈东君说："那从明天起，你跟着我上一线。"

两人走回去，陈东君把于今清的行李拎到他的宿舍门口，说道："明天早上 8 点，别迟到。"说完，陈东君转身就走。

于今清受不了地大步追上去，从后方拉住陈东君的衣摆，叫他："哥。"

陈东君浑身肌肉瞬间一僵，他没有动，一直让于今清拉着。于今清拉了一会儿，又说了一句："哥。"

他一直小声地喊，陈东君没有打断，也没有回应。

于今清转到陈东君面前，看着他的眼睛，喊道："哥？"

陈东君的眼睛里暗沉一片，好像有另一个世界，又好像只有无尽的深渊。

于今清还想说些什么，陈东君突然退后一步，说："我们这样挺好的。"

"那你要和谁当兄弟？要一直当谁的哥哥？丁未空？"于今清看着陈东君没有表情的脸，几乎有些愤怒，"为什么不能是我？"

陈东君皱眉道："我不是谁的哥哥了。"他有点儿不舍地看着于今清，想要摸摸于今清的头，最终没有伸出手，只是放缓了声音，"清清，我现在有必须要做的事。"

于今清被那声"清清"喊得一怔，他说："哥，你去做你要做的事，我陪你。"

"不行。"陈东君轻声说，"我要回去了。"

"我不准！"于今清不放手，眼眶发热，"你答应过我的，永远不离开，永远陪着我，你保证过的！"

陈东君沉默片刻，说："你就当我又骗了你一次。"

他骗于今清，董闻雪病好了，最后董闻雪死了。

他答应了于今清永远不离开，最后还是离开了。

"我不信！"于今清死死抓着陈东君的后背，说，"你不会骗我的，我知道！你说什么都没用，哥，我不信！"

"放开。"陈东君的声音变得冷硬，"如果你调整不好，我可以找别人带你。"

于今清手一松，难以置信地退了两步，眼睛里写满失望。

他已经长大了，但眼神还是跟小时候一样，那失望太明显，陈东君心一软，差点就要答应他了。

陈东君闭了闭眼，微微别过头，说："你调整好再过来。"

于今清盯着陈东君的脸，攥紧了拳头，说："我知道了，陈工。"

陈东君没有再看他，转身下楼返回 079 的办公室。

用特制钥匙才能打开的办公室内，还有一个里间，指纹加虹膜同时解锁后，门自动开启。

一份打着绝密标签的资料摆在桌上。

陈东君坐到桌前，翻开资料，没有任何意外，上面写着"分解器体，绘制图纸"。

他有些疲惫地看着资料上面的字，伸手想去口袋里摸烟，却什么都没摸到。

像陈东君这样骄傲而清醒的人，就算人生的岔路口全标错了路牌，也不会走到这里。

在越来越难谈奉献的时代，有一批"青年才俊"长成了精致的利己主义者，身随浪走，嘴跟风动，心中哪有什么镇国重器，立于苦寒，扎根坚岩？

陈东君从来没想过要挑一条特别难的路走。

他在国外读书的时候，正好赶上一次装备检阅仪式，国内时间的八九点，正是他那边的凌晨。他守在电脑面前看直播，只为了等最后飞行器出场的那一幕。他开着门，插着耳机，正好被一个路过他卧室的恒国室友看到。

恒国室友好奇地用口音很重的英语问他："这是什么电影？"

陈东君说："这是我们国家的装备检阅仪式。"

恒国室友摸着下巴，有点感兴趣，问："我能跟你一起看吗？"

陈东君的下巴朝旁边的一把椅子抬了抬，恒国室友兴致勃勃地搬了椅子跟他坐在一起看。

"真厉害啊！"恒国室友感叹，然后又说，"就是有点，嗯……你懂的。"

陈东君还记得他当时听到恒国室友说这句话时的感受，他瞥了一眼对方，淡淡地说："贵国也有这样的情况。"

恒国室友不太在意，笑着说："哪里都有嘛！"

陈东君挑了挑眉，没说话，恒国室友接着说："我觉得你们国家，嗯，都有那么一点儿难以沟通。你知道那种感觉吗？我就是想跟他们讨论一些有分歧的问题，但是他们不允许我发表自己的观点。当然，你要好一点。"

陈东君说："因为对于一些人来说，有一些问题是毋庸置疑的，没有讨论的空间。"

"老兄，我们可是现代人，所有问题都应该可以讨论，这是一个文明社会。"恒国室友不满地说："你可不是18世纪来的老古董。"

陈东君说："老兄，我们是现代人，但是我们不会去跟有信仰的人证明这个世界上根本没有他们所信仰的一切。"

"噢，他们那个可不一样。"恒国室友挥舞着手比画，"信仰，你明白吗？嗯，你知道的，那不一样。"他强调着"信仰"，对于其他说辞一脸鄙视。

"信仰可不是那样的。"他想了想，说，"心之所向，即是信仰。"

恒国室友一脸茫然地看着他，陈东君说："Your faith is what your heart follows."

恒国室友想了一会儿，说："好吧，老兄，你说得有道理。我接受，虽然国家是信仰听起来有点儿奇怪。"

"文明社会就该对自己不理解的东西表示尊重，不是吗？"陈东君笑着说。

恒国室友举手投降："好吧好吧，我尊重你们。陈，你的信仰也是你的国家吗？"

陈东君想了一下，说："我不知道。"

"噢！"恒国室友惊讶道，"你不爱它吗？"

"我当然爱它。但是信仰，你知道的，连科学和真理都在随时变化。"陈东君说。

"好吧，你真复杂。"恒国室友摊手，他看了一眼屏幕，说，"你们的卡车开过来了，不给我介绍一下吗？"

陈东君介绍了一会儿，重型武器过去不久就是飞行器。五架高速飞行器呼啸而过，令人震撼。陈东君忍不住站起身，手指轻轻在屏幕上描摹飞行器划过的轨迹。

恒国室友指着屏幕说："噢，那看起来很像伏国的飞行器。"

陈东君说："那是 LY-10。"

恒国室友大呼："我知道为什么伏国不肯把最好的飞行器卖给你们了！这太惊人了！噢，你这么喜欢飞行器，一定会回到你的国家！"

陈东君没说话。

恒国室友凑过去问："你不回去吗，陈？"

陈东君没法和一个恒国人解释太多，只是笑了笑。

"噢，陈，你还记得我们有一次遇见了两个司国难民吗？"

恒国室友说，"他们又是坐船又是光脚跑步，从司国漂洋过海到琴国，再跑到这里来。"

陈东君沉默了一下，说："我当然记得。"

"噢，陈，我没有去过司国，但是我能从新闻里看出它是什么样子。"恒国室友耸了耸肩，说，"可是，陈，那个叫作阿赫曼的男人，他说'我要回去，可能是明天，可能是明年'。"

"你记得的，我大惊失色地跟他们说'噢，不要回去，你会死的。你应该像其他人一样留在这里'。"恒国室友盯着一架一架喷着彩烟的飞行器飞过蔚蓝的天空，无比壮美，也想到了曾有一架一架飞行器飞过司国的领空，场面凄凉惨绝，"他对我笑了一下，说'那又怎么样'？陈，这才是信仰。信仰不是你的心跟随的地方，信仰是你的身体跟随的地方。"

陈东君的手指摩挲着书桌的桌面，没有接话。是的，一个人可以说出自己的心之所向，一个人也可以走向他的心之所向。

"好吧，你确实是一个没有信仰的人。"恒国室友看了看他，耸耸肩，"我得回去啦，你的国家很不错。"

陈东君也是从那一刻开始思考，他的心之所向。

后来，他硕士毕业后的春天，与同学环游周边各国。2月，他们从罗国乘大巴路经黎国第二大城市。

那时候他们还不知道这里正有大批的民众在进行示威游行与抗议活动，大规模的冲突在民众与当地警察及支持派间爆发。

一开始只是埋伏暗处的狙击手射杀示威组织者，两天后形势急剧恶化，黎国政府军开始机枪扫射示威者，发射迫击炮弹。

短短几天，这座城市就全面失控。

大巴司机弃车而逃，陈东君和几个外国同学站在人潮里，看着被人高举的示威漫画，以及漫画上看不懂的文字和愤怒的抗议者，甚至远处一个一个被冷枪放倒的普通百姓。

"大使馆，打大使馆的电话！"一个外国同学大喊。

"我不知道，该死的，那个号码是什么？"另一个同学避开拥挤的人潮，冲到一个角落，冲出来他才发现已经和其他人走散了。

陈东君被挤到一间破房子附近，他靠着房子脏污的墙壁坐下来，拿出手机，他也不知道该拨哪个电话。他打开浏览器页面，准备查一下，却发现网络差得惊人，搜索引擎什么都搜不出来。

突然，他被一个阴影笼罩。

"同胞？"那人发出字正腔圆的声音。

陈东君抬起头，发现对方是一个中年大叔，跟他有着相同的肤色。

"对，我是留学生，来旅游的。"陈东君说。

大叔一把把他从地上拉起来，说："你跟我走，去大使馆。"

大叔是跨国企业的当地员工，因为武装冲突与骚乱，企业停工了。大叔领着陈东君躲过汹涌的人潮，看着那一张张疯狂而愤怒的脸，无奈地说："估计这儿待不下去了。"

他们走到大使馆门口，使馆门大开着，里面已经坐了很多避难者，有工作人员在发放食物和水。

陈东君从包里掏出了一堆证件，大叔笑呵呵地看着他手上的一堆东西，当地的长期居留证、毕业后已经失效的学生证、能让他享受免费医疗的医疗保险卡，还有护照。

工作人员看了一眼他的护照，递给他一个面包和一瓶水，说："放心，救援队在赶来的路上。"

大叔指着他的护照，说："关键时刻，就这个有用。"

他们在大使馆里待了好几天，大叔有时候会啃着面包跟他聊聊天，一听他的专业就笑起来，说："你这个专业在这边挺吃香，以后准备怎么发展啊？你那个学校出来的硕士，去大企业搞工程，多干几年可以月入一两万吧？"

陈东君笑着摇摇头，说："没意思。"

"哟。"大叔斜眼看他，"那什么有意思啊？"

陈东君说："在这边，我是个外国人，是有透明天花板的。"

"人各有志吧。"大叔笑着说，"回去也行，就是可能赚不了大钱，除非自己创业。创业嘛，资金、技术，有一个就行。"

陈东君要是想玩玩模型，或者搞个无人机什么的，当然可以创业，但是有些事业非倾举国之力不能成，甚至非倾大国举国之力不能成。

大使馆外，枪声阵阵，炮声隆隆，有愤怒的叫喊，也有凄绝的哭号，甚至有婴儿的啼哭。

有一天晚上，陈东君突然被震醒，一抬眼，他看到大使馆墙壁上悬挂的国旗，突然觉得心头一震。

对陈东君而言，那是一种难得的感觉，没有受过战乱之苦的人从来只在乎自身的尊严，不在意国家的发展富强，他们从不会考虑尊严的背后需要什么来支撑。

陈东君久久凝望着那面旗帜，在炮火声中，心却突然安定下来。在这样的安宁中，他再次睡着了。

"醒醒。"有人拍他，"上车上车，赶快！"

陈东君睁开眼睛，站起身跟着其他人一起往外走。

2月下旬的一个深夜，一辆大巴在飞扬的沙尘中穿越了黎国，到达了与罗国的某个交界处。

很多人在被告知此时已经安全入境罗国的时候哭了。

陈东君身边的一个姑娘控制不住情绪，哭着跟他说："我本来以为我得留在那里了……我的护照被人偷了，根本不能入境罗国。"她哭着哭着，又破涕而笑，"幸好有个外交官帮我们搞定了！"

他们坐着本不该在这儿的航海器到了琴国，最后被来自东方的飞机接回了祖国的土地。

上飞机的时候，一位负责人跟他们说尽量少带行李，让更多的人和最重要的东西尽快飞回祖国。

陈东君想了想，最后只把那本内页印着壮丽山河的护照放进了口袋。

等他回到祖国才知道，他经历的这个历史事件成了人们口中的"黎国动乱"。

在那场动乱中，他有两位一起出发的同学永远地留在了那个混乱的地方。

陈东君后来打电话给那位恒国室友，请他帮自己把毕业证等文件全部寄回国内，他问陈东君："你不回来了？博士的 offer（录取通知）教授都给你了。"

陈东君沉默了一会儿，最后说："我向他道过歉了。"

所以，最终他还是走到了这里，坐在了这间办公室里。

三年多前，他和其他几个年轻人坐在审核部门的人面前。那时离他寄给于今清那封信已经过去两个月，却没收到任何回应，而审核部门这边已经不能再等。他握着钢笔，迟迟没有签下名字。

一名审核官看着他，笑着说："这是今年最后一批了，还没想好？"

陈东君握笔的手一紧，瞬间想到了许多。

对方不着痕迹地研究着陈东君的神色，表情严肃起来："你知道我国飞行器制造现在是个什么情况吗？"

"几十年来，我们的研发都以模仿为主。人家卖飞行器给我们，很多不给图纸，只能拆了、测量、绘制，再自己生产，这些你应该都有所了解。"陈东君低下头说，"我很抱歉。"

"你是该抱歉。"对方盯着他说，"所有来这里的人都知道自己是来干什么的，只有你不知道。你的简历很亮眼，但仅此而已。不知道自己是来干什么的人，还是早点走的好。"

"不，我就是知道我是来干什么的，才非常谨慎。我不为我

161

的谨慎道歉，我为我身处的行业道歉。"陈东君的手指轻轻叩了一下桌面，抬起头来，眼神锐利，"而且，您的观点有些过时了，我国飞行器的问题不在这里。"

对方眼睛一亮，说："有点意思，你说说看。"

"现在已经不会出现多年前照猫画虎的事，没有一个研发人员会搞不懂原理就生产。我国飞行器的问题是整个制造业的问题，原装配件明明有二十年寿命，换了国产，却用不到三年。我们不是弄不懂，就是做不出。加工工艺、理论与实操脱节，才是最大的问题。"

审核官若有所思，说："是这样。"

陈东君在纸上签下自己的名字，语气平静道："我知道自己是来干什么的。"

人生百年，陈东君的躯壳可以等，陈东君的理想已经等不起了。

所有喜欢飞行器的少年，最后都会成长为狂热的充满理想的爱国者。

审核官的手在一幅特殊的地图上一画，问道："你想去哪个地方？"

陈东君抬起手，最终把指尖落在地图西南的一个小点上，在这些密密麻麻大小不一的圆点中，他指的那个根本不起眼。

对方眼中闪过一丝赞许之色，问："你不去研究所？"

"我们不缺研发的人。"陈东君说，"研发人员的手伸出去，没有人接，才是问题。"

审核官拊掌，笑着摇头，说："这可不是一个人接得起的。"

陈东君低下头，无声地笑了一下，复又抬起头，眼神坦然："总得有人先去接。至于接不接得住，几代人这么接下去，总有一代能接得住。"

审核官意味深长地看了陈东君一眼，在地图上圈下他指的地方，说："我记住了，你在这里。"

陈东君说："您可以期待。"

陈东君走后，一位领导对审核官说："这小子有理想，可就是太理想。"

审核官笑道："我们什么时候连'理想'这个词都怕了？"

另一个领导说："我倒觉得他实际得很，079是什么地方，他这样的人就很容易出头。他若去了大地方，才是一点儿水花都激不起来。"

"你啊！"审核官笑着摇头。

"他自己也矛盾得很，想撼动一个行业，又选择了一个角落。"那名领导也笑着摇摇头，"也不是坏事吧！"

审核官啜了一口茶，慢悠悠地说："我们看着吧！"

第九章

于今清机械地把行李扔进宿舍，关上门，然后直接躺在客厅冰凉的瓷砖上。他拿出手机，打了个电话给老大，对方马上就接起来了，那边声音嘈杂："喂喂，老四啊，我在火车上，火车晚点，下午我在火车站蹲了 4 个小时，真无语。"

"你咋不说话？"老大听不见声音，说，"电话明明接通了啊，咋回事？"

"嗯，我见到我一直想见的那个人了。"于今清说。

老大沉默了一会儿，问："然后呢？"

"没有然后了。"于今清紧紧捏着手机，想不出该怎么说。

"你别说了，一听就是一次不怎么愉快的重逢。"老大摇头叹气，说，"你们怎么碰见的啊？"

"他是我们 079 一个很厉害的工程师，现在遇到了技术难题，这段时间都在一线，所以顺便带我。"于今清说。

"哇，这人这么牛啊？"

于今清没吭声。

"但是人家不搭理你？"

于今清继续沉默。

老大叹了口气，说："我知道你不爱说这些，本科的时候我们怎么开玩笑，你都不太理，你要不是受了大打击，不会给我打电话。其实吧，我觉得一个基地那么多工程师，为什么非得人家带你？人家要是不愿意，你一个刚入职的本科生，能让你就这么碰到了？”

于今清“嗯”了一声，说：“他很专业，愿意教我，但是就到这一步为止。”

“我给你分析分析啊！”老大思索了一番，说，“这件事儿要是老三碰到，那就根本不算事儿。你这个吧，好多年没见了，你们以前又还小，现在肯定什么都不一样了，再好的关系也淡了。人家肯定还是认得你的，但是你吧，不能从前怎么对人家，现在还怎么对人家。你得，咝——”老大仔细琢磨了一下，“你得重新去认识这个人，知道吗？侬（你）懂得伐（吧）？尤其你说那人是很厉害的工程师，能没点理想，没点追求？”

老大等了一会儿，也没听见于今清说话，于是又叹了一口气，说：“唉，多年未见还能一如当初，那是小孩子对成年人世界的想象。曾经再好，也是过去，你可以把过去你们的关系当契机和加分项，但不能把它当筹码和底牌。因为当你把你们当年的那点恩义、回忆全部消磨干净的时候，你们就真的是陌路人了。”

于今清猛地坐起身，动作幅度大得差点撞到桌子腿，他突然惊觉自己差点真的把陈东君永远地推开了。

老大讲了半天，发现于今清还是没有反应，说：“我叫老三给你打个电话，他比我有法子。”

老三一个电话打过来，只说了两句话：“你们以为这是道重逢题，但其实这是道哲学题。这种题只有一个解法，与他并肩，当他知己。”

于今清像是一条饿了三天突然看见食物的狗一样从地上爬起来。

后来所有人坐在一起吃饭的时候，老三坐在陈东君和于今清对面，邀功道：“看吧，我就是个哲学家。来，都给我再干两瓶！”

于今清打了个电话给陈东君，打的是备注着"师父"的那个手机号："陈工，我明天8点在哪里等你？"

"直接去结构车间，别忘了戴安全帽。"陈东君说。

"没问题。"于今清挂掉电话，将日程记下来，落笔十分有力。

这不是一件难想清楚的事。陈东君在想什么，在做什么，在追求什么，他一概不知，对方现在另外一条路上甩了他两百条街，他们根本还没有并肩的资格，他却要妄谈旧日回忆。

第二天6点，于今清就起床下楼跑步，基地的操场上已经有人在锻炼。当他第五次靠近器械区的时候，看到陈东君在做仰卧起坐，便跑过去说："哥，早啊！"

陈东君坐起来，线条流畅的肌肉在速干衣下显得清晰有力："早。"

于今清说："比一下？"

陈东君看着他。

于今清说："就比一分钟仰卧起坐个数。"

陈东君笑道："我刚做完六组。"可能见面之后他真的不常笑，每次他一笑都让于今清舍不得多说一句话，生怕说错一句，就再见不到这样的笑容。

于今清躺到他旁边的器械上，别过头看着他，说："我不管。"

陈东君坐着看了于今清一会儿，笑着摇摇头，有不常见的纵容与无奈："行吧。"那是属于陈东君的舍不得。

陈东君从来不认为再见于今清有什么不好，只是现在情况比较特殊。他可以把过去的一切当作机密藏起来，却不忍心让于今清也过这样的人生。他什么都不能同于今清多讲，唯有这样的小事，他不介意给出全部的退让。

一分钟一过，于今清就瘫在器械上，捂着腹肌感受那种酸爽，志得意满道："哥，我赢了。"

"嗯。"陈东君站起来，用毛巾擦汗。

"我还没怎么赢过你。"于今清有点怀念地说。

陈东君低低地笑了一声，眼中也有一抹浅浅的怀念。

"你请我吃早饭。"于今清躺着冲他喊。

"那你赶紧的。"陈东君笑着朝外走。

于今清快跑两步追上陈东君，揽住陈东君的肩。陈东君就那么让他勾肩搭背，没个正行地挂在自己身上。他故意把整个人的重量全压在陈东君身上，他看着陈东君毫不费力地带他往食堂走，偶尔跟过来打招呼的人解释一句："我弟，嗯，泥猴子。"

于今清继续挂在陈东君身上，发现其实事情没那么糟，就算什么都没有了，他和陈东君还可以从头开始做兄弟。

朝阳正是灿烂时，全新的一天开始了。

早上 8 点，飞行器修理中心的结构车间里停着一架武装螺旋飞行器的骨架，没有图纸，没有期限，他们的任务就是绘制出全部图纸，设计出工艺制造流程，解决进口武装螺旋飞行器替换零件难题。

这就相当于捡起一个被打碎的碗以后，不是把碎碗粘起来，而是从碎片分析，这个碗是用的什么材料、放进过什么地方、窑温是多少、烧制多长时间才做出来，一步都不能错。然而，一架飞行器远比一个碗复杂得多，那是几万个不同的碗同时碎了一地。

这段时间结构车间正式进入清场状态，陈东君负责，主管技术的副总监管，在场的全是精锐工程师及一线操作员，外加还没摸过武装螺旋飞行器的于今清。

一名年轻工程师看着于今清开玩笑："陈工，你这是在培养接班人啊？"

"希望吧！"陈东君看一眼于今清，说，"现在还差得远。"

另外一个年龄稍大的工程师看了陈东君一眼，眼中闪过一丝阴鸷。

很快，梯架就已经停在武装螺旋飞行器的两侧，陈东君再次查看了一遍所有情况，然后说："各组，10 天，所有电路电缆布局出来。辛苦。"

马上就有两名工程师上了梯架。陈东君对于今清说："我还有别的事，你在现场多看多学，有问题问姜工。"

年轻工程师抬了一下手，于今清点点头。

这批精锐人员对付这样的武装螺旋飞行器已经有一套流程，该一线工人上的一线工人上，该工程技术人员上的工程技术人员上，配合默契。

一上午的工作结束后，姜工从武装螺旋飞行器上下来，喊大家一起去吃饭，他对于今清说："你刚进 079，什么感觉？"

于今清说："和我想的不太一样。"

从进来前他想象的体制僵化、效益一般的国有企业，到张师口中的新旧力量斗争，技术员都动不了手，再到这一上午令他震撼的高效工作，他清又道："和我听说的也不一样。"

姜工哈哈大笑，道："你说说。"

于今清没直说，只提了一句："我以为技术员和一线工人关系都一般。"

"是一般。"姜工"啧"了一声，"怎么说呢，今天你看到的不是 079 的普遍情况。我们这批人，是陈工一个一个提起来的，要不就是被他挖过来的。刚开始吧，大家都觉得自己特牛，谁都不服。"

他像想到什么有趣的事似的，接着道："我这么跟你说吧，我们是奔着陈工的技术去的，最后被他压着在一线拆飞行器外壳，拆得那叫一个没脾气。"

于今清也跟着笑起来，又觉得遗憾，自己错过了陈东君的太多人生。

"有意思吧？"姜工别过头看他一眼，说，"你是没赶上那个好时候，那叫一个壮观。"

于今清问："怎么说？"

"你想象一下，试飞站停满了飞行器，你知道试飞站是没梯架的，只能爬飞行器。露天的场地，四十度高温，地面烫得都能煎蛋了，飞行器外壳就跟烙铁似的，陈工一句'更换所有机顶接头'，差点把我的手煎成肉排。"

"你们就没人反抗一下他的'霸道'？"于今清眼底全是笑意，他知道陈东君一直都是这么个人。

"反抗？"姜工夸张地大呼，"陈工第一个上去，谁敢站下面乘凉？我跟你说，你看今天早上陈工就说一句话，说完就走了，但任务难不难？难。多不多？多。为什么陈工现在可以什么都不做了？那是因为更难的、更糟的、更苦的，他都做过了。所以他下的每一道命令，就算听起来再不可能完成，也没人不服。所有人都知道，陈工下的每一道命令，都是他自己能完成的。"

于今清沉默了一会儿，问："姜工，我感觉他是你的偶像啊？"

姜工哈哈一笑，说："我们不搞偶像崇拜。"

于今清斜眼看他，说："是吗？"

"毕竟都是人。"姜工说，"你看陈工这么牛，其实他也有做不到的事。"

"哦？"于今清问："什么事啊？"

"他再牛，也不能把整个079都改造成他的乌托邦。"姜工没继续说下去，于今清也能想象。

079说是小破基地，也有几千人。它就像是一只巨大的"怪物"，几十年来什么人都往肚子里塞，有带着报国的理想来的，有纯粹来找铁饭碗的，有关系户，更多的是那些只求安稳度日的普通人。这个"怪物"本来已经不能行走了，只是在苟延残喘，陈东君却想在短短几年割掉那些冗余的脂肪，只留下有用的肌肉，逼这只"怪物"全速奔跑。很难。

那天下午工作结束以后，于今清去找陈东君，发现他办公室的门是锁的。于今清打属于"师父"的电话，系统提示对方已关机。

他站在办公室门口许久，又拨了在学校那晚打过的电话号码。过了一阵，电话通了，巨大的风声和螺旋桨声从电话那头传来，对方似乎在螺旋飞行器上。

"清——什么事——"陈东君的声音很快飘散在快速流动的空气里。

"哥，你在飞行器上？"

陈东君在飞往某海岛的螺旋飞行器上，驾驶座上坐着丁未空。

他看着陈东君挂了电话，揶揄道："哟，敢情你关机就只关工作机，'弟弟机'倒是一直开着啊。"

"习惯了。"陈东君一想，也觉得无奈。他已经习惯永远先给这个手机充好电，随时带在身上，虽然这部手机的通话记录上只有一个未保存的手机号码。

"你记挂了那么多年，怎么现在反而疏远了？"丁未空嘴角勾着。

陈东君说："那倒没有。今年春招我就跟严工打过招呼了，死活得把他说服了弄进来，想着怎么都得把人放在眼皮子底下看着。结果形势一变……"

陈东君下意识地在口袋里摸烟，丁未空别过头看他一眼，说道："别抽烟啊。"

"想抽也没有。"陈东君摸了个空，又把手伸出来，"你给我送的资料你看没看？"

"那是绝密，我敢看？"丁未空笑道，"你这是在显摆你有多能啊？寒碜我见不着是吧？"

"又是老一套。"陈东君说起这个，眉头就一直没松开，"绘制图纸。"

"这事儿特简单。"丁未空不笑了，他戴着墨镜，夕阳映在其棱角分明的下半张脸上，看起来正直坚定，嘴里说出来的话却诨得不行，"绘制图纸，那成果就摆在纸上，看得见，能论功行赏。你这人就是太理想主义，我叫你直接转研发，有前途得多，你非要留在079。079是什么地方，你以为真跟计划里说的一样，跟什么军用机的未来同在？这话也就骗骗你这种毛头小子。"

"你少废话。"陈东君有些不耐烦，道，"绘制图纸，我们现在就坐在一张图纸上？"

"我知道你想的是制造。飞行器不行，你追责；飞行器的毛病在零件，再追；零件毛病在材料，你一层一层追下去，最后追出个屁！最底端的矿业冶金都有毛病，基础制造就跟一个大车轮似的。陈东君，你以为你是谁啊？你拖得动吗？"丁未空越说越激动，"你撑不起来的，就算你撑起来了，也没好下场。"

"你少看点乱七八糟的东西。都像你这么想，3年前的事……"陈东君猛地顿住，没往下继续说。

丁未空的嘴唇抿成一条线，下颌线条紧绷起来。

3年前，就跟这一天一样。

一组技术精锐被紧急运去某海岛，那上面停着五架高速飞行器，全部不能起飞，但当时的状况是，所有高速飞行器必须快速撤离该海岛。

那时候供应商突然切断该型号高速飞行器所有进口零件交易渠道，那组技术精锐带过去的全是紧急赶制、尚未经过试飞检验的零件。

陈东君强烈要求把三架高速飞行器中能用的零件全部换到状况较好的另外两架上，但他的要求被驳回，任务紧急，上面要求五架高速飞行器必须全部返航。

于是所有技术人员紧急修理，更换零件，几日不眠不休。

五架高速飞行器最后只有两架飞回了大陆，其余三架消失在了那片海域。

成功飞回大陆的飞行员后来去找陈东君喝酒，喝了十几瓶之后哭成了泪人，一直在说："我不甘心。"

"别想了。"陈东君抬腿踢了丁未空一脚。

"陈东君，我奉劝你一句话。"夕阳沉下去，视野变得黑暗，丁未空却没有摘下墨镜，"趁还活着，把你想做的都做了，犹豫个屁！等哪天要死了，你就会发现，阎王爷那儿也没有后悔药卖。"

陈东君沉默了一会儿，说："还没到那个地步。"

丁未空看着远处的云层，轻声说："我当时也以为到不了那个地步。"

陈东君没有再说话。

数架螺旋飞行器在黑暗中穿越云层，到达海岛。还没到日出，陈东君就带领全小组成员紧急排查故障。

另一边的紧急医疗队正在施救，因为是紧急迫降，高速飞行器的试飞员承受了数倍重力加速度的冲击，虽然有压力装置帮助供血，但他还是晕过去了。

还有一位试飞员内脏大出血，随时有生命危险。

丁未空在陈东君和医疗队两边走来走去，往返数次，每次都是一边告诉他"还没有查明原因"，另一边告诉他"还没有脱离危险期"。

不知道走了多久，他终于不走了，跑去医疗队，向那边的人讨了一根烟，走到海边的一块石头上坐下，听海水一次一次拍击在海滩上。

朝阳慢慢升起，丁未空听见远方的一声号哭："人没了！人没了！"

陈东君刚查看过一处零件，手落在另一处零件边，突然顿住。他缓缓站起身，朝医疗队那边转过身，久久凝望。

所有技术人员一个接一个地站起身，朝医疗队那边转过身体。

海岛的一边是奔忙的医疗队，哭声、命令、物品撞击的声音交错而来；海岛的另一边是数架冰冷的钢铁巨兽，与数十个沉默伫立的身影。

朝阳的光洒在他们每一个人脸上，把他们映照得像一座座雕像。

陈东君离开了一个多月，等他回来的时候079已经进入高温假期，基地除了值班员和安保员，就没其他人了，他进来的时候，门卫差点都没认出来。

"陈工？"门卫看了一眼他的证件牌。

陈东君点了一下头，继续向里走。

一个多月，没有人知道那座海岛上发生了什么，应该说，没有人知道那座海岛上有事发生，地图上找不到它的位置，更看不到它的名字。

门卫站在陈东君身后小声感叹："这看着是去了趟非洲啊！"

陈东君晒成了古铜色，变得更加瘦削，原本在衣服下隐隐的力量感变得显著，他本来就像一把剑，现在被打磨得过于锋利，威严更甚，让人心生惧意。

陈东君在办公室整理完一个多月来的总结材料，已经又过去三天，这时候他才有时间去想一下，是不是要带于今清出去玩一下。

他打了个电话过去，对方关机了，于是他锁门向外走，手机却响了起来。

"姜工。"陈东君问，"任务有问题？"

"陈工，你怎么招呼都不打就走了一个多月？前几天，高温假放假前一天，于今清被机床切断了手指，当时我们马上给他打急救电话，冰镇手指，找紧急联系人，结果他的紧急联系人是你。

174

我天天给你打电话，你天天关机……"

"行了，他在哪儿？"陈东君开始向基地外的停车场跑。

姜工报了医院名，又说："手术做完了，应该没大问题，只剩下养伤。"

陈东君问："人醒了？"

姜工说："醒是醒了……"

"我马上就到。"陈东君挂了电话。

陈东君在开车去医院的过程中脑子很乱，他想理智地思考一下之后怎么对待于今清，考虑怎么把于今清赶快送走，但是所有的念头只出现了一瞬间，就变成了担心。

陈东君停好车以后没有下车，而是坐在驾驶座上，一直坐到姜工又给他打了个电话，问他怎么还没到。

"到了。"陈东君拔下车钥匙，脑子里还是一片空白。

他太清楚现在直接上去的结果是什么了，如果他不在上去之前做好决定，那他看见于今清的第一眼就会心软。

陈东君在医院楼下站了一会儿。

不断有人从医院里出来，又有人进去。他们与陈东君擦肩而过，行走的、坐着轮椅的、拄着拐杖的、被担架抬着的，他们长着不同的脸，但是脸上都是一样的焦虑。

不远处响起救护车的声音，那里面可能躺着一个生命垂危的人，他会被送进急救室，三个小时后，他可能会躺在五楼的普通病房里，或者六楼的 ICU，或者负一楼的太平间。一周后，他可能在五楼的普通病房里休养，也可能被家人包围着出院，或者成为一抔骨灰。

"等哪天要死了，你就会发现，阎王爷那儿也没有后悔药卖。"丁未空的声音在他脑海里响起。

"事情还没到那个地步。"陈东君当时如是说。

他们只是技术人员，不会随时面临生死。在陈东君的想象中，

175

就算要面对死亡，也该是在于今清垂垂老矣的时候，他挂着拐杖站在自己的墓碑前，为自己放一束花。

可是，丁未空还说"我当时也以为到不了那个地步"。

"意外"这件事，随时都会到来。

那天，他站在海岛上，看着丁未空缓缓站起身，朝着医疗队的方向敬了一个军礼。

一名医疗队的护士朝丁未空跑过去，她拿着一根链子去找丁未空，说除了军牌以外，还有一根链子，问他怎么处理。

那根链子上穿着一个很小的相框，相框里有一个婴儿，婴儿一双眼睛明亮如星子，粉嫩的嘴唇向上翘着，微微张开，好像在喊什么。

丁未空拿着那根链子，半天说不出话。

陈东君站在远处，看着他缓缓走到医疗队那边，跪下去，轻轻将链子挂回那位试飞员身上。

陈东君闭了闭眼，走进医院。

他走上五楼的普通病房，站在一间病房门口，看见于今清靠在病床上，整个右手掌被纱布裹着，支在一边。姜工在旁边跟于今清说："陈工已经到了，应该马上就上来了。"

"我不想麻烦他。"所以于今清没有再打那个不属于"师父"的电话。

他看了一会儿自己的右手，脸别到一边，看着窗外。他的脸颊比一个多月前瘦削了不少，整个人裹在病号服里，显得有点无助。

陈东君敲了敲门框，说："姜工，辛苦了。你先回去休息吧。"

"没事没事，我拿于今清当弟弟，应该的。"姜工笑着给陈东君搬了一张椅子，"都一起工作一个多月了，是吧？陈工，你这是去哪儿了？晒成这样。"

"那是我弟弟。"陈东君站在门框边不动。

姜工一愣，走到陈东君那边，问："陈工，你搞什么啊？"

"你把门从外面带上。"陈东君把门打开，看着姜工。

"你这种人迟早有一天会遭到我们的反抗的！"姜工愤愤不平地关上门。

病房内彻底安静下来。

于今清转过头，对陈东君露出一个笑脸，笑出一口小白牙，阳光遮掉了不少伤病带来的虚弱。

"哥。"他这么喊。

陈东君走过去，坐在他病床边，轻轻碰了碰他缠着纱布的地方，小心翼翼得像一只蝴蝶落在一片蔷薇花瓣上。

于今清身体一僵，别过头去，声音低哑，几乎哽咽："哥，你又骗我。"

陈东君感觉于今清要有别的动作，赶紧把于今清按住，一只手抓着他的右臂，保证他的右手掌不被碰到，一只手从他的后脑勺摸到他的后背，一下又一下，就像小时候那样。

"哥，你又要干什么？因为我伤了手，你就安慰我，对我好一点儿，然后又不理我？"于今清偏着头，陈东君在他颤抖的睫毛上看见水珠。

"你把我当什么，哥？"于今清说。

陈东君想，这就是没做好决定就上来的后果。

"当我弟弟。"陈东君声音低沉道，"当我要保护的人。"

算了，陈东君想，输了就早点投降吧。

于今清的眼泪几乎流湿了被子。

"哥，你是不是因为我伤了手……"于今清话还没说完，自己就摇了摇头，脸上又是泪又是笑，"那根本不重要。"

他不停地擦着眼泪，说："哥，这次你不能再骗我了。"

陈东君"嗯"了一声。

于今清的眼睛亮得惊人，说："就算你骗我也没关系。"

"反正我还是每次都会信你啊，哥。"于今清在心里说。

陈东君在于今清的头顶摸了一把，问："你怎么伤的手？"

"卢工让我去物资供应中心拿两根轴，结果我一去，那边说还在车床上，没拿下来，说我要是急的话自己去拿。"于今清回想了一下，"我就拿去了，不知道怎么回事，车刀突然动了，还好只切了小指。"

"你戴手套了？"陈东君问。

"怎么会，"于今清解释，"安全条例我都背了，以前也不是没学过，我要是戴了手套，跟着纺织线搅进去的就不止一根手指，肯定整个手都没了。"

"我知道了。"陈东君说，"事情交给我处理。"

"有什么问题吗？"于今清问。

"去物资供应中心拿东西不是你该做的事，这事归调度管。零件谁负责加工，谁负责取下来，也不是你该做的事。"陈东君帮于今清调整好手臂姿势，站到一边，扣好衬衣的扣子。

"哥……"于今清看着陈东君的背影，这个时候的陈东君好像又变回了一个多月前的他，不，似乎比那时更难以接近。

"我打个电话。"陈东君走出了病房。

"怎么回事？动手……就晚了……把握，可是……必须要做。"陈东君的声音隐约从病房外传来，等他再进来的时候，刚才的温和一点儿都不剩了。

于今清小心翼翼地问："哥，是我的错吗？"

陈东君走过去，揉了揉于今清的脑袋，说："以后你给我小心点。"

于今清用左手抓住陈东君揉他脑袋的手，抬起头小心觑着陈东君："哥，没变吧？"

"没有。"陈东君说，尽管这个时机真的太烂了。

四年前，他可以选择带于今清离开，甚至半年前，形势都没这么差，他还可以选择把于今清放在自己面前看着。而现在，他才离开了一个多月，"陈东君的弟弟"就成这样。

"其实，哥，我特别高兴我的手被切了。"于今清觍着脸说，"本来我怕你觉得我是个麻烦，没想到你还挺心疼我。"

"你瞎说什么！"陈东君拍了拍于今清的头。

"哥。"于今清又抓住陈东君的手，说，"我想出院。"

陈东君问："医生怎么说？"

于今清说："反正在哪儿养着不是养着？"

陈东君说："那就给我在医院养着。"

于今清又道："哥，你带我回家吧。"

陈东君没说话。

于今清再次道："你带我回家吧。"

于今清抓着陈东君的手重复了几十遍，陈东君终于拿他没办法，问了医生意见和注意事项，拿了药后就把他带回了宿舍。

于今清坐在陈东君的车上，看着车快开到宿舍区的时候，说："哥，你停下车。"

陈东君把车停到路边，问："干什么？"

于今清伸出左手，说："钱包。"

陈东君说："你要买什么？我去买。"

于今清的手依旧悬在空中，他说："钱包。"

陈东君看了于今清一会儿，说："于今清，你不要以为我们现在话说开了，就可以撒野了。"

于今清有点儿不好意思道："钱包。"

陈东君把钱包放在他手上，说："注意安全，敢乱跑的话，小心挨打。"

陈东君下车帮于今清打开车门，看他进了超市，他右手的白纱布举在空中，还挺欢脱地往超市跑，显得特别傻。陈东君觉得自己不是什么好人，居然还有这么个小子一直在身后追随，明明刚才他还在哭，但是自己只要给他一点儿阳光和关怀，他就会马上对你笑，特别容易满足。

只一会儿，于今清就提着超市的袋子出来了。陈东君接过东西，打开车门，把于今清拎进副驾驶座，说："你看看你的右手，是不是找打？"

于今清小声辩解："哥，就是因为右手伤了才需要你的帮助。"

陈东君开车进了地下车库，问："你脑子里装的都是什么？"

于今清说："你猜啊。"

第十章

为期两周的高温假还剩下一周的时候，陈东君对于今清说："有个惊喜。"

　　于今清兴奋地睁大眼睛，问："我能拆绷带了？"

　　陈东君说："不能。"

　　于今清表示无语。

　　陈东君说："我带你出去放风。"

　　于今清问："去哪儿？"

　　陈东君拿出一个快递信封，于今清看了一眼寄件人，说："钟关白是谁？"

　　陈东君笑道："卖艺的。"

　　于今清抬腿踢他："说清楚。"

　　陈东君捉住他的脚，笑骂："差不多得了啊。当年我在那边读书，他们音乐学院交响乐团在那边巡演交流，我们一起参加了一次游行。"

　　于今清问："然后？"

　　陈东君说："没有然后，我们就在那边跟歧视外来者的外国佬打了一架。"至于之后的事，他还是不说为好。

　　陈东君打开信封，里面是两张小提琴独奏音乐会的门票，时间是周六，地点在首都一个不出名的小剧院。

门票上印着演出宣传照，是小提琴手完美的侧脸和坐在三角钢琴后的一个剪影，依稀可以看清楚小提琴手别过头去看钢琴手，而钢琴手仰起头，唇角微扬。

于今清透过那张门票，似乎可以听见小提琴声直击心脏，钢琴声渐入心田。

演出当天，于今清和陈东君坐在这家不知名的小剧院里，听见小提琴琴弦的最后一声震颤，伴着钢琴最后一个深沉的和弦，为数不多的观众站起身鼓掌。

"这么精彩的演出怎么观众这么少？"于今清在陈东君耳边小声说，"真的有俞伯牙和钟子期的感觉。"

陈东君压低声音说："俞伯牙是俞伯牙，钟子期就不好说。"

他话音未落，台上的钢琴手站起身，朝观众鞠躬："今天的小提琴独奏到此结束。"

台下无人离场。

钢琴手对小提琴手说："陆首席，今晚咱们一分钱没赚到。"

场下的观众笑起来，伴随着故意的嘘声和口哨声。

小提琴手放下小提琴，看着钢琴手说："你说这是慈善演出。"

钢琴手对场下翻了个白眼，说："陆首席，今天场下没一个好人，搞坏事的有，搞慈善的一个都没有。"

观众席里有个人笑骂："钟关白，你瞎说什么呢？"

小提琴手看着钢琴手，缠着白色细绷带的手指拿着小提琴和琴弓，放在身侧，就那么安安静静地站着，什么也不说。

"今晚的票都是我送的。"钟关白环视全场，但因为聚光灯，他根本看不清场下，"刚才我说错了，场下有一半的正经人——那都是陆首席的朋友。"

场下发出一阵笑声。

"还有一半的人就很不三不四了。"钟关白说，"很明显，那都是我的朋友。"

场下又发出大笑声和嘘声。

于今清踢了一脚陈东君，揶揄道："哥，你就是后一半，是吧？"

陈东君想了想，还真没法反驳。

"你们吧，都知道我钟关白是什么人。"钟关白话音一顿，听见底下有人大喊他的外号，他朝下面使眼色，"哎哎哎，你们够了啊！"

场下有一半的人都在嘘钟关白。

钟关白又环视了一圈场下，说："你们给个面子呗！"

钟关白后面还说了很多话，在场下的一片昏暗中，于今清被他说的话莫名感动到。于今清看向陈东君，说："哥，你知道吗？"

我们就活在这人世间，它有诸多苦难、黑暗，足以将一个人逼成一条狗，但同时它也有幸福、光明，足以让一条狗活出一副人样。

最重要的是，我们就活在这里。

它有时让我们深陷深渊，但深渊之壁常常开出花瓣，给我们一个吻。

深渊和花瓣，都是这个世界。

一张张不同的脸在于今清脑海里闪过，最后只剩下身边这个人的脸。

他轻声对陈东君说："以前，我觉得我不喜欢这个世界，但幸好还有你陪着我；现在，我觉得我对这个世界改观了，它那么好，它有许多关心我的人，它还有你。"

他们没有参加接下来的活动，于今清和陈东君一起出了剧院，打车去了于今清曾经就读的大学。

"哥，你要不要想象一下，如果你跟我在这里一起读大学，会是什么样？"于今清说。

陈东君不习惯做这样的想象，但这晚的气氛太美好。

他们站在校门外的路灯下，暖黄的灯光洒在他们的头顶，让两人的面目都变得更加柔和，仿佛生活留下的痕迹都被冲走了，他们回到了十几岁的模样；仿佛生活不曾苛刻，命运也曾厚待，就这样让他们先后上了同一所大学，读同一个专业，在同一个校园里并肩行走，讨论理想，与对方计划着未来的人生。

于今清又问了一遍："要不要试一试？"

陈东君说："好。"

于今清带着陈东君走进校门，说："现在我们读大一。"

陈东君笑道："这不可能。"

于今清固执地说："现在我们读大一。"

陈东君妥协了："好，我们读大一。"

于今清领着陈东君走进一座老式教学楼，正值暑期教学楼里，空无一人，他介绍道："这是四号楼，我们会在这里学工程图学。"

他们走到三楼，于今清带着陈东君走进一个教室，里面是画工程图专用的桌子。于今清比了一个"请"的手势，陈东君笑着坐在第一排中间的座位上。

于今清从讲台上找到两张 A1 图纸，上面画着泵体零件图，看起来是学生作业，已经被老师打过分了。他放了一张图纸在陈东君桌子上，放了一张在自己桌子上，又在抽屉里找到 2 支铅笔，他把铅笔递给陈东君，说："这门课作业很多，每天早上我们都在这里画图。"

陈东君看了一眼那张图，笑着摇头："好多错误。"

于今清盯着眼前的图纸，它就像他画过的那张："我的图画得不好，你帮我改，给我找错，但是不代我画。你对我严格得要命，我们大一的时候有一句话'唯有未来和好姑娘不可辜负'很流行，你的未来里有没有好姑娘我不知道，但肯定有我。"

陈东君愣怔片刻，重复道："对，肯定有你。"他拿着铅笔，在图纸上轻轻标出那位不知名的学生的绘图错误。

于今清看着陈东君神色认真的侧脸,说:"大一你还是年级第一,因为有你教我,这门课我期末考了九十六分。"

陈东君说:"不是有我教你,是你既聪明又努力。"

等陈东君标出错误和修改意见,于今清把图纸和铅笔都放回原处,带着陈东君走出教室。

"趁课间没人的时候,我们就会再上半层楼。四楼是废弃的学院办公室,很少有人上去,我们经常在三楼拐角聊理想、谈人生。"于今清把陈东君带到那儿。

"我们每天上完课都来这里吃饭,你的卡总是被我刷得没钱。"于今清带着陈东君从教学楼走到食堂,这个时候食堂只有几盏灯还亮着,几个卖夜宵的窗口还开着,于今清指了指墙上的电视,"比赛季的时候,我们总是买一打啤酒在食堂看球赛。不过,我们支持不同的队伍,两边一交战,我们就打架。"

陈东君笑着摇头,说:"你敢?"

"我肯定不敢。"于今清笑嘻嘻地说完,跑去借了一个研究生的学生卡,去夜宵窗口买了一碗麻辣烫和十几串烧烤,他一只手端不过去,就喊陈东君来端。

食堂阿姨打趣:"你看着挺眼熟啊,这是毕业了回来看母校啊?"

于今清单手挂在陈东君的肩膀上,笑得像一个少年:"阿姨,今天我忘记带卡了,我们是大一新生啊,哪有那么老!"

他也不管阿姨信不信,就跟陈东君说:"我来这边第一次吃麻辣烫的时候就跟你抱怨这边麻辣烫的麻,居然是麻酱,不是麻椒。我不肯吃,你硬按着我说不许挑食,让我吃完了。"

陈东君的声音里都是笑意:"我大一的时候对你这么坏?"

于今清笑着点头:"可不是吗,你一直这样。"

"吃完午饭我就困了。"于今清笑着走在前面,不时回头看

186

陈东君，有时还倒着走，陈东君走在后面跟着他，眼角眉梢也全是笑意，看到有人经过就提醒一句。

他们走出食堂，一直走过梧桐校道，走到学校花园。正是夏夜好光景，一弯石桥半弯柳，一池碧水半池莲。蝉鸣几声，鸟鸣几声，一只狸花猫从长椅下经过，弄出窸窸窣窣的动静。

"每个午后我们都在这里休息，我躺在你旁边睡午觉。"于今清把陈东君按到长椅的一头坐着，然后躺在他身边，抬头便是满天繁星。

陈东君问："我不午睡吗？"

"有时候你也困了，就反过来，我坐着，你睡。"于今清说，"每次你睡着了，我都会偷拍你的睡相。"

陈东君笑着说："是吗？"

于今清说："是啊，从你大一到大四的照片都有，可惜后来毕业旅行的时候，我的手机被偷了，没找回来，照片也没了。"

陈东君摸于今清头发的手一顿，说："嗯，毕业旅行。"

"没课的时候，你有时候和我一起坐在双杠上，在我左耳旁边唱《晴天》，还是像以前那样，只唱前几句。"于今清的嘴角浮现出浅浅的笑意。

"你老带我去打篮球，后来我们还代表学院参加校篮球赛。"于今清从长椅上爬起来，带陈东君走到篮球场，指着篮球场还未被拆去的近期比赛的横幅，"跟你高中的时候一样，每场比赛都有一大堆的女生站在那边给你加油，等着给你递情书。"

陈东君笑着说："一直到我们给学院拿到了校冠军，我一封情书也没收。总决赛之后，我直接和你一起去庆功宴。"

于今清别过头看着陈东君，说："庆功宴那天正好是我十八岁生日。我们喝多了，你说'你现在终于是大人了'。"

晚风习习，月色温柔，陈东君看向于今清，说："抱歉。"

——我没能看你长大。

于今清摇摇头，牵起陈东君的手，说："还没毕业，你跟我来。"

于今清带陈东君走到一栋建筑面前，说："我们学校有一个博物馆，里面有很多高速飞行器，不是模型，是实物，特牛。博物馆开门的时候不多，我进去了好多次，才背下了里面所有高速飞行器的介绍，等我把它们都背完的时候，就特骄傲地去找你。"

于今清拉着陈东君坐在博物馆门前的台阶上，说："我跟你坐在这里，一起讨论我们什么时候能自己制造发动机，什么时候我国的高速飞行器能进入第 × 代。"

陈东君的声音里带着笑意和追忆往事的感觉："我们讨论出结果了吗？"

于今清肯定地说："当然。我们一致认为，三十年，不，十五年内就可以做到。"他继续道，"当时的我们年少气盛，因为那一年，我们背后就是世界的厚重历史，脚下就是出了载能飞行器总指挥的学校，头顶就是浩瀚的星空。"

于今清抬起头，那片星空和他十四岁那年与陈东君在阳台上看到的一模一样。

"哥，然后我们就毕业了。"于今清说，"我们去了同一个地方。"

远处校道的路灯传来微弱的灯光，将他们的影子拉长，映在博物馆的墙壁上，就像黑暗中两个并肩的巨人。

"毕业后一转眼就到了现在。"于今清看着陈东君，眼睛里都是光，"哥，是不是特别好？"

陈东君揽住了他的肩膀，说："嗯，特别好。"

两人坐到了很晚，看着马路对面综合楼的灯一盏一盏熄灭。

于今清说："哥，要是现在能回寝室就好了。"

陈东君问："回寝室干什么？"

于今清说："带你打游戏……不对。"

"嗯？"陈东君不解。

于今清说："我们得去参观一下这附近的快捷酒店。"

陈东君闷笑。

于今清说："走走走！"

他兴奋得全然忘了他们白天飞来首都前，已经订了酒店。但此时此刻，陈东君愿意纵着他，也不提醒。

其实，于今清才离开学校几个月，他却觉得恍如隔世。好像那些陈东君不在的岁月，都是他的南柯一梦。

他在梦里不会像遇见陈东君后那么努力，那么珍惜每一天。在无人督促的岁月里，他可以随意浪费掉他的时间，翘课，打游戏，做一切没有意义的事，渐渐放任自己心陷泥淖，享受'浅薄'的欢愉。

虽然他仍守着心里的某一个角落，但这个角落很小，发出的光只够照着他慢慢地向前方走，却从未奔跑过。

但是现在，他终于有了奔跑的理由。

等陈东君洗完澡出来的时候，于今清已经睡着了。

他裹在白色的被子里，右手从被子里伸出来，横在外面，露出被纱布包裹的手掌。

陈东君轻轻走过去，给他掖了掖被子。

陈东君走到窗边，窗外的星月都隐进了云层。

他拿出手机，发现收件箱里有一条消息：陈工，从高温假开始，物资供应中心一直处于关闭状态，目前不知道是否有人对这次事故原因进行调查。079对这次事故的处理决定是赔偿3万元，受伤者可以带薪休假一直到伤好为止。

陈东君把手机放到窗台上，回头去看于今清。于今清睡得很沉，安静得像一个没有任何烦心事的孩子。

"清清。"陈东君喃喃自语，未说完的话是，"这是最后一次，我保证。"

高温假结束后的第一个周一，陈东君提出对于今清的事故进行彻底调查。

而就在他提出意见后不久，物资供应中心再次出现事故，比于今清当时的情况严重得多，一个车床技工的右手掌全部被车床割断，因为失血过多，当场昏迷。人被送去医院后，医生诊断，说完全恢复的可能性不大。

上次于今清的事件只有一个车间主任过来慰问他，由于他的伤是可以完全恢复的，也没有人跑去领导那里闹，基地领导直接大事化小小事化了，将事件归结为意外，赔偿了事。在陈东君提出意见之前，甚至没有人想要进行调查。

而这次的事直接惊动了主管安全的谢副总，谢副总上午去医院询问伤者的手术情况，还没等问出个具体结果，下午上班前，079又出了事。

一名刚入职的一线女工因为没有佩戴安全帽，头发被误绞进机床，整个头皮全被掀了起来。

女工的头发全被缠在高速旋转的刀片里面，剥落的头皮粘在长发上，一起挂在刀片上，血从机床一直流到地上，伴随着浓浓的铁锈味。

当时旁边还有别的新入职的工人，都是新招进来的毕业生，也就二十出头，他们哪见过这种场面，当场哭的哭，吐的吐，根本顾不上报警打急救电话。

还是听见响动跑过来的老工人打了急救电话，然后问他们："你们怎么回事？带你们的人呢？"

几个新员工都吐得一脸菜色，说："他还没来，让我们在这里等他。"

老工人打完急救电话又马上给物资供应中心主管打电话，结果主管陪同谢副总在医院，一时间赶不回来。由于还没到上班的点，没一个直接领导在，几个电话打下来，还是惯于提早办公的

190

陈东君第一个到了现场。

他第一时间把所有设备的总闸关了，整个车间霎时间寂静无声。

"你们先到外面等着。"陈东君说。

几名新员工如蒙大赦，陈东君又指挥几名到场的老员工："打开车间的进出车通道，以便救护车尽快进入。"

救护车很快就到了，受过专业训练的救护人员见到这个场面色也很难看。

陈东君看着他们蹲在地上，问："情况如何？"

救护人员站起来，摘下口罩说："已经没有任何生命体征。"

这样的安全事故出现在079还是21年前，一名工人掉进了铸造车间的钢水里。

谢副总就是当年处理那场事故的车间主任，算是079元老，还有五六年就要退休了。

基地总经理此时正在出差，归期未定，他是前几年空降来的，听说今年就得升上去，于是谢副总理所当然地成了079的临时一把手。

谢副总回到079之后，没有去事故现场，而是坐在办公室里，翻那名女工的劳务合同及资料，然后跟秘书说："你去给倪慧家里打个电话，先告诉他们女儿，嗯，就说她重病吧，让他们家里人来一趟。"

秘书迟疑了一下，说："这不是骗他们吗？"

"你就是太年轻。"谢副总看着年轻的女秘书，在心里摇头，"你在电话里直接告诉他们这么大个事，人家能接受吗？还是得把人请过来，带他们吃顿好的，先把他们稳住了再说其他的。"

秘书犹豫着点点头，说："是，我知道了。"

谢副总慢悠悠地说："一切以大局为重。"

等秘书关上门，谢副总拿出一支铂金钢笔，在写有联系方式

191

的职工花名册上轻描淡写地画了一笔。

他看了一会儿那个名字，又打了个电话，说："小卢，你过来一下。"

不过片刻，就有一个男人推门进来，正是叫于今清去物资供应中心拿零件的卢工。

卢工冲谢副总点点头，坐到谢副总对面的椅子上。谢副总看了一眼书桌上的空杯子，卢工马上拿起杯子，起身走到饮水机边，说："还是黄山毛尖？"

"小卢啊，一成不变也不是好事。"谢副总意味深长地说。

卢工一愣，泡了一杯碧螺春，弯腰将茶放到谢副总的桌上，说："还请您多提点。"

"高温假之前出了事，高温假之后又出个一样的。先不说下午那个，上午那个到底怎么回事？"谢副总啜了一口茶，用一双让人捉摸不透的眼睛看着卢工。

"这，"卢工不敢坐下，"我不敢瞒您，上午小朱是我派去的。谢总，陈东君可是连让他弟当接班人这种话都说出来了。"

"你真是沉不住气。谁当他的接班人这事谁说了算？是他陈东君说了算吗？"谢副总摇摇头，像一个长辈在看一个资质愚钝的孩子，"他说了不算，你又计较什么？现在几件事连在一起，是谁不好看？"

卢工有点急，道："这……"

谢副总像蚕一样的眉毛一挑。

"你把上午那个切了手的处理好。"谢副总话音一顿，说，"不行，还是把他送走，赶紧道歉赔钱。"

3天以后，倪慧的父母赶到了079，身上都穿着那种老式的衬衣和裤子，脚上穿着认不出牌子的黑色皮鞋。

谢副总的秘书给倪父倪母订了附近最好的酒店，弄得他们进去之后坐立不安。谢副总许久之后才姗姗来迟，在宾馆里待了3

个小时。

　　酒店开阔的大堂一角的沙发上，坐着一个高大的男人，他的脸隐在阴影里，微微抬起头，看着谢副总脚步轻快地走出了酒店。男人站起身，翻开手机相册中的几张照片，走进酒店客房的电梯。

第十一章

于今清看了一眼手机，已经过了下班的点，不知道为什么陈东君还没回来，他发了一条微信给陈东君：你弟弟要饿死了。

过了一会儿，陈东君回道：5分钟。

5分钟后，陈东君拎着包装得很高级的餐盒回来了，于今清跑过去接："今天伙食这么好？"

陈东君一抬手，没让于今清拿："你坐着。"他把餐盒和餐具从塑料袋里拿出来，放在桌上。

于今清看见餐盒后说："啊，姜工跟我说过这个酒店，东西超贵。哥，你去那儿开会？"

陈东君说："嗯，我去谈事情。"

于今清用左手夹了一筷子菜，说："哥你要是经常去那里谈事情就好了。"

陈东君说："我估计不会经常去。"

于今清一想，说："也是，都离079这么近了，有事干吗不直接在办公室谈？"

陈东君没说话。

于今清说："哥，昨天姜工给我发了一堆资料，说是亟待解决的一系列问题，让我思考一下，别到时候去了跟不上。"

陈东君调侃道："真是连伤员都不放过。"

于今清笑着说："哥，你在说自己啊？"

陈东君看了一眼于今清，后者夹了一颗胖丸子，还没送到嘴边，丸子就咕噜咕噜滚到桌上。陈东君的眼睛里不自觉带上笑意："老实吃饭。"

两人吃完饭后，陈东君去工作台工作，于今清也在另一边看资料。他看到一处不懂的地方，摸着下巴想了半天，头也没抬，说："哥，我有个问题。"他没听见回应，别过偏头一看，说，"哥，你居然工作的时候玩手机？"

陈东君把手机锁屏，问："什么问题？"

于今清凑过去说："你好像是在刷微博？哥你有微博账号啊？快让我关注一下。"

陈东君说："没有。"

于今清说："喂，是不是在微博上有很多女生每天自称是你女朋友？"

陈东君说："没有。"

于今清说："哥，你这是敷衍。"

陈东君说："我没有微博。"

于今清说："我刚才都看见了！"

陈东君没回答。

于今清说："那你现在注册一个。"

陈东君看了于今清一会儿，说："我们谈谈。"说完他站起身走去阳台。

于今清跟在后面喊："哥，不会吧，你真的在微博上背着我干什么了？"

陈东君看着不远处的079，点燃了一支烟。

半晌，于今清才说了一句："哥，原来你抽烟啊？"可他从来没在自己面前抽过。

陈东君"嗯"了一声。

于今清站在一边，看陈东君抽完一支烟，什么都没说。

"清清，你想要的是什么样的生活？"陈东君点燃了第二支烟，他没有看于今清，而是看着那些车间，它们在夜幕中就像一只只巨兽，即便是他这样自负的人，也无法预料与这群巨兽搏斗的结果。

于今清没有马上回答，他从陈东君的指尖夺过那支烟，吸了一口，姿势熟练："哥，你先听我讲一件事。"

"在你走后，我中考没有发挥好，没上市一中高中部的线，没差很多，但没上就是没上。于靖声打电话来问我考得怎么样，我摔了电话，在地上躺了一晚上。"

于今清又吸了一口烟，烟雾从他的嘴里出来，缭绕在他的眼前。

"第二天，我去于靖声家求他，求他帮我，我要进市一中。他可能对我有点愧疚，二话没说就答应了，我跟他说要多少钱我自己付，付不起借他的，按银行利息还。哥，我没有名校情结，我只是……"于今清吸了一口烟，转了话头。

"我还是进了市一中的高中部，于靖声帮我付了六万择校费，没让我还。之后每个学期的学费单我都比别人多出五千块钱，当时这个缴费单由班干部下发到每个学生手里，第一个学期全班都知道我是怎么进来的。哥，你应该知道，"于今清淡淡地笑了一下，"你们这样的人，都是些天之'骄'子。"

"高三我考得还算可以，不过要是放到你们一班那种班，也就是平均分偏下。班主任问我想填什么学校，我说还不知道，不过会选机械专业。然后她给我推荐了很多工科院校，我上网一个个去看，还进了这些学校的论坛。有一个学校的论坛里，有一个陈姓学长发了一篇帖子，当然，"于今清觉得有点好笑，"他不叫陈东君。那篇帖子从我国的第一架飞行器讲到现在，讲了无数投身在这份事业中的人。我当时想，会不会二十年以后我再回学

197

校论坛看，会有一篇新帖，也在讲这些投身这份事业中的人，然后里面会有一个名字，叫陈东君。"

于今清抽完了那支烟，转过头去看陈东君，说："哥，这些，就是我想象中的你的人生。"

"从市一中的高中生，到一个学机械的大学生，再进入现在这个领域，我拼命去过这样的人生。"于今清在心里说。

"清清，"陈东君接过于今清手上的烟蒂，说，"你想过你的人生吗？"

"陈东君，"于今清看着远方，说，"你不要问我我想要的生活，也不要试图为我做任何决定。我一个人走了那么多年，不会搞不懂我要去哪里。我总是在走你可能会走的路，去有你的地方，因为我知道，你在的地方是正确的地方，是值得去的地方。"

就算一切皆成泡影，我们也终将去往同一个目的地，那是任何一种人生的尽头。

"清清，我在的地方可能没那么好。"陈东君捏着那根烟蒂，把它对折一下，"所以我刚见你的时候……"

"你对我很冷淡。"于今清打断陈东君，"陈东君，你不会认为跟我没什么瓜葛，我就可以去过自己想过的人生吧？"

陈东君没说话。

于今清把陈东君按到墙上，目露凶光："我真想打你一顿。"

"嗯。"陈东君看着于今清，眼睛里有很浅的笑意。

于今清给了陈东君一拳，没什么力道："我还以为你不认我了。那时候我觉得天都塌了，你知不知道？"

"清清，我刚回国的时候，我母亲告诫我不要进这里来，她说她把我保护得太好，我什么都不知道。她认为，继续读博士，回国到高校任职研究，或者就留在国外，都比现在的选择要好。"

于今清说："我听说何阿姨提前退休了。"

"嗯。"陈东君说，"我现在回想起来，觉得她对我，和我对你，其实是一样的。这几年，我越发能理解她当年为什么那样说。你签的是五年的合同，我不一样，你可以想象，我会没有期限地留下来。当时我想，你的人生还有更多可能，但是现在，你要过我这种生活，我怕你觉得不值。"

"哥，要是我现在后悔了，你同意吗？"于今清盯着陈东君的眼睛。

"我知道我说同意，你会生气。"陈东君握住于今清又要砸向他的拳头，说，"但是我还是要说，我同意。"

"陈东君。"于今清抬起膝盖，重重地顶向陈东君的腿，那一下没收力，陈东君被撞得闷哼一声，"再可怕的我也经历过了。对我来说，这个世界没有什么值得我离开的黑暗角落。"

陈东君把手掌放在于今清的头顶，低声说："我知道了。"

两人站在阳台上，安静地听着彼此的呼吸声，于今清突然说："如果是以前，你会说你要打断我的腿。"

陈东君忍不住笑道："我说不出这种话。"

于今清一本正经地说："嗯，这是我的艺术加工。"

陈东君笑着说："好了，进去看资料。"

于今清把资料上的问题指给陈东君看，陈东君看后一边画图一边讲解。于今清看着陈东君的侧脸，还是一副少年时为自己讲题的模样，便忍不住问："哥，那你有想过你想要的生活吗？"

陈东君手中的笔没有停下，说："就是现在。"

"哥，我不是什么都不知道。"于今清说。

陈东君手中的笔一顿，问："然后呢？"

"你怕我不值，自己却留下来。"于今清不放过陈东君的任何表情变化，"我刚才都被你绕过去了，我刚见你的时候，你连笑都很少，你真的觉得这种生活好？"

陈东君放下笔，说："如果以后有时间，我会跟你仔细讲这几年发生的事。这不是一个好或不好的问题。"他指着刚画出来的草图，"你看，我想要一张这样的图，可是没有，所以我就自己画一张。同样的，我想要一个那样的行业，可是没有，所以我就要自己去创造一个。"

所有的创造，本质上都是因为对这个世界有更高的期待。

于今清静默了一会儿。

陈东君说："继续讲图。"

他讲了很久，讲完的时候，于今清又说："哥，给我讲你这几年吧。"

那是一个太长的故事，也不怎么美好。

陈东君说得不太多，只提了在国外修完本硕，其间了解到作为外国人永远接触不到某些核心技术，更遑论最前沿的研究成果；怎么从黎国辗转回国；回国进入这个领域，和事故打交道，和死亡打交道，去各个不为人知的地方出差；培养精锐，试图改变 079 的风气，改变这个行业许多根深蒂固的错误认知。

他并不掩饰自己的碰壁和挫折，跟那些报道过他的光辉功绩的新闻一样，都是淡淡带过。几句话讲下来，他没有提及任何细节，其间究竟发生过什么，就跟一些几十年内不会解密的卷宗和资料一起，关入了保险柜。

于今清听完了，说："哥，我知道了。"

一个想玩模型的小男孩，变成了想玩实物的男人，别人家条件好，不给玩，于是只好在自己家玩。自己家条件差，玩不起，所以就去创造条件，直到玩得起。

这个男人可以自己跪着创造条件，但是他不能让自己想保护的弟弟也跪着陪他。

于今清觉得自己终于等到了这一天，就像陈东君曾接过他满怀恶意的人生一样，他也可以接过陈东君不那么一帆风顺的人生。

陈东君拍了拍于今清的肩膀，说："早点睡吧，伤口才能好得快。"

于今清刷完牙后，跑去工作台找陈东君："哥，我决定去微博说一声我哥不让我玩微博，然后把它卸载了。"

陈东君说："睡前不要玩手机。"

于今清躺到床上朝外喊："我就发一条。"

他编辑了一条微博，发出去之后他只是下意识地看了一眼热搜——排在第一位的是"女工事故"。

这条热搜词条后面还跟了一个"爆"字。

于今清点进去后，发现顶部是由一个叫作"女儿倪慧在天堂"的微博账号发布的一段视频，转发量已经过了五万。

"……他们说重病，其实我女儿被卷在机子里面……一来就带我们去大酒店吃饭，点了一桌子菜。我们吃不下，要去看女儿，他们不让看，现在都还没见到。后来还来了一个领导……我听人叫他谢总，派头很大……我们就想要一个说法，他们虽然道歉了，但说不是他们的主要责任。"视频里的男人长着一张常年风吹日晒的脸，发黄的脸上有许多斑，一双眼睛写满了风霜。

镜头摇晃了一下，转向一个女人，女人的眼睛因为流泪过多变得浑浊，几根灰发垂在鬓间："慧慧上个星期还跟我们打电话，说等国庆就回家……她孝顺，说特产都买好了，就放在寝室……"

女人哽咽着，没有找准镜头，眼神空洞，不知看着哪里："慧慧，你要是能听见，跟妈回家……"

画面渐渐变黑，视频播放结束。

于今清往下滑页面，手机屏幕上出现了几张打了马赛克的图片，底色一片血红。

再往下看是一个新闻号发的一条长微博，题目叫"某工程基地的4次重大事故"，内容从21年前的钢水事件，到近期连续两件断手事件，再到女工被搅进机器事件，一一列举。这条微博被转发了4万次，评论有6万多条。

"还不睡？"陈东君站在卧室门口。

201

于今清心里有点堵，说："哥，079 出事了。"

"如果有媒体联系你，你不要回应。"陈东君拿走于今清的手机，放到床头柜上，说，"快点睡觉。"

陈东君给于今清盖好被子，说："晚安。"

于今清闭上眼睛，说："晚安，哥。"他听着陈东君走出去，突然不安地追出去，"哥。"

陈东君微微别过头，问："怎么了？"

于今清说："你没有做什么吧？"

陈东君转过身，看着于今清问："什么做什么？"

于今清说："没什么。"

陈东君拍了拍他的头，说："去睡觉。"

于今清跟陈东君站得很近，于是微微仰视着他："哥，不要做危险的事。"

陈东君说："嗯。"

于今清转过身，说："那我去睡觉了。"

于今清躺在床上，怎么也睡不着，他听见陈东君在客厅的动静，又听见陈东君进了浴室，浴室传来水声。他悄悄下床，悄无声息地走到客厅里。工作台上放着两部手机，一部是陈东君的工作手机，一部是专属于今清的私人手机。

于今清拿起那部私人手机，锁屏是 4 位数的密码。于今清尝试着输入陈东君的生日，提示错误，他又输入自己的生日，还是提示错误。

于今清闭上眼思考了一会儿，输入了"7447"，手机成功解锁。

屏幕上干干净净，几乎没有非系统自带的软件，除了被单独放在一页的微博。

于今清点开了微博图标，主页干干净净，没有任何消息提示。于今清稍微查看了一下，果然是陈东君关闭了所有提醒。

一切都很正常，除了这个微博的名字——女儿倪慧在天堂。

于今清点进微博主页，这是一个刚注册的微博号，已经有 7 万多名粉丝，顶端的那个视频已经被转发 6 万次。

于今清看着屏幕，不知如何是好。他下意识地点进隐私设置，一项一项确认这个账号的使用者不会被人轻易找到。

陈东君很谨慎，没有什么需要修改的设置，甚至这个账号绑定的手机号都不是陈东君用过的。

浴室的水声停了，于今清把手机锁屏，放回原处。

陈东君回卧室的声音很轻，他轻手轻脚地躺到了另一张床上。过了许久，陈东君已经快睡着了，于今清动了动。

陈东君说："你睡不着？"

于今清说："我在思考人生。"

陈东君发出低低的笑声，说："快睡吧。"

第二天是周六，陈东君一早就出门了。于今清坐在床上，打开微博。

"女儿倪慧在天堂"在十分钟前发布了一条新的微博，讲述倪慧的过去。

倪慧生于西南部的一座小村庄，从学校到家里要走二十里路，念高中的时候一个月才回一次家。他们那个地方都很穷，能念高中的女孩没几个。

倪慧他们村只有她一个女孩念了高中，每个月放月假她都和邻村的另一个女生一起回家。两人约好要一起考出农村，去大城市读书、赚钱，把贴满奖状的土砖房变成贴满瓷砖的红砖房。

高二那一年的冬天，倪慧跟那个女生走到两村的岔路口，各自回家。月假过完后，倪慧在岔路口等那个女生一起上学，可是怎么等都没等到。她走到那个女生家才知道，她们分别的那一天，那个女生被人强奸了，丢在田里。

倪慧问："她现在哪儿？"

那个女生的爸妈都不在家，只有她的外婆坐在竹椅上，眼睛肿得像两个快要腐烂的桃。

倪慧后来才知道，因为冬天的气温太低，被丢在田里的女生的四肢末端被冻至肌肉、骨骼坏死，手指脚趾全部截肢，从此再也没有去过学校。

倪慧妈妈跟倪慧说："你以后不要去读书了。"

倪慧爸爸也赞成，说道："你一个人不知道会碰到什么，还是不要去了，留在家里浇菜喂猪吧。"

倪慧当时一直在掉眼泪，她把墙上的奖状全撕了，在家里待了一个冬天。过完春节，她收拾好所有课本，跟她爸妈说："就是因为我们这里穷，才会发生这样的事。只要我读书，我考出去，去大城市就会平平安安。我会赚很多钱，把你们都接到大城市去。"

倪慧爸妈被她说服了，让她读完了高中。她不负众望，成了当地第一个女大学生。她拿到录取通知书的那天，倪慧爸爸宰了一头猪，喜庆得像在嫁女儿。

于今清点进评论，点赞最多的热门评论是关于视频微博里提到的"谢总"的详细身份信息，排在热门评论第二条的是几起同基地事故的详情，第三条是079工程基地的简介。

于今清退出去看事件的相关微博，就在刚刚，警方已经宣布对此次事故进行调查。在警方的官方微博下面，全是对热门评论的复制粘贴，每条后面都跟着"（转）"的标志。

他关了微博，在客厅里走来走去，然后摸起餐桌上的半盒烟，闻了闻里面的味道。他已经戒了烟，这个味道对他来说只是让人安心。

于今清闻了一会儿烟，然后放下烟盒，给陈东君打了个电话："哥，中午你回来吃饭吗？下午我要去医院复查手指，你跟我一起去吗？"

陈东君说："好的。"

于今清说："哥？"

陈东君说："好的。"然后挂了电话。

过了一会儿，陈东君发来短信：刚才不方便，我吃完晚饭回来，你自己吃，出门注意安全。

于今清回复：好，哥你也注意安全。

于今清看着手机屏幕上的字，心里的不安更甚于前一晚，那是一种曾身涉险地的人才会拥有的直觉。

于今清下楼随便吃了个午饭，就打车去了医院。

当他走到骨科的时候，发现整个科室被围了个水泄不通。平时都是护士站在门口，拦着病人和家属喊"还没到，还没到，排队排队，等报号"，而此时连平时声音最大、气势最足的病人家属都被挤到了一边，走廊上全是扛着长枪短炮、拿着话筒的媒体人。

一个被挤到门边的大妈挺好心，把门口的于今清拉到一边，说："别挤坏了手。"

于今清问："这是什么情况？"

"那个工程基地，星期一送了一个被切了手的进来你知道吧？这回闹出大事了，这些都是来采访的。我听说有两拨人，一拨人堵医院，另外一拨人直接堵到079去了。"大妈唏嘘，"那么大个工程基地，真是……"

于今清说："这个人怎么了？不是有个被卷进机器里的更严重吗？"

大妈一拍脑袋，说："对对对，我听说还有一拨人去采访她爸妈了。要我说，这回这工程基地惨了，肯定有领导要下台。我跟你讲，"大妈朝科室里面望了望，发现一时半会儿没她什么事，就有点谈兴大发的意思，"我侄子也是里面的员工，听说那个主管安全的副总……"

于今清没接话。

"我还听说……"大妈还没说完，一个男人路过这边，于今清目光一变，赶紧叫人："卢工。"

卢工刚看见于今清，赶忙去打招呼："你过来复查？我这段时间忙得不行，后来都没去看你，你恢复得怎么样？"

于今清说："还行吧。你也来看病？"

卢工说："唉，朱师的事你知道吧？我也是对不住你，不该叫你去拿什么东西。朱师比你运气差，同一台机床，他的情况比你严重，现在还没出院。我这会儿准备去看看他。"

于今清朝骨科科室抬抬下巴，说："他不在里面吗？"

卢工说："哦，他已经转病房了，不在门诊这里。"

于今清说："你去忙吧，我在这里等复诊。"

卢工点点头，走去病房。

五楼的一间病房里，躺着一个年轻小伙，板寸头，浓眉大眼，侧脸上有一道旧疤。

卢工关上病房门又上了锁，坐到病床边的椅子上问："小朱，你考虑好了没？"

朱师转不了身，只能扭头看天花板，问："最多赔多少？"

"我也没想到会这样，我申请了好久，基地才批了八万。你觉得你干几年才能挣到八万？你拿着钱回老家足够付个房子首付了。"卢工苦口婆心地劝他。

朱师盯着天花板，憋了一会儿才道："卢工，现在不是一根指头，是五根指头，我不跟你算手掌，就跟你算指头，三万块一根，怎么也得赔我十五万。"

"这事说到底，也是你自己没操作好，不是我切了你的手指。"卢工说，"而且死了人也才赔二十万，你这个真赔不了十五万。"

朱师盯着卢工说："你自己看微博。"

卢工不用微博，他将信将疑地下了一个，一条接着一条微博，他越看越心惊，他跟朱师说："我出去打个电话。"

朱师在他身后说："卢工，现在时代不同了，我也能注册一个微博账号。"

卢工回头看着他，脸上布满阴云。

朱师的声音透着寒意："我靠双手，上面要养活两个老人，下面要养活一个弟弟一个妹妹，都是进城打工的，谁没点儿血泪史？"

卢工向外走的脚步一顿，重重呼出一口气，"啪"的一声关上病房门。

他站在走廊上，一个电话打到谢副总那边。谢副总正躲在家里，莫名其妙地接了半天的电话，他刚打完电话，支使秘书去跟警察、媒体打交道，不耐烦得很，刚接通就要挂电话。

卢工一个劲儿地说："您别急着挂电话，先听我说，这事儿严重了，在网上闹得尽人皆知！我刚看了，别说警察，可能那边的人都要过来！您快去看看！"

谢副总什么时候遇见过这样的事，他平时在朋友圈分享两个养生链接就觉得自己已经很跟得上时代的潮流了，但是心里到底还是老一套，觉得这些都是小玩意儿，跟话语权没什么关系。倪慧的父母不过是两个农民，跟二十一年前掉进钢水里的人有什么两样？

谢副总一边在书房用电脑上网，一边问："这事到底谁说出去的？"

卢工说："好像就是倪慧她爸妈在要说法。"

谢副总越看网上的消息越气："昨天她爸妈才跟我说好了的。"

卢工说："我也不知道怎么回事，网上有个人自称倪慧爸妈，还录了倪慧爸妈的视频，连您名字都扒出来了。"

谢副总点开倪慧父母的视频，刚看了几秒就忍不住按了暂停："不对！倪慧她爸妈只有一部老式手机，什么时候还会录视频了？还会上网了？这是有人想整我，故意把事情搞大！"

卢工说："要不您再去安抚安抚她爸妈？赔二十万就二十万，只要不出事就行。死者家属都不闹了，有人要搞事也搞不起来。"

"我知道。"谢副总一脸烦躁，说，"你那边的事解决没？别让两件事搅在一起。"

卢工叹了一口气，说："姓朱的狮子大开口，他说要是不给的话，他也有样学样，去网上闹。"

谢副总重重地拍了下桌子，说："你跟他说，要钱可以，现在就给我出院，滚回老家！"

卢工说："行，我跟他说。"

谢副总说："你把事给我办好了，别再出乱子。"

谢副总挂了电话，又拨了另一个号码："老邢，我这儿出事了。"

对方听谢副总叽里呱啦地把事说了一通，调侃道："老谢，不是我说你，你还没五十九岁，就出五十九岁现象了？"

谢副总说："你别贫，给我想想，怎么把事兜住！"

"老谢，原则性问题我没法帮你。看在咱们是老同学的分上，我只能劝你几句。"对方说，"你去给死者家属再认个错，表个态，没戴安全帽是死者不对，但也是你们监管不力。你别觉得自己没毛病，该赔多少赔多少。只要你别干什么出格的事，火烧不到你身上去。"

谢副总说："火烧不到我身上来？这就是有人故意整我！"

"你又得罪谁了？估计是个小年轻吧，你玩这个玩不过小年轻，跟他们一般见识什么？一个新闻很快就会被下一个新闻盖过去，你以为大家的记性有多好？事情过两天就没人提了，你跟来调查的人好好解释就行。"对方很有把握地说。

谢副总眯起眼睛，盯着书房墙壁上的一张巨幅照片，那是一张079正式员工及领导的合照。谢副总的目光落在第一排正中间的几个人身上，那是总经理，他自己，还有其余几位副总。慢慢地，他的目光游移到第二排中间偏右一点的地方，那里有一张清俊而年轻的脸。

"我是得向年轻人学习。"谢副总一字一句地说完这句话，挂了电话，又打了另一个电话。

打完这个电话后，他在书桌边静坐了一会儿。书桌上摆着一本翻开的书，他的目光落在其中一行字上。

谢副总默念道："亲而离之，攻其无备。"

亲而离之——这是于今清看到那条短信的第一反应。

一个小时前，那些记者在骨科找不到人，终于走了。于今清复诊完，医生说他恢复良好，不久后就能正常使用右手了。他听到这话的时候被逗得笑出声，引得两个小护士红着脸看他。

"你别在我们这儿影响人家工作。"医生笑着打发他出去。就是在出门的时候，他收到了谢副总的短信，说要请他吃晚饭。

于今清坐在医院的公共长椅上，盯着手机屏幕看了一会儿，然后给谢副总回复：好的，请问几点？在哪里？

谢副总回复：6点，江南好，888包间。

离6点还有2个小时，于今清闭上眼睛，把所有碎片拼在一起。

他其实不能肯定陈东君的最终目的是什么，有时候他分不清陈东君做一些事是出于侠骨，还是私心。陈东君从来不是一个单纯的慈善家，他做事总带有多个目的。

于今清打开微博，"女儿倪慧在天堂"已经有12万粉丝，最新的一条微博还是早上发布的那条，目前还可以转发和评论。

于今清点进评论，热门除了早上的几条，还出现了一条新的评论：你们就是容易听风就是雨。真相是，一个兢兢业业干了三十年的老领导不会搞网络暴力，斗不过背景深厚、捅过人都没事的空降"技术人员"。

这条评论发布的时间是在半小时前，就已经被推到了热评第二。

于今清突然觉得全身发冷。

第十二章

于今清关了微博，看了一眼时间，下午 4 点 12 分。他在医院附近找了一家网吧，开始收集当年拐卖案的所有素材。

由于只能很别扭地用左手操作鼠标，于今清没看几个网页就过去了十分钟，他盯着自己的右手，五秒后把纱布拆开，用右手的前四个手指操作鼠标。

他没有放过当年的任何一个边角，尤其是尤又利的伪装及被捕那一段，所有关于陈东君的报道都被他单独收集在一个文件夹里，又建立了"虚假报道"以及"真实报道"两个子文件夹。他收集完当年的案件，按照陈东君跟他讲的一些不涉密的事找到相关的新闻，放进"陈工功绩"的文件夹里。

最后，他用半个小时写了一篇八百字的文章，将他收集的所有碎片串联起来，变成一个完整的故事。他做完所有工作，把所有文件打包压缩，发到了自己的邮箱。

于今清看了一眼电脑右下角的时间，5 点 35 分。他出了网吧，拦了一辆出租车，对司机说："江南好。"

于今清坐在司机的正后方，给老三打了个电话。

老三一开口就是："老四，还顺利吗？"

于今清听见对面十分吵闹，问："你在喝酒？"

老三说："等艳遇。"

于今清感觉老三好像喝多了，直接道："你别等了。"

老三问："干吗？"

于今清说："我有正事。"

老三说："放。"

于今清问："你的微博有多少粉丝？"

老三说："哎哟，你不是看不起我们这些乱七八糟的网络红人吗？"

于今清说："你给我听好了，我没时间跟你废话，我哥现在有问题，你赶快给我从那个乌烟瘴气的地方滚出来！"

老三一个激灵，赶快走到男厕所洗了把脸，语气严肃道："出什么事了？"

于今清说："我先给你发一封邮件。你看一下微博，如果有人抹黑我哥，你就按我写的骂回去；如果没人抹黑，你就当是我给你提供娱乐资料了。"

老三说："你放心。"

于今清挂了电话，把邮件连带附件转发给老三。发完邮件，他发现出租车司机从后视镜里看了他一眼，说："年轻真好啊。"

于今清看着窗外，出租车穿行在华灯初上的马路上，经过的一个一个霓虹灯和广告牌都带着绮丽的颜色。

"是啊。"于今清的嘴角渐渐浮起一个笑。

于今清下了车，关上车门后，司机降下车窗，在他背后说："兄弟情深啊。"

"当然。"于今清说。

他背对着司机，此时面前是张牙舞爪的"江南好"三个大字。

穿着开衩旗袍的高挑服务员将于今清引到 888 包厢门口，于今清看一眼手机屏幕，5 点 59 分。

他打开了手机的录音功能，然后推开了包厢的门。

这是于今清第一次见到谢副总，他是一个相貌普通的中年男

213

人，留着所有这种身份的人都会留的头发，不长不短。他的眼角有与年龄相称的鱼尾纹，嘴角朝上，甚至可以说是和蔼可亲。

于今清鞠了一躬，说："谢副总，您好。"

谢副总站起身，向他伸出手："你好你好，别客气，坐坐坐。"

一张偌大的圆桌上，于今清坐在末座，与谢副总相对。

谢副总将烫金的菜单放到玻璃转盘上，然后转到于今清面前，说："想吃什么自己点，不要拘谨。"

于今清打开菜单看了一眼，又将它转回去，说："谢副总，我真不敢点，我没吃过这么贵的。"

谢副总笑呵呵地说："我也难得来一回。这不是看你伤了手，我前段时间又忙，也没去慰问你，我一打听，你还出院了，这不，就请你来吃个饭。你手上的伤怎么样了？"

于今清手上的纱布是他出网吧的时候急匆匆裹的，不怎么好看，他把手向后缩了缩，看起来有些怯懦："噢，好得差不多了，您别担心。"

"那就好，那就好，你知道我主管安全，最怕你们出事。"谢副总叹了一口气，喊来服务员点菜。

服务员笑着走进来，弯着腰对谢副总说："谢总，还是老花样呀？"

谢副总脸色严肃道："你什么意思？"

美女服务员一愣，下意识看了一眼于今清，才赔笑道："我记错了记错了，您要点什么？"

谢副总点了几个家常菜，然后问于今清："你看怎么样？"

于今清笑着说："我什么都吃。"

"不挑食是好事，好事啊。"谢副总点完菜，又问，"你在079 感觉怎么样？"

于今清说："挺好的，我感觉079 的技术员、工人都特别好，虽然我才进这里两个月，但是收获特别大。"

"好，好啊。"谢副总感叹，"后生可畏。"

很快就上了菜，谢副总一边吃饭一边和于今清谈论基地里的事。等吃得差不多了，谢副总说："你们年轻人啊，有干劲是好事，但是也要用对方法。"

于今清放下筷子，一副认真聆听教诲的模样："您说得很对。"

"别紧张，你吃，你吃。"谢副总又恢复了笑呵呵的样子，"我不是说你。我是最近发现我们基地可能有个别年轻员工，为了一己私利，做了一些不利于 079 利益的事。"

于今清疑惑道："什么事啊？"他有点儿不好意思，低了下头，又抬起来，笑得有一点儿尴尬，"我伤了手之后还没回过车间，都不知道出什么事了。"

谢副总盯着于今清，嘴角笑意不改："今清啊，你们年轻人经常上网吧？"

"我啊，伤了手之前还上网打打游戏，伤了手之后玩手机都不方便，更别提玩电脑了。姜工给我发了挺多资料，我看都看不完。"于今清说。

"哦，这样啊！"谢副总点点头，"我也就是顺便问问你的情况。其实基地领导都知道是怎么回事，很快就有人调查他了。"

于今清心下一沉。

"你是个好孩子，一年后的优秀职工评选，我很看好你。"谢副总语重心长道，"你要好好干，以 079 的集体利益为第一位，不要搞些有的没的。有些人，为了个人恩怨、个人利益，自导自演，从来不把其他员工的生命安全、集体利益当一回事，为了撇清自己，连关系最好的同事也一起拉下水。"

于今清有点儿受打击似的看了看自己的右手，说："是他，他害我？"

"你知道是谁了吧？可惜现在我们还没有证据。"谢副总说，"不过你放心，这样的人肯定是走不下去的，正义可能迟到，但不会缺席。"

于今清呆坐了一会儿，才受教般点点头，站起身，拿起茶杯遥遥向谢副总举杯："您说得对，时间会检验一切。我敬您。"

谢副总也拿起茶杯，没有起身，而是用茶杯碰了碰玻璃转盘，说："所以啊，要是以后让你去做证，你就要想想该怎么说。"

于今清严肃地说："我明白的。"

谢副总满意地点点头，说："吃好了？我的司机在下面，送你回去？"

"噢，那麻烦您了。"于今清客气地说。

于今清下车后先回了自己的宿舍，他在窗口看见谢副总的车开走，过了一阵，才走去陈东君那边。

于今清拿出钥匙开了门，房里一片漆黑，陈东君还没有回来。他给只剩下百分之五电量的手机充上电，坐在卧室的地上听录音的效果。

手机放在口袋里，录的声音不太大，还有一点儿失真，于今清便把手机音量开到最大。

"……后生可畏。"

还好，能听出是谢副总的声音，于今清又把进度条往后滑。

"……我是最近发现我们基地可能有个别年轻员工，为了一己私利，做了一些不利于079利益的事。"

于今清仔细记下进度条的时间，录音继续播放。

"……有些人，为了个人恩怨、个人利益，自导自演，从来不把其他员工的生命安全、集体的利益当一回事，为了撇清自己，连关系最好的同事也一起拉下水。"

"是他，他害我？"

"你知道是谁了吧？可惜现在还没有证据。"

于今清还没来得及记下这个节点的时刻，突然听见"砰"的

216

一声响。

他回过头，看见陈东君站在卧室门边，居高临下地看着他。

于今清喊了一声："哥。"

陈东君走过去，把他从地上拎起来，说："别坐地上。"

录音还在继续放。

"不过你放心，这样的人肯定是走不下去的，正义可能迟到，但不会缺席。"

"您说得对，时间会检验一切。我敬您。"

"所以啊，要是以后让你去做证，你就要想想要怎么说。"

"我明白的。"

录音一直在放。

陈东君松了手，走出卧室。

于今清关掉录音，追出去，看见陈东君在阳台上抽烟，于今清去拉阳台的玻璃门，发现门锁上了。

"哥，"于今清敲门，"哥，开门。"

陈东君靠在阳台护栏上，没有回头。

于今清站在外面，一边不停地敲门，一边看着陈东君抽掉了半包烟。他拿出手机给陈东君打电话，看见陈东君的裤子口袋里有屏幕的亮光，但是陈东君没有管。

于今清不敢砸陈东君的门，他只能在外面不停地喊"哥"。

陈东君抽烟抽得很凶，于今清担心得不得了。于今清想，陈东君并不是一个放纵的人，他如果放任自己的烟瘾，那么他一定也在对抗别的什么。

于今清看见陈东君的手指夹着一根燃了半截的烟，看着远方，眼看着烟就要烧到他的手指了，他却毫无察觉。

于今清猛地砸了一下门，砸得整张玻璃门连带门框都在震动。砸完那一下，他"咚"的一声跪在地上。

陈东君猛然惊醒似的回过头，他连手被烫到都顾不上，马上

217

打开门，把于今清拎起来，说："你干什么？"

于今清从陈东君手里拿下那半截烟，发现陈东君指缝间被烫起了一个水泡，说："哥，别抽了。"他有点委屈，"哥，你想错了。"

"想错什么？"陈东君语气淡淡道。

"录音。我没有信他说的。"于今清说。

"我知道。"陈东君拿回那半截烟，吸了一口，"你不会。"

如果说于今清曾经需要对抗一种名为愧疚的东西，那么陈东君则一直在对抗一种名为无能的东西。

虽然没有人会相信，他需要对抗这种东西。

"抱歉。"陈东君用没有拿烟的手摸摸于今清的头，说，"我还是把你扯进来了。"

于今清第一次明白了陈东君一直在对抗什么。

陈东君除了略微地收起自己的占有欲与控制欲，与当年相比没有什么变化，他还是喜欢一力承担一切，傲慢而自负地保护着自己认为重要的人。

"哥，你记不记得有一年暑假，我们一起看电视，电视台播放了我们都喜欢的那部电影？"于今清说。

陈东君眼中有笑意吗，说："记得。"

于今清说："我看完后跟你说了什么？"

"你说你崇拜的人，是一个盖世英雄。"陈东君说。

于今清认真地看着陈东君，说："哥，你做的事，你不说，我不问。但是你记住，如果保护我是你的伟大梦想，那么保护你也是我的伟大梦想。"

两个人只有一种方法可以同时把对方护在自己身后，那就是把背脊留给对方，并肩战斗。

陈东君正要说什么，两个人的手机同时响了起来。

陈东君接起电话，对方说："有人爆料了你，我那条微博发出去了。"

于今清接起电话，对方说："老四，有人爆料了你哥，你三哥帮你骂回去了。"

微博上这场骂战持续了三天，到底是兢兢业业的老领导被有背景的小年轻抹黑了一把，还是有为青年被不作为领导排挤打压，依然没吵出个结果。无论网友们站哪边，都会被对方扣各种帽子。

不过网络战争总是结束得很快。

那张用来注册"女儿倪慧在天堂"微博账号的手机卡从某个马桶里冲向了不知名的下水道。

那场口水战的背后，有拿着二十万抱着女儿骨灰回了乡下的农民夫妇，有拿着十五万吊着手臂回了老家的年轻工人，有涉嫌贪污抚恤金及其他多项公款被判刑的数位工程师，有失职、涉嫌诽谤和贪污而被判刑的几个基地领导。

想在口水战中发泄情绪的人得到了发泄，想在口水战中蹭热度吸引粉丝的营销微博号得到了粉丝，只有想在口水战中追求真相的人什么也没有得到。

所有的"主角""配角""群众演员"，所有的主导者、追随者、歌颂者、批判者，最终都像那张手机卡一样，被冲入了浑浊不堪的下水道，无人记起。

人们提起那次网络战，最终津津乐道的，只有标志着战火熄灭的最后一条微博。

某作战集团军官方微博在口水战的顶峰时期，转发了一条讲述这位备受争议的有为青年在祖国海域所做出的功绩的微博，并配文——莫凉爱国血。

于今清一个人在家里待了半个多月，姜工跑过来看了他一次，还带来一只一点点大的金毛。

金毛围着于今清的脚打转，不停地在他脚边蹭，他扯出一个笑，说："你'儿子'挺可爱。"

"人家是小姑娘。"姜工把金毛项圈的绳子收短，把它抱在怀里，"你至不至于啊，就跟一块望兄石似的。"

于今清说："你喝水吗？"

姜工说："从我进门起你已经问第三遍了，我不喝。我说，证你也去做了，谢副总也被抓了，你至于担心成这样吗？"

于今清嘴上说着不担心，可是眼底总有一股忧色，他又想起被接去做证的那一天。

他被接进一个酒店，调查小组多数时候都不会大张旗鼓，他们就在酒店包几个普通的房间，挨个询问，挨个调查。

调查小组的人员看起来温和有礼，他们向今清询问完情况，说："谢若江的情况我们了解得差不多了，他说想单独见你一面，当然，房间是有摄像头的。"

于今清犹豫地点了一下头。

"你要是不想去，也没关系。"对方笑着说。

于今清想了想，说："去。"

他被领到酒店的一个房间门前，发现门锁已经改装过。调查人员打开门后，他发现房间里的窗户也已经全部封死了。谢副总——现在应该只能称为谢若江，正坐在沙发上看书。

于今清朝调查人员点点头，对方低声跟他说："这里面没有任何可以威胁生命安全的东西。"说完，对方就从外面关上了门。

于今清一愣，谢若江挑起眉头看了他一眼，语气竟然很平淡："怕我畏罪自杀。"

于今清没说话，默默走到谢若江旁边的沙发上坐下，说："您找我想说什么？"

"您？"谢若江露出好笑的神情，"这几天，你是第一个还对我说'您'的人。怎么，你站在陈东君那边，却发现人还没回来是吗？想换个人站吗？我可以给你指条明路。"

于今清不着痕迹地看了一眼摄像头，说："我不关心这些，只想好好做技术。"

"行了。"谢若江嘲讽道，"你以为就你们做技术的是好人，我们搞行政的就都是坏蛋？"

"陈东君在背后玩什么，我会不知道？"谢若江说。

于今清露出一个疑惑的表情。

"我倒了，不是他陈东君厉害，是我挡了他们的路。"谢若江把眼珠向上翻了翻，然后端起茶杯，喝了一口冷掉的茶，立即皱起眉，将茶杯放回桌上，再也没碰，"我现在什么都不怕了，什么都能说。"

于今清坐着，没有搭话。

"但是路这个东西，都是一代一代变的，今天我挡了路，明天陈东君也能挡了别人的路。"谢若江盯着于今清问，"你不怕吗？"

于今清坦然地看着与从前判若两人的谢若江，甚至从他的神色里看出了一丝偏执与狰狞，于今清对他说："你不该贪污。"

"你现在多少岁？22，23？"谢若江嗤笑道，"你连这里的门槛都还没迈进来吧？谁不是喊着我一身清白地进来。"

"你别说我们脏，我跟你打个赌，你坐上了这个位置，陈东君坐上了这个位置，也一样！"谢若江咬牙切齿道。

于今清平淡地说："我不赌，我们赢的时候，你也看不到。"

"嗬。"谢若江脸色一变，又将声音压低下来，"陈东君现在就已经脏了，你知道得一清二楚。"

于今清心里一紧，感觉有某种危险悄悄包围了他。

"我刚进来，手又伤了休病假，想知道什么也没渠道知道。"于今清平静地说。

谢若江说："你知道的，他利用舆论，排除异己……"

"那是您对我说的。"于今清站起身打断他的话，"我觉得我们没有聊下去的必要。"

"你以为站在他那边你就能跟着升迁？我告诉你，那都是一时的！"谢若江也站起身，步步紧逼。

于今清快步走到门边，敲了敲门。

门马上从外面打开了，于今清说："我觉得谢副总的精神可能有点问题，我们没有办法交谈，我觉得他随时会对我动手。"

调查人员点点头，说："你出去吧。"

"他和陈东君是一边的，陈东君还认他做弟弟，你们调查他，他有问题！"谢若江在后面喊。

调查人员拦住他，说："你冷静一点。"

于今清走出去的一瞬间，余光看到谢若江像由一个偏执的中年人变成了一个颓败的老头，他在这最后一场"战争"中花去了所有力气。

调查人员把门从里面关上，于今清一个人站在走廊上，想不明白为什么谢若江要对他说那些话。

他似乎听见刚才他走出来的房间里传出了细微的声音。

"……我还可以戴罪立功，我还知道……别冻结那张卡……我一对双胞胎儿子……国外读书……别告诉他们……陈东君肯定是有问题的，你再把他找回来……我保证……"

于今清快步离开了酒店，等他到家的时候已经冷汗淋漓。

"你想什么呢？"姜工在于今清眼前挥挥手，"不就是调查吗，你怕什么？你这是刚来，陈工之前随时消失十天半个月是常有的事，你要每次都这样，担心得过来吗？"

姜工掏出手机翻了翻，建议道："我请你出去吃点好东西，你吃完饭睡一觉，说不定陈工就回来了。"

陈东君还真是在于今清吃完饭睡一觉后回来的。

于今清半夜睡得不安稳，听见钥匙开门的声音，鞋都没穿就往玄关处跑，陈东君开门的一瞬间就被他撞个正着。

陈东君看见于今清光着脚，于是拉着人往卧室走。家里一盏灯也没开，两个人长手长腿，在黑暗里"丁零咣啷"碰倒一堆东西。

于今清看了看陈东君的脸，说："好像瘦了。"

陈东君把于今清按在床上坐下，说："手好了？"

"嗯。"于今清似乎闻到了陈东君身上某种风尘仆仆的味道，说，"你刚从机场回来？"

陈东君不置可否，应了一声。

"你饿不饿？我给你煮碗面。"于今清摸到床头的开关，开了灯，卧室亮了起来。

他看着陈东君，发现陈东君的脸比以往更加立体了，但是晒成古铜色的肌肤却白了回去，整个人看起来锋芒收敛了不少。

陈东君说："穿鞋。"

于今清穿了拖鞋去给陈东君煮面，陈东君靠在厨房门口看。

于今清没头没脑地说："哥，你那边没问题吧？"

陈东君说："没有。年底吴副总会升总经理。"

于今清终于松下一口气，说："我听说他四十岁都没到。"

陈东君说："他偏技术，不用熬资历。"

于今清说："我觉得这是好事。"

"嗯。"陈东君走过去摸于今清的头。

——虽然技术和技术之间，理念也不尽相同。

于今清别过头，看了眼陈东君，然后把锅里的面捞起来。他煮了很细的龙须面，切了一根香肠煎好，又涮了几根莜麦菜，并一只太阳蛋，一起卧在面上，最后撒了一把葱花。

"我没有做很多，晚上吃多了不消化。"于今清把面端到陈东君面前晃了一圈，说，"诱人吧？"

陈东君点头道："特别诱人。"

于今清把面放到餐桌上，坐在陈东君对面看他吃。

陈东君问："这段时间你学得怎么样？"

于今清说："基本结构和一些常见问题我都搞懂了。"

陈东君说："下周一出差，你跟我一起。"他顿了一下，又说，"去西北。"

于今清嘿嘿地笑，说："哪儿都好。"

西北的 9 月，已经过了油菜花最好看的时候，花田凋败，失了生气，好在晴空如洗，山高地阔，白云几乎触手可及。

丁未空开车来接陈东君和于今清。吉普车从机场出来，没往市里开，直接上了高速。

丁未空从后视镜里看了一眼后排，笑出一口小白牙，说："哎哟，稀客啊。"

陈东君警告他："你少贫。"

丁未空回头看了一眼于今清，故意说："哎，你哥是不是脾气特别差？"

于今清说："分人吧，我觉得我哥脾气特别好。"

陈东君闷笑。

丁未空"啧"了一声，笑骂道："你们够了啊，再这样我可要把你们扔在这儿了。"

吉普车在高速上开了两个多小时，下了高速，又开了一个多小时才到目的地。

下车的时候，于今清吓了一跳，问："这是什么阵仗？"

二十几个穿着制服的人站得整整齐齐，鼓掌欢迎他们。

丁未空说："你哥没说？他来给这边的随机技师讲课。"

于今清一直以为出差是为了修已经无法起飞的飞行器，没想到陈东君还要讲课。

这次时间安排得挺宽松，讲课时间在周一到周五的晚上，加上周六周日两个白天。丁未空说周一到周五的白天带他们去旅游。

第一天晚上快要 7 点的时候，陈东君拿着电脑，和于今清走去会议室。

　　他们走进去的一刹那，里面的技师全体起立，以示对陈东君的尊敬。陈东君点了点头，插上电脑去放课件。于今清坐在第一排旁边留的空位上，跟其他技师一起记笔记。

　　陈东君从 7 点讲到 8 点 45，最后留下十五分钟回答众人的问题。

　　技师们提的问题都很具体，陈东君答了一部分，又留了一些准备放到周末白天去飞行器上根据实物进行解答。

　　下课的时候，掌声雷动。于今清边跟着陈东君往外走边说："我觉得这里挺好的，他们跟我见过的技师都不一样。"

　　陈东君说："在这里，只要解决飞行器的问题，不用解决飞行器以外的问题。"

　　于今清说："哥，你特别喜欢这里吧？"

　　陈东君说："嗯。"

　　于今清说："还有这里的人。"

　　陈东君"嗯"了一声。

　　于今清说："还有丁未空。"

　　陈东君好笑道："是啊。"

　　于今清从后面踢了陈东君一脚，说："你敷衍我呢？"

　　陈东君大笑着往前跑，跑到大门口的时候，丁未空正靠在吉普车上等他们，一身制服，强悍有力，帅得几乎有压迫感。

　　于今清追上陈东君的时候还没来得及再踢一脚，就看见了丁未空，故意说："哥，他比你帅。"

　　陈东君坦然道："是啊。"

　　于今清说："你觉得他帅还是我帅？"

　　陈东君说："你觉得你帅还是我帅？"

　　于今清沉默了一会儿，说："你吧。"

陈东君没说话，唇角勾起的弧度却更大了，于今清又踹了他一脚。

丁未空看着两人走过来，一脸揶揄地叹了一口气，道："我拜托你们出了这里再表演'兄友弟恭'吧。"

陈东君揽过于今清的肩，说："行，出了这里再说。"

丁未空说："我看了天气预报，这两天都是晴天，我们去西海湖还是盐湖？这两边开车去都方便。"

陈东君说："明天去西海湖看日出吧，后天去盐湖，清清没去过。"

于今清说："你去过啊？"

丁未空说："你哥第一次来就去过了，"他说完看了一眼后视镜，"不过不是跟我去的。"

于今清看向陈东君，陈东君笑道："我一个人去的，那次湖上起大雾，没看到日出。"

丁未空把两人送到招待所门口，说："明天5点我来接你们。"临走又对陈东君说，"早点睡。"

陈东君笑骂："快滚。"

第二天早上，于今清被陈东君硬拉着穿好衣服，刷牙洗脸，只要陈东君一松手，他就恨不得要躺下去继续睡觉。

陈东君说："要不不去了？"

于今清眯着眼睛说："你别想再自己偷偷跑去。"

陈东君好笑地揉了揉他的头，说："我也不去，你多睡一会儿。"

于今清打起精神，说："我们也不能让人白跑一趟吧，下楼下楼。"

丁未空把车开到西海湖旁边的公路上时才6点多，天还黑着，他从后备厢里拿了两件厚实的大衣给陈东君和于今清，说："湖区这时候特别冷。"

三个人穿着大衣往湖边走，丁未空拿着两个手电筒，光线可以照到很远的湖面，以及远处飘扬着的五彩旗。

三个人走到离湖两三米的地方，丁未空给了一个手电筒给陈东君，说："这里位置不错，你们就在这儿等着吧。我一个人走走，日出后一个小时再来接你们。"

陈东君找了一块大石头，对于今清说："坐过来。"

两人朝湖面坐着，四周非常安静，可以闻到湖风吹来的味道。

于今清在黑暗中对陈东君说："哥，要是每一次你出差我都能陪着你就好了。"

"明年初，应该就是春节后，会有一次选拔。"陈东君说，"079有3个名额，意思是最多3个人，如果没人合格就一个也不要。"

于今清说："079至少有一个合格的。"

陈东君的声音里有笑意："嗯。"

忽然，天光亮了一分，湖天交界的地方出现了一束暖黄的光，将黑夜撕破。

渐渐地，天光大亮起来，前方的湖面、远处的高山和草原都变得清晰，目力所及的最远处出现了一点儿白色，它被橙黄的光包裹着，橙光的外围被染得柔美如玫瑰，最后融进一片蔚蓝之中。

湖面还是深蓝色，倒映着朝霞。于今清听见几声鸟鸣，一阵翅膀挥舞的声音，一群不知名的白鸟从天幕远处席卷而来，从他们头顶飞过，又盘旋飞回来。

于今清的目光跟随着那群白鸟，直至白鸟消失在一轮白日中。

朝阳已起，湖天一色，万里无云。

被晨曦包裹的两人同时别过头看向对方，相视一笑。

在湖岸的另一处，一个身影伫立在湖边，眺望着同一轮朝阳。

虽然丁未空已经走出很远，但是以他的视力仍然可以在并没有什么遮挡物的湖岸看到极远处的两个身影。

四年前，那块石头上也坐着两个穿大衣的人。

"喂，你的衣服没穿。"那个人从吉普车里拿出大衣，扔到丁未空头上，"冻死你。"

丁未空接了衣服，披上，继续往前走。那个人从他身后跳到他背上，说："来来来，背我。"

丁未空调整了一下姿势，问："你吃什么了重成这样？"

"跟你吃的一样啊！"背上的人揪丁未空的头发，"是你劲儿变小了吧？说，你是不是训练偷懒了？"

丁未空走到湖边，把人扔到地上，说："那是你。"

"哎哟，痛死了。"那人的声音听起来特别委屈，"你下手都没个轻重的吗？"

丁未空迟疑了一下，去拉地上的人。

伴随着一声坏笑，丁未空被摔到地上，全身几处主要关节立马被人锁死。

"你果然训练偷懒了。"对方的声音听起来很得意。

丁未空没有说话，只有呼吸声。

"你怎么了？"身上的人立马担心起来，去摸丁未空的后脑勺，"撞到头了？"

丁未空一个擒拿把对方制住，对方气急败坏地大喊："丁未空，你小子也学坏了！"

丁未空的声音里带着笑意："刚学的。"

"你放开我，快放开，你看就要日出了，一会儿就错过了。"那人被压制着喊。

丁未空把人押到一块大石头边，按着坐下，手却还锁着对方的肩膀和手臂的关节，一点儿也没放松："就这么看吧。"

"你居然让我被押着看日出，你是不是人啊？"对方不满地喊。

"我也很无奈。"丁未空声音里的笑意一点也藏不住。

那天的日出和这一天的一样，壮美得有如一个全新生命诞生。在那幅鬼斧神工的画卷下，丁未空放松了手臂，与那个人并肩坐着。

当那轮朝阳完全升起的时候，整个世界的外衣好像都被揭开了，露出最本质、最自然、最纯洁的一面。

几秒后，他猛地站起身，与石头上的人隔了两步远。

那个人也站起身，要去拉丁未空。

丁未空头也不回地朝吉普车走，那个人跟在他身后喊："你等一下！"

丁未空加快了脚步。

"丁未空！"那个人扳过丁未空的肩膀，丁未空看到对方发红的眼眶。

丁未空一愣，这是这个人第一次红了眼眶。在那些令人肌肉酸痛痉挛的训练中，在那些冷酷的选拔中，在那些被死亡威胁的任务中，这个人从来没有红过眼眶。这人就像一棵过分笔直的小白杨，把风雨雷电全当作阳光。

丁未空张了张嘴，最终什么也没说。

那个人脱力般放开丁未空的肩膀，扯出一个难看的笑，他伸出拳头，看着丁未空的眼睛，问："是不是兄弟啊？"

丁未空看着悬在空中的拳头，也伸出拳头，碰上去："当然是。"

日出后四十多分钟，阳光变得有些刺眼，丁未空沿着湖岸往回走。

于今清和陈东君正走到一串五彩旗边，于今清拿起其中一面，上面写着他看不懂的文字。

于今清看向陈东君，陈东君摇头，道："我也不懂，你一会儿可以问丁未空，他懂一点。"

丁未空从远处走过来，问："回去？"

于今清问："这上面都写的什么啊？"

"写的是当地特有的文字。"丁未空一边解释，一边拿起一面旗，"这上面的图案的意思是，借着风，将其送到各地，造福众生。"

于今清说："我这面旗上写的这句是什么意思？"

"可以翻译为'妙哉莲花生'。"丁未空盯着那面旗，思绪恍惚。

那个人也曾指着一面幡布说："可以翻译为'妙哉莲花生'。也有说法是观音即持有珍宝莲花者，所以整句应该翻译为'向持有珍宝莲花的圣者敬礼祈请，摧破烦恼'。"

丁未空继续对于今清说："也有说法是观音即持有珍宝莲花者，所以整句应该翻译为'向持有珍宝莲花的圣者敬礼祈请，摧破烦恼'。"

于今清点点头，道："好像很多有信仰的人都是这样。"

"是啊。"丁未空脸上渐渐浮现出一个温柔的笑。

那是在后来，一次任务后，他们停飞锡国，那个人说要去四处转转。

在进某处景点前，那个人又问他："今天你想清楚了吗？"

那次日出后，每天丁未空都会听到这句话。那个人说得像玩笑，丁未空却认真起来。

在这样陌生的国度，好像可以放下一切后顾之忧，丁未空看着那个人，终于说："等我们完成我们的使命。"

在丁未空的记忆中，那是那个人第二次红了眼眶，也是最后一次。

他弯下腰，从路边的一位锡国老人那儿买了一盏蓝莲花。

"好，等我们完成我们的使命。"

景点里人山人海，人群移动缓慢，他们走了很久，才走到人气最盛处。

那个人手捧一盏蓝莲花，看着丁未空，声音虔诚——

"愿摧破一切烦恼，愿你一世无忧。"

GUO REN JIAN

第十三章

后面几天于今清跟丁未空混得很熟，游玩时还叫丁未空帮他和陈东君拍照。

　　他从这头走到另一头，将那些排列整齐的、写着祝福的圆筒全转了一遍，然后回头说：“哥，我摸过就等于你摸过了，摸过就等于念了祝福了。”

　　陈东君跟在他身后笑道：“那真是辛苦你了。”

　　丁未空在他们斜前方，一边倒着走一边拿着手机抓拍了一张照片。照片上，于今清一只手转着铜制圆筒，正回过头看陈东君，陈东君也笑着看他。

　　丁未空把手机递给于今清，说：“你哥笑得太恶心了。”

　　于今清接过相机，看后嘿嘿直笑：“我哥太帅了。”

　　陈东君从于今清背后揉了揉他的头，说：“你自己知道就行。”

　　丁未空受不了般跳出两步远：“告辞告辞。”

　　于今清说：“别啊，空哥，我也给你拍一张。”

　　丁未空站在一排铜制圆筒的末端，于今清帮他拍了一张照片，正好是逆光的，只看得清一个穿着制服的高大身影，面目模糊，肩膀上的徽章都看不清楚，只是反着金光，一片灿烂。

　　“没拍好，我去那边再拍一张。”于今清摆手。

　　丁未空走过去，拿起手机看了一会儿，说：“就这张，你发给我吧。"

陈东君看了一眼照片，没有说话。

这样的照片，他曾见过，同样的制服，同样高大的身影，同样在逆光中。

之前，在那个不知名的海岛上，有一个人面朝阳光走去，快要走到高速飞行器边的时候，突然转过身，在一片逆光中，缓缓朝他们这边抬起了手。

当时陈东君的身边站了好几个人，他看不清对方逆光中的脸，不知道这个动作是为谁而做。

直到他的余光看见了旁边的丁未空。

丁未空也缓缓抬起手，斧凿般的眉目，郑重深沉。

而此时，丁未空看着手机屏幕，眼睛里好像染上了一点儿当年的颜色，但也只是一瞬，马上就消失不见。

他保存好照片，对另外两人说："你们后天晚上就要走了，还有什么想去的地方就一起去了呗。"

于今清问："还有什么好地方？"

丁未空说了很多于今清听都没听过的地方："其实有意思的地方很多。"

于今清说："哎，我还没问过，空哥你是本地人啊？你好像什么都知道。"

丁未空沉默了一会儿，说："半个吧。"他说完顿了一下，突然又大笑起来，"我骗你的，哥们儿是土生土长的首都人士。"

陈东君笑着说："你别吹了啊，说点儿别的。"

丁未空说："我带你们去吃当地的特色菜吧。"

于今清说："你不会要带我们去吃霸王餐吧？"

丁未空大笑："你哥掏钱。"

丁未空开了半天车，于今清看到几个帐篷和一层楼的简单小屋扎在草原上，草原背后不远处是极陡峭的山，白云绕在半山腰，绿色的陡峭山坡上遍布一朵一朵白色的棉花，仔细一看，居然是一大群羊。

丁未空说："到了。你们一会儿都嘴甜点。"

于今清说："我是没问题，但我哥经常嘴里有毒。"

陈东君在于今清的后脑勺拍了一巴掌，说："你说什么呢？"

于今清回头朝陈东君笑，一脸无辜。

丁未空领着他们进了一间屋子，喊了几个他们听不懂的词，不一会儿，一个五十多岁的大娘从一块帘子后走了出来。她一看丁未空就笑着拉他的手，说了几句当地的话。

丁未空又指着陈东君和于今清说了几句，于今清朝大娘鞠躬，说："您好您好。"

陈东君也朝大娘点了点头，大娘汉语不太好，朝他们连说了几个"好"，又说了"牛肉干""酸奶"之类的词，就进了帘子后。

于今清看了一圈屋内，神色好奇。丁未空拿起墙头的一把琴拨了拨，说："我给你们唱首歌吧。"

于今清举起手机，说："我来录个像。"

陈东君和于今清跟在丁未空后面，走出小屋，丁未空席地而坐，面朝南方，洁白的公路如丝带般向两侧延伸，公路后是一望无际的草原。

清风吹过草地，把沧桑深沉的歌声带往远方。

丁未空唱的是一首当地的歌，也是他唯一会的。

那时候他刚参加训练，好奇跟着学的，把一个一个发音死记硬背下来，连歌词是什么意思都不知道。当然，他也是问过的。

——你教我唱的到底是什么？

——自己想。

——歌名总有吧？

——没有。

——你给我过来！

235

——哈哈，就不。哎，你踢我干吗？

丁未空一曲唱完，于今清和陈东君沉默良久，于今清看着远方的草原，说："空哥，这首歌唱的什么啊？"

"也有汉语的。"丁未空也看着没有尽头的南方，拨了拨弦，朝着远方唱了起来。

"心头影事幻重重，
化作佳人绝代容。
恰似东山山上月，
轻轻走出最高峰。
哎——
我与伊人本一家，
情缘虽尽莫自嗟。
清明过了春自去，
几见狂蜂恋落花。
哎——
跨鹤高飞意壮哉，
云霄一羽雪皑皑，
此行莫恨天涯远，
咫尺之间归去来。"

丁未空唱完歌后，脸上渐渐露出一个笑容："你听懂了吗？"

于今清沉默了一会儿，问道："空哥，你有一个在远方的好友吗？"

陈东君碰了碰于今清的手，微不可察地摇摇头。

丁未空神色平静道："是啊。"

大娘从小屋门口伸出一个脑袋来，说："吃饭，吃饭。"

丁未空收了琴，把他们领进去，桌上已经摆着两斤新炒的肉，一堆牛肉干，一大盘当地特色菜，三大碗酸奶并一大罐白糖。

大娘笑着说了几句当地的话，拍了拍丁未空的手就要走，丁未空从口袋里拿出一个信封塞到大娘手上。

大娘不停地把信封往丁未空那边推，说了几句当地的话，又夹着汉语"不要""好多""上次"。

丁未空一双大手把信封包在大娘瘦弱的手掌中，他用当地的话慢慢地说："我是您的儿子。"

大娘眼眶一红，把信封收下了。

大娘走了以后，丁未空坐下来，帮陈东君和于今清在酸奶上撒上厚厚的一层糖说："当地人自己做的酸奶都是没加糖的，特别酸。"

陈东君一边帮于今清拌匀白糖，一边问："你每个月都来？"

丁未空说："没任务的话。"他在队里吃喝，没什么开销，基本每个月的工资都分成两半，一半给父母，一半取现带到这里。

他们吃完走的时候，大娘拿出三大包牛肉干，给他们一人一包。陈东君和于今清都不好意思收。大娘有点着急，用生涩的汉语说："好吃，好吃，多吃。"

丁未空说："收着吧。"

陈东君帮于今清一起接过了牛肉干。

丁未空说："你们等我一会儿。"

他说完就跟着大娘一起进了帘子后的另外一个房间。他掀开帘子的一瞬间，于今清恍惚瞥见那间屋子的墙上挂了一张照片，照片上有一张年轻俊朗的脸。

不久之后丁未空就出来了，开车带他们回了队里。

晚上在宾馆的时候，于今清问："今天我们去的是空哥的队友家吧？"

陈东君"嗯"了一声。

于今清犹豫地说："他在……"

"南方的海底。"陈东君说。

星期天，陈东君在储能广场讲完最后一次课，丁未空就开车送他们去机场。于今清朝丁未空招手，说："空哥，明年我们还来蹭吃蹭喝。"

丁未空挥手，道："尽管来。"

回 079 后，于今清的工作渐渐步入了正轨。他从丁未空那里回来后，突然背上了某种责任感，不仅向着陈东君奔跑，更多了一些别的东西，那种属于学生时代的颓丧与带着书生气的迷茫在一夕之间褪了个干净。

迷茫是自由者才有的东西，一旦一个自由者有了信仰与想要捍卫的东西，他就将失去迷茫的机会。

于今清和陈东君经常在深夜一起从 079 走出来，街道上一个人都没有。于今清想，所谓"披星戴月"大概就是这种感觉。黑暗中仅有的光照在他们身上，疲惫躯壳下的灵魂便生出万丈豪情。

有一次于今清走出 079 大门的时候，对陈东君唱起 The Beatles（乐队名）的《Let It Be》（随它去吧），陈东君笑他怎么突然开始听这么老的歌。

他说："哥，你知道我最喜欢这首歌里的哪一句吗？"

陈东君说："热血少年，我猜你最喜欢'When the night is cloudy, there is still a light that shines on me'（当夜空中布满乌云，仍有一束光亮向我倾泻而来）。"

于今清说："是啊，写得多好。"

陈东君说："Paul McCartney（保罗·麦卡特尼）和 John Lennon（约翰·列侬），那确实是一个大师辈出的年代。"

于今清说："你看，大师总是一片一片地来，又一片一片地走。"

陈东君在黑暗里看向于今清，问："你在害怕吗？"

于今清说："以前我觉得特别害怕。哥，我读大学的时候，觉得这是一个没有大师和伟人的时代，就像我们刚坐在西海湖边的时候，湖面上一点儿光都没有，睁开眼和闭上眼没有任何区别。"

陈东君安安静静地听着。

"嗯，也不是害怕吧！你知道的，每个少年都会有特别激愤的时候。"于今清笑起来，"我们赞颂某个时代是黄金时代，骂现在这个世界审美崩坏，说这个世界已经没有诗。"

陈东君的声音里满是笑意："我一直到硕士毕业都还是这么想的。"

于今清说："现在呢？"

陈东君说："有句话叫'此后如竟没有炬火，我便是唯一的光'。"

于今清说："快大学毕业的时候，我特别矫情地写了一句话，现在想起来意思也差不多。我写的是：如果这个时代已经没有诗，就让我做唯一的写诗人。"

于今清不好意思地问："我是不是特别矫情？"

陈东君闷笑道："还好。"

于今清给了陈东君一拳，又道："那这句怎么样——如果这个时代已经没有诗，就让我们做两个写诗人。"

陈东君看着于今清的眼睛，眼里都是笑意，然后在于今清期待的眼神中拍拍他的头，说："回家了，大诗人。"

在基地的时间总是过得特别快，于今清总是陷在某个任务里，等他解决完出来的时候就会有种不知今夕是何夕的感觉。

1月初，主管培训的李老师笑眯眯地问于今清："你想不想放个假？"

于今清刚完成一个任务，之前累得差点为了那个任务秃了头，他听了挺高兴，说："好啊。"

李老师也高兴地一拍手，跟于今清说，1月中旬后，会有于今清母校的大二学生过来进行为期两周的参观学习，一共二十多人。

李老师笑眯眯地说："那飞行器修理中心这边就由你负责。总装车间是不允许参观的，只参观结构车间及试飞站，一共四天，你没问题吧？"

于今清大为失望，道："这也算放假？不会还算在我年假里头吧？"

李老师哈哈大笑："肯定不算，回头我另外再给你发个红包。"

于今清这才点头同意。

一个小时后，他坐在食堂里，收到李老师用微信给他发的2.33元红包，绝望地收起手机。

1月某个周日的下午，二十几个男生和四名女生到了079，被分别安排住在空的男女新员工宿舍。

于今清本来打算过去好好打个招呼，毕竟自己是师兄，但是当他走到第一间宿舍门口的时候，听见半开的宿舍门里传出的声音，一个男生说："我听说有个带我们的人是从我们系毕业的师兄。"

另一个男生说："哎，谁啊？"

又一个男生说："好像是大家评的系草，我们班那个谁不是还追过吗？不过我觉得他也没多帅。"

于今清想，他还是去下一个宿舍好了。

于今清正要敲门，听见宿舍里面有个男生说："……不知道是哪个浑蛋。我大一暑假不是把工图作业扔教室了吗？反正也是老师给过分的，那门课都考完了，我留着也没用。前段时间，咱们系不是来了一个特好看的大一学妹吗？小姑娘想找我要作业参考一下，我想了半天那张图在哪儿，一想好像落在绘图教室了，我就跟她说，让她跟我一起去拿呗。"

另一个男生坏笑道："结果你们在三楼拿完图就上三楼楼梯间了是吧？"

那个男生说："胡说！路上我还跟学妹吹嘘我的图画得多好，你都没看见人家那崇拜的小眼神！结果到了教室，图还在那儿，却被人标了一堆错误出来！那个人绝对是心理变态，连公差不合适都给我标出来了，还给我写了句'建议参考《公差与配合实用手册》'！学妹看着那张图，特别纠结地跟我说'学长，要不我请你吃个饭，这事儿就算了吧'。"

其余几个男生一齐大笑起来。

那个男生咬牙切齿地说："千万别让我知道这个心理变态是谁！"

于今清默默地收回想要敲门的手，他觉得他和年轻人有代沟，他得去找他的"师父"。

回到家后，于今清一脸谄媚地跟陈东君打商量："陈工陈工，到时候我负责带人的那几天，你抽空给他们开个讲座呗？"

陈东君正坐在阳台上看书，头也没抬，道："你去讲。"

于今清站在陈东君身后给他捶肩膀，说："陈工。"

陈东君"嗯"了一声。

于今清说："陈工，你就去吧！"

陈东君说："自己去。"

于今清说："我怕我镇不住他们。"

陈东君说："他们是你师弟师妹，不是土匪。"

于今清说："你不知道，他们跟土匪没有区别。"

陈东君好笑道："你跟他们是一个地方出来的。"

于今清说："所以需要你'镇压'啊，陈工！"

陈东君无奈道："真是拿你没办法。我去做课件。"

于今清站起来，殷勤地把陈东君请到工作台前面，说："您请您请。"

学生们参观飞行器修理中心的时间安排在第二周的最后四天，于今清提前一天去见了带队的班主任。他一见才发现，这位班主任是他以前机械设计课的老师。

那是位挺干练的老太太，整个人瘦削精神，还同时给研究生以及留学生开了英文课程，最喜欢说的话是"什么是最重要的？Contribution（贡献）。今天你问问自己，你给你所在的团队做了什么贡献吗？"

于今清对这位"Contribution"女士印象深刻，但是他没想到老太太也记着他。

"你大三机械设计期末考没得到的10分全扣在最后一道大题。"老太太说。

于今清特别不好意思地说："杜老师，这事儿明天能不能不提了？"

老太太笑得特别开心："那你得把真本事使出来才行。"

于今清说："一定一定，我还请了技术主管明天下午给大家做讲座，定不辱使命。"

可没想到，第二天于今清在079门口等学生的时候就出了个乱子。乱子说大也不大，一个女生老远看见于今清的时候就开始掉眼泪，顿时气氛就变得非常尴尬。

于今清一开始还没意识到这事跟他有什么关系，他觉得女生脸皮薄，人家悄无声息地掉眼泪他也不好问，于是只能装作没看到，带着所有人往飞行器修理中心走。

等走到结构车间，他开始一一给大家介绍设备的时候才觉得这事不对，那个女生不是在角落里默默抹眼泪，而是一直盯着他掉眼泪。

他硬着头皮把整个车间介绍完，再将二十多个人分为六个小组，每组四五个人，分别去车间不同的地方跟着一线工人学习。分好之后，于今清才一个人回了办公室。

　　中午于今清去接师弟师妹吃饭的时候，才知道什么是真尴尬。他明明老远看着大家都很正常，等他一走过去，那个女生突然又开始掉眼泪。

　　于今清说："我们去食堂吧。"

　　到食堂后，于今清等其他人都打好饭自己才去打饭，打完饭找座位的时候，他看见那个女生一个人坐在食堂的角落。

　　由于这些学生出车间的时间比基地内职工下班的时间早，食堂只有他们二十几个人，一个女生孤零零地坐在一张桌子上非常打眼。

　　于今清脚尖方向一转，端着盘子坐到女生的对面。

　　他坐下的一瞬间，听见其他学生起哄和议论的声音。女生一边哭一边把安全帽摘了，一头黑直的长发从脑后倾泻下来。

　　于今清说："你下午别忘了戴上安全帽，前段时间出了事故，很危险。"

　　女生红着眼睛点点头，大颗的眼泪还是一直往下掉。

　　于今清说："你如果身体不舒服，下午我可以给你批假条。"

　　"学长，你是不是不记得我了？"女生红着眼睛盯着桌面，"大一迎新晚会的时候我是主持人，我联系你来唱的歌。"

　　于今清迅速在脑海里搜索了一下他拿到的参观学生花名册，终于把眼前的人和花名册里的名字对上："乔晞。"

　　乔晞说："学长，我写给你的信你看了吗？"

　　于今清说："没有。"他看乔晞眼泪还在掉，补充道，"我暂时对这方面没有想法，所以……"

　　他不好把话讲得太直白，所有被喜欢的，都是手握利剑的，有人心甘情愿引颈就戮，他却不觉得自己有随意挥剑的资格。这样的感觉在近期越发明显，不知为何，他的外表越发强大的同时，内心却越发仁慈起来。

乔晞说："这样啊！"她默默地拿起安全帽，把一头长发全收拢了进去，然后拿起筷子拼命地把食物往嘴里塞，眼泪混着食物一起在嘴里咀嚼。

"这里有人吗？"一道低沉的声音从上方传来。

于今清一抬头，看到陈东君和姜工两个人站在旁边。陈东君居高临下地看着他们，面无表情。

于今清立刻回道："没……没有。"

于今清跟乔晞介绍："这位是飞行器修理中心技术主管陈工，这位是姜工。"又对两人介绍，"这是来实习的我的学妹乔晞。"

姜工不满地说："我怎么没有头衔？"

于今清想了想，说："这位是……嗯，爱狗人士，姜工。"

陈东君板着的脸差点没崩住，险些就要当众给于今清叫一声"好"，但他最终只是继续面无表情地对跟他们打招呼的乔晞点了一下头，然后就跟姜工谈起了钛合金叶片铣削的问题。

姜工一点儿都不想聊这个问题，他想聊于今清和这位小美女。但是还没等他把话题转移到这个方面，于今清和乔晞就已经吃完了。

于今清说："那个，我们先走了？"

陈东君继续说工艺，姜工的内心充满遗憾，朝于今清点点头。

等于今清和乔晞都走了，陈东君把筷子一放，也站起身。

姜工问："就不吃啦？"

陈东君说："胃痛。"

姜工说："啊？你要不要去医院？"

陈东君说："算了。"

姜工说："我怎么觉得你好像在嫉妒？"

陈东君没说话。

姜工说："陈工啊，你虽然老了点，又天天见不着什么异性，但是还是要对生活怀抱希望啊，不要嫉妒你弟。"

陈东君表示无语。

姜工说："现在基地里还给骨干分房子，说不定过两年国家连婚姻大事也包分配了呢？"

陈东君说："你慢慢吃。"

当陈东君走出食堂的时候，看见于今清和那名女生站在一棵树下。

女生比于今清矮很多，讲话的时候仰着头看于今清，眼睛里的喜欢都要溢出来。阳光从树的缝隙里洒下来，映在于今清脸上，温暖动人。

陈东君几乎没有见过于今清跟他不认识的人相处，这样看着竟有点新奇。

他看着于今清说了些什么，女生眼眶变红了，也说了句什么。

于今清摇了摇头，女生上前一步，抱了他一下，只是很轻的一下，应该连体温都没有感觉到，就放手了。她低着头说了一句什么，还没有等他回答，就转身走了。

于今清两步追上她，又说了一句什么。

女生朝他露出一个笑容，笑中带泪。

女生离开后，于今清在原地站了一会儿，忽然看到了远处的陈东君。

"哥！"他远远地喊。

陈东君站在原地，看着于今清朝他跑过来。

"哥。"于今清一脸无辜，就差把"我没惹她哭"几个字写在额头上。

陈东君看了一眼手表，说："我回办公室了。"

于今清讨好地说："我送你啊。"

陈东君说："不用。"

于今清嬉皮笑脸地说："这是当弟弟的责任。"

陈东君说："别拿你在大学学来的那套对付我。"说完就往办公室走。

于今清一愣，陈东君已经走出几米远了。他刚想追陈东君，听见身后有人喊："陈工，等我一起。"姜工几步从食堂门口跑过来，拍了一下于今清，揶揄地跟他说了一句"后生可畏"，然后追上了陈东君，一起去办公区。

路上，姜工看了看陈东君的神色，问："真不高兴啊？"

陈东君说："没有。"

姜工说："别说你是他哥，就算你是他妈，你也得接受会有儿媳这事儿。"

陈东君淡淡地看了姜工一眼，说："涡轮叶片要是再薄百分之十，怎么在高温高压下继续保证强度？"

姜工沉默片刻，说："您回办公室，我去车间。"

陈东君说："你不是想转发动机那边吗？涡轮叶片的制作工艺是核心难点之一。"

姜工说："我还是留在这边吧。陈工，过两年你是要去发动机那边了吧？那边的工艺才是攻克难关。"

陈东君没回答，只是说："你对这边也了解得差不多了，既然你喜欢发动机就去那边啊，不用担心走了这边没人。"

姜工从口袋里摸出一根烟，找了半天没找到打火机，又讪讪地把烟放回去："陈工，我知道你给飞行器修理中心这边挑了很多人，把一套制度都慢慢建起来了，我不操这个太监心。但是吧，你这种出身的，跟我们不一样，'喜欢'这事儿对我们来说太奢侈。你别看不起我，说真的，发动机那边人才多，分房轮不上我，在这边我再熬几年还可以指望一下，去了那边……门儿都没有。"

陈东君说："我现在也住在职工宿舍。"

姜工苦笑道："陈工，你这种单身人士不懂。我有个在读研究生的女朋友，等她毕业，我要是跟她说'我什么都没有，只有一条狗，但是我特厉害，那啥啥发动机都是我造的，你跟我结婚吧'，她问我哪台发动机，我只能说两个字'保密'，你猜她会不会叫我滚？"

陈东君说："你问过她吗？"

姜工说："没，但是这个社会不就是这样吗？拿不出房、车，谁要嫁你？哎，我也不是说女生都物质，但我身为一个男的，什么都没有，拿什么跟她在一起啊？"

陈东君说："拿你的尊重。你应该和她讨论一下你们的未来，别一个人在这里自我感动。"

姜工说："陈工，你也不用这么嘲讽我吧？"

这不是嘲讽，这是陈东君花了十多年才学会的东西。

有些东西伴随着优秀而生，比如责任，比如傲慢，比如个人英雄主义。所有男孩都曾幻想自己一力承担重任，甚至孤勇地对抗世界，这可以称为浪漫，也可以称为不会与世界相处。

陈东君说："你怎么知道她不愿意和你并肩奋斗？"说完，他转身进了办公室。

姜工不仅没有得到安慰，还差点被关上的办公室门撞了鼻子。

陈东君坐在办公室里，看了一眼手表，还有一个半小时，他就要去给于今清带的学生做讲座。手机上有两条消息，是于今清发过来的两个表情包。

陈东君眼底浮现出一点儿笑意，他把手机放到一边，开始工作。

2点多，他接到了新上任的吴总的电话："陈工，年底分房的名单出来了，我给你发了邮件，你看一下你们中心的，看有没有意见。哦，名单上有你。"

陈东君说："行，我看一下。"

陈东君一眼扫过去，说："嗯，没什么问题。"

吴总又说："这应该是我们这边几大工程基地最后一批大分配了，以后肯定要压缩名额，主要还是给博士，还有升上来的中层干部、骨干。"

陈东君微微皱眉，姜工按资历今年分不到房是正常的，但是条件变了后，机会也大大减少。陈东君说："已经定了？"

吴总说："应该是这样，你应该知道现在很多海外名校硕博士都愿意回国，房子只有那么多，我们拿什么把人家留下来？我不会让079走以前的老路。以后各凭本事，谁能拿得出有价值的东西，房子就给谁。"

陈东君沉默了一会儿，说："也是。"

吴总以前跟陈东君一起攻关过技术，也算是钻过同一个战壕的兄弟。

当时是他主持大局，对陈东君的为人和能力都青眼有加。吴总说完正事又半开起玩笑："你现在是大牛了，也该调去发动机那边了。你知道我们整个制造都有问题，但是好歹最新飞行器的壳子还是能全造出来，唯有一个发动机是大难题。说原理没谁不懂，但现在飞行器里面装的还不是国产的。"

陈东君说："嗯，明年吧。我这边还差两项任务没有交，另外还有一项研究。"

吴总说："我知道你以后是要走的，079留不住你。别人都觉得你激进，我看得出你走得稳。那次去航展我就知道，你不是不喜欢研发，你最喜欢研发。"

吴总把陈东君看得很准——陈东君做事是要计算投入产出比的，他不是一个做基础科学研究的人，信仰不在于发现未知，不在于探索的过程，他这种学工程的人需要的是结果，是把想象变成现实。

陈东君最初看中079这个地方，是因为在这个地方有机会见到所有器型及可能产生的故障，这对研发有重要参考作用，所有的研发最终都要落实到制造上，而079也给了他机会研究各个部分的工艺。

陈东君确实有一天会离开，但是在那之前，他还有很多事要做。于是他说："那都不知道是多久之后的事了。"

吴总开玩笑："你走的时候给我把房子留下。"

陈东君也笑道："以前看完展览你还请大家喝酒，现在从任何地方抠下来一毛钱你都要贴进079里。"

吴总说："当家方知柴米贵啊。"

陈东君听见外面有人敲门，于是挂了电话，说："进。"

门被推开后，陈东君看见于今清站在门边不动，样子格外乖巧。

陈东君说："过来。"

于今清跑过去，站在陈东君书桌前，眼巴巴地看着他。

陈东君说："干什么？"

于今清拿起陈东君的手，摆出一个弹自己脑门的动作，说："哥，给你弹。"

陈东君有点想笑，但只是板着脸，在于今清头上轻轻拍了一下。

于今清说："我来给你提电脑。"还没等陈东君说话，他又马上有点委屈地补充道，"我真的只是在尽一个弟弟的义务。"

陈东君又在于今清额头上弹了一下，说："你还抓着不放了是吧？"

于今清捂着额头跳起来，说："我冤死了！"

陈东君把于今清抓过去问："疼不疼？"

于今清鼓着脸说："疼死了。"

陈东君又把手放在他额头前，问："还疼不疼？"

于今清立马说："不疼了。"

陈东君把电脑包递给于今清，说："走了。"

于今清像跟班小弟一样跟在陈东君后面，往举办讲座的会议室走。走到会议室的时候，于今清先走进去介绍："大家欢迎我们的技术主管陈工。"

他一边介绍一边插电脑，开投影设备，但是一阵掌声过后，他却没听到陈东君说话。他抬眼去看会议室大门，却看见陈东君面无表情地站在第一排一个男生的桌子前。

于今清跑过去，叫道："陈工？"

他顺着陈东君的目光看过去，什么也没看到。

陈东君声音低沉道："把你的手机拿出来。"

那个男生用食指指了指自己，不解地问："我？"

陈东君说："就是你。"

于今清莫名想到陈东君在工图教室批改图纸的事情，于是小声跟陈东君说："讲座还没开始，人家收起来了，不算玩手机，别那么严格吧？"

陈东君没有理会于今清，说："拿出来。"

那个男生讪讪地把手机拿出来。

陈东君说："解锁。"

男生解了锁，解锁后的手机屏幕上赫然是一张作战飞行器的照片，背景是079的试飞站以及一些不同型号的高速飞行器和武装螺旋飞行器。这张照片停在朋友圈待发页面，如果不是陈东君刚好看到，这张照片可能带着定位发了出去。

于今清吓了一大跳，说："我不是说了车间内一律不许拍照吗？"

男生好像才意识到事情的严重性，辩解道："那个不是车间啊，在室外，我看停了挺多高速飞行器，挺酷的。"

于今清说："试飞站也属于车间范围。"

男生还想说什么，陈东君说："全基地禁止拍照。"他看了一眼于今清，"你保管手机，讲座结束后处理这件事。"

于今清点点头，把男生单独喊了出去。陈东君走到电脑边，打开课件讲课。

可能是讲座前的收手机事件让陈东君看起来太过威严，不好说话，整场讲座鸦雀无声，最后的提问环节也没有任何互动。

陈东君讲完就收拾东西往外走，于今清和那个男生正站在外面说什么，陈东君只听到于今清的后半句话："……还好没发出去，应该没大事。"

于今清看见陈东君出来，问："怎么处理？"

陈东君对男生说："你先回去，手机留下，处理结果我会通知你们老师。"

男生听了这话，就有点惧意，于今清也跟着一愣，说："把手机里的照片删了就行了吧？让他写个检讨……"

"你也有责任。"陈东君对于今清说，"你跟我过来。"

于今清只好安抚般看了一眼那个男生，对他说："别太担心了，有结果会通知你。"说完，他就跟上陈东君回了办公室。

一进办公室，于今清就说："我问了，他就是想显摆显摆，正常男生嘛，看见好多高速飞行器想发张照片，把这儿当博物馆了。他们还没参观到试飞站，不知道那儿也算是车间。"

陈东君说："为什么你一开始没有说清楚？"

于今清说："试飞站是车间这事我直接默认是常识了，所以忘了讲，是我的错。哥，应该不会很严重吧？"

陈东君："你把手机留下，我送上去检测。"

于今清走近一步，不理解地看着陈东君，说："至于吗？"

陈东君说："你们学校出来的学生会问出这种问题吗？"

"我们学校，我们那套……"于今清觉得难受，"你知道什么？"

他受不了陈东君这样的指责，这样地划分你我，几乎觉得自己在被羞辱。他毕业的时候不觉得有多爱母校，后来发现，所谓母校，大概是一个自己可以骂上千百遍，但不能让别人说一句的地方，就连陈东君也不行。

"你们学校外面有一堆不知道哪个国家注册的空头公司盯着你们，你们讨论学校排名的时候不是还喊冤，说很多研究成果是不能拿出来的吗？所有你们这类学校出来的学生都应该有这方面的觉悟。"陈东君说。

于今清深吸了一口气，努力找回理智："这件事完全没到那个地步，你也看到了，别有用心的人会发朋友圈吗？他只是一个学生而已，难道要因为一次无心之失赔上前程？"

陈东君看着于今清，微微蹙起眉："清清。"他尽量让声音温和一些，"无知不是理由。"

——愚蠢也不是。

于今清盯着陈东君，一脸严肃道："这件事真的没有必要这样处理，这会成为那个学生一辈子的污点，你是中心主管，我负责这群学生，我们都会留下污点。"

陈东君想拍拍于今清的脑袋，但他还是没有："出事的可能只有万分之一。你知道这意味着什么吗？"

于今清烦躁地说："我知道你想告诉我什么，但是这件事真的是你担心得太多了，不要说万分之一，百万分之一的可能都没有。"

陈东君说："首都机场一年接纳旅客超过八千万人次，百万分之一是八十人死亡，我国一年航班数超过八百万，百万分之一就是八架飞行器坠毁。你如果觉得还好，那你想象一下，那架飞行器上坐着我。"

于今清不说话，但仍是一副不赞同的表情。

"我的常识也在告诉我，我太极端，但是我们干的就是极端的事，这就是一个极端的地方，不管我们愿不愿意，我们最后都会成为一群极端的人。"陈东君郑重道，"没有什么正常的事需要倾举国之力，没有什么正常的地方会批量生产单价几亿的产品，没有什么正常的产品背后是无数试飞员的命加上几代人的心血，没有什么正常人会花一生待在一个地方干同一件事。我们从来不以常识判断对错，我们判断是否做一件事也从来不是看会不会留下污点。"

他接着道："我们的人生都有污点。"

于今清一怔。

陈东君看着于今清说："但是我们还是选择了继续。"

第十四章

于今清看了一会儿陈东君的眼睛，那里面一片坦然。

"哥，我知道了。"他把手机轻轻放在陈东君的桌上，"那我先出去了。"

陈东君看着他离开，有些疲惫地闭上眼，按了按眉心，等他睁开眼的时候，又恢复了平时冷静锐利的样子。他给主管安全保密培训的李老师以及基地内分管保密事务的领导打了电话，让人取走了手机。

到了深夜，陈东君坐在里间的办公室里，打印出一叠一千多页的资料，分成了十份，分别用密封袋装好。

这里面的计算机是不连接互联网的，所有的 USB 传输接口全部被封死，所有资料的输入输出依赖一套单独的保密系统，有时候甚至是专人取送。

他结束工作，从里间办公室出来，捂着胃部靠在书桌边站了一会儿，然后坐在书桌边查看了一下日常事务，方才准备回家。

他从里面拉开门，发现于今清正垂着脑袋靠在门边。

陈东君说："刚下班？"

于今清说："嗯，我刚从总装那边过来，看你这里灯还亮着。"

陈东君说："走，回家。"

于今清"嗯"了一声。

两人走了一会儿，于今清闷声道："哥，你是对的。"

陈东君把手放在于今清头上，没有说话。

于今清说："哥，可能人的境界就是有高低吧！我在想，是不是我太世俗了？我知道你是对的，但是真遇到事的时候，我会认为你就像一个标杆，一套理论，我做不到。"

陈东君笑着摸摸于今清的脑袋，说："我十几岁的时候，认为自己是一个完美的人。"

于今清笑出声，说："我不行。"

陈东君的神色很坦然，说："或者说，我认为我终将成为一个完美的人，只要我愿意。"

"但其实不行。人有无数劣根，这些劣根曾是我们得以从野蛮的自然法则中生存下来的保证，长在骨子里，斩不掉。我们能尝试去抗衡它们，已经是进步。"陈东君的声音低沉又温柔。

"《Let It Be》里唱'When the broken hearted people living in the world agree,there will be an answer'（当那些心碎的人们仍活在这世上，这一切都将有答案）和'When the night is cloudy,there is still a light that shines on me'（当夜空中布满乌云，仍有一束光亮向我倾泻而来）听起来很好，但是所有问题的答案，所有黑暗中的光，不是来源于'let it be'，不是来源于'随它去吧'，不是因为顺其自然，而是因为不肯顺其自然。"

陈东君说："我们就是不肯顺其自然，才从远古走到了现在，从野蛮走到了文明。"

在寂静的黑夜里，陈东君的声音温和而平静，像是要抚平于今清心头每一处的不安。

于今清别过头去看陈东君，黑暗中这个人的轮廓显得没那么锋利，让他想起年少时的夜晚。

"哥，小时候我没有想过长大会是这样。"于今清说。

回忆被人们加了滤镜，总是显得比较美。那些创伤早已被填

256

补抚平，关于"小时候"三个字，最终留下的不是那个被面包车带走的下午，也不是坐在鸡圈里吃冷馒头的晚上，更不是那个被从警察局拖走的午夜，甚至不是董闻雪。

关于"小时候"三个字，最终留下的是坐在陈东君自行车后座的时光，是陈东君教他做作业的时光，是陈东君陪他去游乐园的时光，是陈东君带他打篮球的时光。

那曾是刀刃上的蜜，时过境迁，刀刃化成了流水，蜜融化在里面，尝起来只剩甘甜。

"你想回去吗？"陈东君语气温柔，好像只要听到一声"想"，他就会马上从车间里造一台时光机出来，带于今清回去。

于今清沉默了一会儿，说："不想。"

他转过身站到陈东君对面，踩着马路台阶的边缘倒着走，像一个大男孩："我觉得现在这样很好。"

少年曾经幼嫩的地方长出厚茧，纤细的四肢被撑开，最终长出钢筋铁骨。即使我们现在没有那么纯粹，生命也因不断的破碎与重建，更加广阔。

他们快到家的时候，于今清说："哥，如果我因为这件事不能通过假期后的选拔，下次是什么时候？"

陈东君说："大概两年后。"

于今清有点失落，说："也不是很久。"

陈东君说："技术资本需要很多代人积累，无论你什么时候来，我都在。"

三天后，基地里针对拍照事件的处分下达，全权负责此事的李老师和于今清都受到了警告处分，但是因为影响较小，观察三个月后，如果没有再出其他事，这个警告将不会写进档案里。

经过检测，手机没有其他问题，手机里的图片数据被彻底删除后归还给拍照的男生，但这名学生不能拿到实习的学分，需要第二年跟下一届的人一起重修。

处分出来的时候是周五，实习的最后一天，本来当天晚上有一个小型的晚会，所有学生和带过他们的技术员、工人一起表演节目，但是因为拍照事件，晚会取消了，所有学生在结束周五的参观后去食堂吃饭。

陈东君拿到手机以后去食堂，看见手机的主人和其他几个男生坐在一起，一脸闷闷不乐。

陈东君走过去说："你出来一下。"

男生跟着陈东君走到食堂外面。

陈东君把手机递给他，问道："你们老师告诉你处理决定了吗？"

男生接过手机，点了一下头。

陈东君看见于今清也一脸担心地从食堂里走出来，淡淡道："怎么了？"

于今清说："没什么。"

陈东君说："进去吃饭。"

于今清说："我等你们说完，跟他一起进去。"

陈东君说："你先进去。"

于今清想坚持，陈东君给了他一个"安心"的眼神，于是于今清点点头，进食堂了。

男生面带防备地看着陈东君，陈东君觉得好笑。他说："高速飞行器帅吧？"

男生仍旧一脸防备，什么也不说。

陈东君说："摇滚酷吧？"

男生的表情由防备变成了"你到底在说什么"。

陈东君说："摇滚很酷，听摇滚不酷，酷的是写摇滚和唱摇滚的人。"

男生一愣。

"小朋友，高速飞行器很帅，拍高速飞行器不帅，帅的是造高速飞行器和开高速飞行器的人。"陈东君抬了抬下巴，对还在发愣的男生说，"进去吧。"

陈东君和男生一起走进食堂，陈东君去买了一瓶饮料，随手递给站在一边的男生，说："明年我等你请我喝。"

男生接过水瓶，定定地看着陈东君，说："一定。"

于今清走过来的时候一脸疑惑，等那个男生走了，他对陈东君说："你说什么了？他一副赖上你的架势。"

陈东君嘴角勾起，说："心中有佛，看众生皆佛。"

于今清踢了他一脚，笑骂："好好说话。"

送走来实习的学生后不久，年关将至。于今清接到了于靖声的电话，对方问他今年寒假是否也不回家过年，他想了想，还是决定告诉于靖声，自己已经毕业了。于靖声听了以后，沉默了两秒，才说："至少回来吃顿饭吧。"

于今清想了一下，说："还是明年再看吧。"

陈东君看于今清挂了电话，说："你跟我回家。"

于今清说："还是算了。哥，你陪我去看我妈吧。"

陈东君说："大年三十先去看董阿姨，我再带你回家吃饭。"

于今清说："你们家一起吃饭，我不好添堵吧？"

陈东君说："你是我弟，去我家算什么添堵。"

大年三十上午，他们坐飞机回去。下午，陈东君开车带于今清去看董闻雪。

这是董闻雪家乡的传统，大年三十黄昏要去先辈墓地点一支蜡烛与三炷香，方言名为"送亮"，大约是过去的人想要与沉睡的人一起驱散最后的黑暗，一同等候新的光明。

于今清跪在董闻雪墓前，把蜡烛插好，磕了三个头。

"哥，过来。"于今清把陈东君拉到他身边跪下，双手合十。

"妈，十年了。"他有点哽咽，"我哥还陪着我一起。"

于今清低着头，久久跪着，没有再说话。

陈东君陪在他身边，也什么都没有说，只是磕了三个头。他在心里默默地说：董阿姨，抱歉，答应您的事，差一点儿就没有做到。

天渐渐暗下来，蜡烛将墓碑上的字映得明显，那里有一句话——闻得有好女，雪中归去来。

忽然，一片雪花落在于今清的鼻尖上，他伸出手，将那一小团烛火护住，可是烛火很快就被不断飘落的雪花扑灭了。

蜡烛已经湿了，再也点不燃。

于今清站起来，说："哥，走吧。"

陈东君有点担心。

于今清说："我妈走的那一年，她带我去过外公外婆的墓地。那一年也下了雪，我妈说，这是他们看到我们了，放心了。她还说，不必有烛火，让他们安眠。"

于今清深吸了一口气，说："我们清明再来。"

陈东君感觉于今清的状态不对，于是扶住他的手臂，带着他往外走。

两人从墓地出来，雪下得越发大了，陈东君开车带于今清回家。

于今清以为是去陪陈东君挨骂的，没想到陈东君的爸爸陈禹韦一开门，就笑着说："回来了？"语气亲昵得像是两个都是他儿子。

于今清一边换鞋一边在陈东君耳边小声问："怎么回事？"

陈东君说："喊人。"

于今清赶快说："伯，呃——叔叔好。"

"好，好。"陈禹韦笑着答应，又对陈东君低声说，"你妈在厨房学做菜，刚学两天，特别难吃。一会儿你叔叔他们来了，你记得在他们面前给你妈捧个场。"

陈东君笑着说："行。"

等陈禹韦往厨房那边走了，于今清小声说："我刚喊对了吗？以前是喊叔叔，现在是不是该喊伯父之类的？"

陈东君笑了一声，说："你再去厨房跟我妈打个招呼。"

于今清对何隽音向来有些惧意，后来老三跟他说这很正常，并给他转了一条如何讨长辈欢心的微博。

于今清说："阿姨不生气了吗？"

陈东君说："嗯。"

于今清说："为什么？"

陈东君说："因为几年前她已经把气生完了。"

那是陈东君第一次挨打，在他出国之前。

那也是何隽音第一次不优雅，她没有打过人，一时间不知道该拿什么打陈东君，还是陈禹韦识时务，在一边给她递了一把大汤勺。

当于今清跟着陈东君走到厨房门口的时候，何隽音正在把什么东西丢进锅里，莫名带着一种挥斥方遒的气势。

保姆在旁边小声指出，她刚刚进行了一步错误的操作。

何隽音慢条斯理地说："没关系，冰箱里还有十斤备用排骨。"

她说完，看到门口的两人。于今清赶快打招呼："阿姨好。"

何隽音对于今清点点头，然后对陈东君说："你叔叔他们一会儿就来了，你去招呼吧。我有话跟于今清说。"

于今清看了看陈东君，给了他一个"放心"的眼神。陈东君点点头，跟保姆一起出去了。

灶台上的锅发出一阵响声，何隽音赶快退后了一步，要去喊保姆。

于今清一只手拿起锅，一只手关了火，他朝锅里看了一眼，熟练地把锅里的排骨沥干，再把案板上的土豆一起放进锅里，加上八角、少量冰糖、盐，用小火煮。

何隽音看着他处理好灶台上的事，说："你等一下。"

她转身出去了一会儿，又回来，递给于今清一个厚厚的红包，说："不知道该给你买什么，这个拿着。"何隽音说，"你出去找东君吧。"

于今清不敢收红包，只说："何阿姨，我高一的时候和大一的时候，银行账户里都多了五万块钱，是您打的吧？"

何隽音叹了一口气，拿红包的手保持在空中，说："收着吧。"

于今清在原地站了一会儿，终于接过红包。

他说："谢谢您。"

他出厨房的时候看见陈东君在外面站着，手里端着一盘水果，陈东君："我爸要我给我妈送水果，说她可能心情不好。"

于今清说："除了要扑出锅的排骨，应该没什么心情不好的事。"

陈东君说："谢谢。"

于今清知道他在谢什么，摇头说："应该的。"

陈东君送了水果，被何隽音警告了一番不要再闹出事之后，出了厨房，带于今清去客厅里。那边挺热闹，陈东君的叔叔和姑姑两家人都来了。这段时间住在小儿子家的东君奶奶也来了，一看见于今清就高兴得不行。

老人年纪大了爱追忆往事，精神也不大好，一直念叨着要清清穿裙子，并且质问陈东君为什么过年了连新裙子都没给清清买。

于今清看着她浑浊的眼睛，心里有点儿不是滋味，便说："东君哥哥给我买了裙子，得大年初一穿。"

奶奶拍着于今清和陈东君的手说："好，好，明天穿给奶奶看。"

于今清应了好，又被陈东君介绍着跟他姑姑叔叔两家人认识，大家坐在客厅里聊天打牌，等着吃年夜饭。

吃饭的时候，于今清和陈东君一直在不着痕迹地给何隽音捧场，而陈禹韦一直在非常高调地给何隽音捧场，导致其余两家人怀疑他们这一家人是不是同时味觉失灵。

一顿饭吃到后面，大家都喝了不少酒，陈东君的姑父有点儿喝多了，拿着酒杯跟陈东君说："东君啊，姑父有句话，不知当讲不当讲啊！"不过他没等陈东君开口就说，"不过姑父还是跟你直说了。"

他拍拍身边的儿子，说："阿祎是没你成绩好，但是幸亏听了我的，学了金融。你们那个专业啊，不是我说，有点过时了，现在还搞什么制造呢？你看啊，这个大量的工程基地都在往国外迁移，基础制造业没有前途的。那个叫什么金融术语？就是讲这个问题。你们这些地方啊，以后都要转移到那些落后的国家去。"

陈东君的姑姑在旁边说："你少说两句。"

陈东君笑着说："那您觉得干什么有前途？"

陈东君的姑父说："这个，掌握资本的，有前途！你看你爸那么大的生意，你也不管一管。我跟你说啊，我有个朋友，天天坐飞机去打麻将，那才是人上人。"

于今清一不小心笑出声，然后用手背捂着嘴，说："不好意思。"

陈东君的姑父满面红光，说："你有什么想法，说说。"

于今清和陈东君对视了一眼，笑着说："没有，我就是觉得，我们现在挺好的。"

陈东君的叔叔说："就是。他们家也不愁他赚钱，想干什么就干什么呗。"

陈禹韦笑着说："不是都说，自己学商科，是为了让儿子能学工程，让孙子能学艺术吗？"

263

过了一会儿，大家又开始笑着聊别的事情了。

吃完饭后，陈东君的表弟单独拉着他说："我爸喝多了，你别理他。"

陈东君笑着说："没事。你去看电视吧。"

晚上，于今清躺在床上，想起饭桌上的事，说："哥，我那会儿拿到录取通知书后，于靖声请了很多人吃饭，都是他的朋友，我都不怎么认识。也有个叔叔，跟我说我选错了专业，说未来是资本的天下。我当时在饭桌上跟他大吵一架，说未来是科技的天下，弄得于靖声很没有面子。"

陈东君坐在床边，声音里有笑意："今天你要是想和我姑父大吵一架，我就带你出去住酒店，没关系。"

于今清叹了一口气，说："可是后来吧，我意识到一件事。"

"我是可以指着那些说制造不重要的人骂他们蠢货，但是他们就像任何一个没有肩负使命的人一样，他们不承担国之重任，也不需要思考遇到极端情况时其他国家站在我们的对立面，制造业外流会有什么下场。国家变得强大，就会出现天真的人民，这也是一种幸福的表现。"

陈东君说："嗯。国如雄鹰，坚硬的喙爪，也只是为了保护柔软的皮肉与内脏，不是为了取代它们。"

"被保护者，并没有原罪，我们只是功能不同。喙爪永远依附在皮肉上，血液从柔软的心脏流到身体的每一个角落，支撑喙爪的每一次攻击与防御。"陈东君说，"只剩下喙爪的那一天，也就是雄鹰死去之时。"

陈东君说："我不认为和我们主张相左的人是……"他低笑了一声，"你说的蠢货。"

他语气中的笑意更加藏不住："但你要是想骂他们，我跟在你后面替你收拾烂摊子就是了。"

第二天，陈东君和于今清起床下楼，陈东君叔叔的女儿，他的小堂妹，坐在餐桌上一边吃早饭一边偷瞄于今清。于今清走过去，笑着说："看什么？"

小堂妹殷勤地给他拿了一个垫子放在椅子上，说："清哥，你坐。"

"不用。"于今清拒绝道。

小堂妹的嘴变成了小写的"o"。

当陈东君端着早餐过来的时候，于今清一本正经地接过早餐，将陈东君引到小堂妹放了垫子的椅子边，说："坐。"

陈东君坐到椅子上，于今清把早餐摆好，说："辛苦了，多吃点。"

陈东君不明所以，开始吃早饭。

小堂妹的嘴变成了大写的"O"。

吃完早饭，陈东君领着于今清去客厅。长辈们都起得早，正在客厅里聊天看电视，电视里正在放早间新闻。

"……从优秀驾驶员中选拔出载能飞行器驾驶员并进行训练。高海况下的高速飞行器起降难度非常大……"

于今清一边陪长辈聊天一边颇感兴趣地听女主播讲话。

东君奶奶抓着他的手，笑眯眯地说："清清怎么不穿新裙子啊？"

于今清没想到老人家第二天早上还记得这事，不由求救似的看向陈东君。陈东君却没看他，而是表情凝重地看着电视。

于今清扭头一看，一张熟悉的英俊脸庞在屏幕上闪过，画面闪得太快，整个画面里又出现了好几张脸，他不知道自己是不是看错了。

电视机屏幕的下方是新闻的标题——"载能飞行器驾驶员在高海况起飞时发生意外不幸牺牲"。

陈东君的姑父拿起遥控器换了一个台，说："别看了，看了难受，电视台怎么能大年初一播这个，不吉利。"

陈东君什么也没说，站到电视机前，直接不通过遥控器返回了刚才的频道。

他姑父说："你怎么又看这个？你奶奶还坐在这儿呢。"

奶奶好脾气地拍着于今清的手，说："小孩想看什么就看什么，过年还不让看电视啦？"

可是那条新闻已经过了，陈东君拿起手机拨了一个号码。

于今清坐在沙发上，手还被老人家握着，眼睛却一直盯着陈东君的手机。他几乎可以从长辈的聊天声中分辨出陈东君手机里传来的机械声，一下又一下，又或许那根本不是电话里传来的声音，那是他自己的心跳声。

他屏住呼吸，拳头也不自觉地捏紧了。

"喂？"

于今清好像听见微弱的声音从电话那头传来。

"你在哪儿？"陈东君问。

"不能说啊，大兄弟，反正在船上呗。年前我就来了，也没见你问候一声，现在过年了才来跟我显摆你有假是吧？"爽朗的声音伴着呼啸的海风，跨越半个国家传到了温暖的房间。

于今清跑过去抢了陈东君的手机，说："空哥，我在新闻上看到你了，我还以为那是遗像，吓死我了。"

"我们都戴着头盔和防护镜，看得清吗你？"丁未空大笑，笑完又有点严肃地说，"不过我听说前几天是出了事，但不是我们这边，是另外一边。"

于今清说："你千万要注意安全，你还说过等我和我哥去了首都请我们喝酒的。"

丁未空声调上扬："得令！"

"新年快乐！"于今清朝电话那边大喊一声，又把手机贴到陈东君耳朵边上，"快说新年快乐！"

陈东君低笑了一声，说："新年快乐。"

电话那头传来奇怪的响动，丁未空也不知在对谁说："广大群众发来新春问候，各位快跟广大群众打个招呼。"

于今清听见电话那头传来几声参差不齐、各色口音但特别有力的"新年好"和"新年快乐"。

丁未空在电话那头笑骂："你们喊声'新年快乐'都喊不齐啊？绕甲板跑五十圈去！"电话那头又传来其他笑骂声和响动，丁未空大喊，"反了你们！把我放下来！我挂了挂了——"

"嘟——嘟——"电话那头传来忙音。

于今清把手机还给陈东君，说："哥，我要高兴哭了……好像不应该这么高兴，但是我真的很高兴。"

陈东君笑着在他头上揉了揉。

因为大年初六陈东君要值班，所以他们大年初五坐飞机返回了首都。

假期过完，079出了两个通知：一个是不对外公开的，于今清心心念念的选拔名单里没有他的名字；另一个是一则公告，关于房屋分配的补充与修改方案。

公告出来的时候，姜工说要请陈东君喝酒。

那时候于今清正抑郁地窝在卧室里，陈东君把他拎起来，指挥他做一个用于任务汇报的高速飞行器简易装配 3D 模型。

这个任务没什么难度，但是比较烦琐，需要全神贯注完成，于今清在电脑面前坐了一个小时后，身上的霉气全消，又是一副如小太阳般不停请求发光发热的样子。

陈东君倒了一杯水放在于今清桌上，并给他定了每隔一小时响一次的闹钟："注意休息，我出去一趟。"

于今清头也没回，右手操作鼠标，左手从键盘上飞快地举起来挥了挥，又马上放回键盘上，说："早去早回。"

姜工把陈东君约在一个大排档里，陈东君到的时候他已经喝醉了，趴在桌上。

桌上的串几乎没有动，只有几个空酒瓶子东倒西歪地摆在那儿。陈东君坐下来，让服务员收拾了瓶子，然后说："看来你看过公告了。"

姜工撑在桌子上，抬起脑袋，眼睛是红的。

"陈工，对不起。"浓重的酒气从他嘴里喷出来，大概是来之前已经喝了很多，不止桌上几瓶。

陈东君说："对不起什么？"

"我得走了。"姜工通红的眼睛里有水光闪烁，"陈工，我得走了。"

他不停地重复着"我得走了"这四个字。

陈东君看着他，问："走到哪儿去？"

姜工也看着陈东君，然后拿起桌上的一瓶啤酒，咬开盖子。他动作太猛，甚至划破了嘴唇，但他却满不在乎，往喉咙里灌酒，等他灌了大半瓶的时候又被呛到，不停咳嗽，狼狈至极。

陈东君从他手里拿过酒瓶，说："喝酒解决不了问题。"

"我不痛快。"姜工一边咳一边说。

陈东君说："越喝越不痛快，别喝了。"

姜工脱力般塌下肩膀，头也跟着低下去。

"陈工，我得走了。有一家私企挖我……做客机座椅和内部配件的。"姜工的声音越来越低，好像连他也看不起自己，"他们效益好……说工作三年就给房子。"

"你是不是特别看不起我？"姜工抬起头看着陈东君，眼睛里的狼狈一览无余，像一只刚被斗败的野兽，遍体鳞伤下是连自己都投降了的颓败。

"没有。"陈东君说，"如果这是你的选择，我尊重。"

"你说要我跟她谈，我谈了，她特别好，特别好，没有这么好的女孩儿，真的。"姜工的眼泪从眼眶里流下来，悄无声息，"她说，工作几年，能凭一己之力在大城市买房的没有几个，那些能买的，很多都是举全家之力买的，她不觉得有什么光荣的。她有一句话说得很好，她说，脊梁这个东西，很多人一开始就自己打断了，还嘲笑挺直背的人被高处的障碍撞得头破血流。"

姜工又咬开一瓶酒，嘴唇上血液已经凝固了的伤口被扯破，又有细小的血丝从伤口里渗出来："你说，她是不是特别好？"

陈东君没说话。

姜工继续道："过年她带我去她家，她父母也特别好，没说不同意，他们也就是一般的工薪阶层。有天晚上，她已经睡了，她爸来客房，偷偷跟我说，他就一个孩子，不想要孩子吃苦，也不想要孩子伤心，愿意出钱付首付买房子，写我俩的名字。她爸特别怕我人穷气傲，还不停地跟我说，他就是想让他女儿过得轻松幸福，没别的意思。他就想要我对他女儿好。"姜工灌了几口酒，"可是……可是我要是接受了，不就成了我女朋友嘴里断了脊梁的狗吗？"

"这么好的女孩儿，"姜工扯出一个惨淡的笑，"怎么就遇上了我这么个东西？"

陈东君再次从姜工手中拿走酒瓶，还叫服务员收走了桌子旁边所有的酒。

陈东君说："现在房子已经解决了不是吗？"

姜工惨笑着，喃喃："是解决了，解决了……"

陈东君说："你不用有心理负担，没有人会怪你。"

"但是我会问自己，我是从哪儿来的，我是怎么走到这儿的，我怎么就站在这儿了？我摸着我的胸口，"姜工把手放在自己左胸上，手指几乎要掐进自己的肉里，"这里还没死。"

"陈工，我上大学的时候，我们物理课的老师是一个老太太，我每次上课都睡觉，真的，就最后一节课没睡。那节课她说，科学的尽头是哲学，哲学的尽头是信仰。我嗤之以鼻。我一直不知道信仰是个什么狗屁玩意儿，但是现在，我知道我要失去它了。"姜工的声音有些哽咽。

陈东君站起身，姜工自嘲地说："我喝多了，你听不下去了吧？"

陈东君说："你等我一会儿。"

姜工趴在桌上，等他被推起来的时候，发现面前摆了一串钥匙，一共五把，五把一模一样。他不知所措地看了一会儿那五把钥匙，又看了一会儿陈东君。

"做你想做的。"陈东君说。

"这……这是你的房子？"姜工没有碰钥匙。

"年底分的。"陈东君说，"我习惯住宿舍。"

姜工摇摇头，说："我不要。"

"你今天要是真心想走，我不留你，还会给你写推荐信。你今天要不是真心想走，我就得把你留下来。"陈东君看着姜工，眼神坦然，没有保留，"房子不是 079 分给你的，是飞行器修理中心分给你的，技术主管觉得你值。"

姜工捏紧了拳头，眼泪再次决堤。

"留在这边，还是明年跟我去发动机，你自己选。"陈东君站起身，"我回去了。"

"你别给我递辞职信，我不会签。"陈东君说完便走了。

陈东君回到家的时候，于今清还在建模，陈东君将手搭在了他的肩膀上。他回头看了看陈东君，没有说话，拉着陈东君，两人一起走到阳台上。

陈东君站在于今清身边，079 矗立在夜空下，它已经不像一只臃肿的怪兽，而像一个重获新生的老婴儿，这个老婴儿有很长的过去，但也会有更长的未来。

他们所处的这片广袤的土地，也是一样。

于今清看着前方，说："这片土地。"他又回过头看陈东君，"土地上的人。"

"如果有人问我，为什么要守护这些？我只能说为什么不？"

终 章

6 年后。

乔晞站在 079 负责保密和安全培训的李老师面前，李老师给她发了制服和安全帽："一会儿王师带你参观一下飞行器修理中心各个车间，其他中心你以后有机会再去。"

乔晞问："王师，王老师？"

李老师笑道："本科生没进过车间，你一个研究生也没进过？也没实习过？"

乔晞机灵地一眨眼，说："逗您的，我大二就来这儿实习过。"

李老师恍然大悟："是你师兄于工带过的吧？你们那届学生还给我整出一件事儿来，那拍照小子第二年又跑过来嬉皮笑脸地请我吃饭，问我陈工在哪里。不过他没见着，当时陈工跟你师兄那一群不要命的，整天把自己关在发动机那边研究叶片。你师兄还挺厉害，前几年提出一个关于发动机工艺的构想，得了奖，不过具体是什么工艺，就是他们那边需要保密的了。"

乔晞大失所望，道："我师兄去发动机那边啦？"

李老师摇头，说："他没去，现在调走了。"

乔晞忙问："调去哪儿了？"

李老师说："具体不清楚，保密的。你看新闻了吗？×代飞行器在试换国产发动机，陈工于工他们可能去那边了。还有人说，×代飞行器也要列队了，这次难度挺大，陈工他们去作训场了。"

乔晞失落地点点头，果然，师兄跑得太快了，她还是没有追上。

她恍惚想起那一天，在阳光流泻的树下，于今清被落了一身金色。她对于今清说："学长，我毕业以后想来这里，可以吗？"

于今清说："能读研的话就读研吧，再过来的话，发展机会多一点。像我这样，有点吃亏，需要加倍努力。"

她小心翼翼地说："学长，如果我过来了，我会有机会吗？"

于今清沉默了一会儿，说："如果你为我而来，不如不要来。"

她低下头，轻声问："那你是为什么而来的？"

于今清想了想，坦诚道："一开始是因为我哥，但后来……"

乔晞仿佛被鼓舞似的抬起头，有些激动地说："你是为你哥来的。你可以为他来，我为什么不能为你来？"

于今清想了一会儿，说："这块地方属于想要保护这片土地的人。就算有一天他不在了，我也会继续留在这里。"

乔晞从前以为"这块地方"指的是079，后来她才知道于今清所说的地方远比一个079要广阔。

乔晞红着眼眶说："我会来079，我会留在079。"

于今清轻轻摇头，看她的表情像在看一个还没长大的孩子。

乔晞鼓起勇气，轻轻抱了一下于今清。那甚至不是一个拥抱，她只碰到了于今清的衣服，就再也不敢多用一分力，仿佛那样就亵渎了她的所有仰慕。

"等我。"她低着头说。

说完，她不敢等于今清的反应，转身就走。

于今清两步追上她，说："我不会等你，但是这个国家会等你。"

乔晞看着他的脸，渐渐露出一个笑，眼眶发热，他的脸在她的视线里变得模糊。

"小姑娘怎么哭了？"李老师给乔晞扯了两张餐巾纸，"×代飞行器列队是很值得自豪，可你也别激动成这样啊！这几年也真是的，来的小姑娘小伙子一个比一个疯。"

乔晞泪里带笑，说："是很自豪，可能有一天，我也能去作训场，跟载能飞行器一起乘风破浪。"

南部某海域。

"QZ"号大型水上作训场。

"这次来的都是国内媒体，不会乱问问题。"已经穿好正装的陈东君帮于今清整理领带。

8月的海上异常炎热，于今清几乎要被扣到顶端一粒扣子的衬衣和系得一丝不苟的领带勒死。

陈东君注意到于今清的右手在抖，安慰他："别想了。"

于今清用左手抓住右手手臂，手是没有抖了，声音却颤抖起来："要是他们问我试飞死了多少人怎么办？"

"我说了，外国记者不会被允许来这儿的，这次只有国内媒体。"陈东君握住于今清的双肩，直视他的双眼，"你不要自责了，那不是任何人的错。"

于今清深吸一口气，说："哥，我不想去。"

他打开一个抽屉，从一堆文件的最底下摸出一部旧手机，手抖着按了开机键，屏幕却一片黑暗。

"怎么会？"于今清慌乱地捧着手机，不知如何是好。

陈东君的心狠狠地疼了一下，说："只是没电了。"他从于今清手里拿过手机，插上充电器，许久之后手机屏幕亮了起来。

像被屏幕照亮了，于今清的眼睛里终于有了一点儿光，他点开相册，找到唯一的一段视频。

视频里有一座高耸入云的山，山前的草原上坐着一个穿制服的男人，他用手指轻抚着一把琴，就像在抚慰自己的老友。

沧桑深沉的歌声从手机播放器里传出来。

"哎——
跨鹤高飞意壮哉，
云霄一羽雪皑皑。
此行莫恨天涯远，
咫尺之间归去来。"

于今清发疯一般抓着陈东君，热泪滚滚而下："跨鹤高飞意壮哉，云霄一羽雪皑皑。此行莫恨天涯远，咫尺之间归去来。他怎么唱？他怎么唱的？他根本没有回来！他根本没有回来！"

陈东君的眼眶被泪水溢满，他抓着于今清，低声道："别说了。"

于今清崩溃一般解开自己的领带，丢在地上，说："我不去！"

"哥。"于今清慌乱得像一个找不到父母的小孩，"我要离开，我要离开这里！我做不到！我看着他坐在被我装上零件的飞行器上，就这么没了！我就站在起降轨道旁边等他！"

"事故原因还在调查。"陈东君的声音压抑，"冷静下来。"

"我要走，哥，我要走！一靠岸我就要离开这里！只要我还站在作训场上，就会看着他们去死，他们不是新闻里一闪而过的脸，我不能换台，我只能站在起降轨道上等他们回来！"于今清狠狠地推开陈东君，"我要走，我要走！"

"啪！"陈东君给了于今清一耳光。

于今清呆立在原地，眼泪悄无声息地掉在地上。

"你当他们都是白死的吗？你积累了多少代人的经验和技术，今天说走就走，换了新人过来，这些全部重来一遍？你离开这里回家，坐在电视前面，看见又死了一批人，就可以心安理得地拿着遥控器换台了？"陈东君呵斥道，"于今清，你想都别想！

我们已经背上了这宗'罪'，它被刻在我们的每一节脊椎里面，至死方休！"

炎热的作训场上，于今清不停发抖。

视频还在一遍又一遍地循环播放，沧桑低沉的声音像从远方传来。

陈东君把手放在于今清肩上，轻轻拍抚："只有最坚韧的人才能留下来，生比死更沉重。"

生，从来就比死更沉重。

"你要站在轨道旁等他们，等不到的，你就带着他们的那份责任活下去。"陈东君从地上捡起于今清的领带，仔细擦拭干净，重新为于今清系上。

"如果有记者问你，试飞死了多少人……"陈东君顿了顿，说，"你就告诉那个记者，他们每个人的名字。"

陈东君系好领带，替于今清整理好领口，拍了拍他的头，说道："走吧。"

陈东君和于今清走进了会议室。

会议室里，已经坐着两名驾驶员及所有记者，陈东君和于今清坐下后不久，作训总长、作训基地负责人、总指挥等几位领导也进入了会议室。

负责人温和道："开始吧。"

先由作训总长与总指挥讲话，然后进入记者自由提问环节，按照事先的演练，所有飞行操作问题交由驾驶员回答，技术问题交由陈东君与于今清回答。

一个记者问："现在 × 代飞行器上配备的发动机是本国制造的吗？"

陈东君说："部分是的。"

记者又问："是自主研发制造，还是获得国外产品制造资格后仿造的呢？如果是仿造，请问来自哪个国家？"

陈东君说："自主研发。"

记者问："为什么不全部换上国产发动机？"

陈东君说："需要时间。"

记者问："请问在一个月前出现的试飞事故中，牺牲驾驶员驾驶的飞行器上，配备的是国产的发动机吗？"

陈东君没有回答。

记者重复了一遍："我的问题是，牺牲驾驶员驾驶的飞行器上，配备的是国产的发动机吗？"

陈东君的余光看见于今清的手在抖，他扶着话筒道："在事故原因调查结果公开前，我们不对此进行回答。"

那名记者不太情愿地坐下了，换上了别的记者提问，问驾驶员在起降时如何适应不同海况的问题。

后来又有记者问了一些技术问题，但是并不刁钻。

当采访快要结束的时候，一名年轻记者举起了手，问："请问你们在研发与制造的时候，有想过自己制造的是杀人武器吗？"

作训总长与负责人等几个领导都皱了皱眉。

记者微笑说："我并无恶意，只是想了解技术人员的心路。"

于今清扯出一个笑，手指紧紧捏着话筒，说："任何一个受过教育的人都应该知道，杀人的是人，不是武器。"

记者面色一变。

"我并无恶意，只是想知道，您可以平安在这里提问的保障是什么？"于今清面无表情地说。

记者说："当然是民主、自由与平等。"

"如果是民主，那么作训场上所有的爱国者都会投票将您扔到海里；如果是自由，那么我将第一个冲过去将您扔到海里；如果是平等，牺牲的驾驶员会要求您跟他们一起沉在海底。"于今清字字铿锵。

记者愤怒地说："您在曲解我的语义！"

于今清站起来，用手撑着桌子。

"所有人都有说话的权利。"于今清缓缓地说，"可是您今天是站在'QZ'号上。"

"黎国动乱时，成千上万的人死去。在动乱爆发前，那里有数万国人，可是在动乱爆发后，却没有一个同胞被遗留在危险中。"

记者打断他："这与我们讨论的问题无关！"

于今清却没有理他，说："那一次，我们动用了我们所有能动用的方式和手段。会有一天，'QZ'也会去做同样的事。"他轻轻地把手放在陈东君的肩膀上。

"同一个时代，一个国家，正处于硝烟之中；而另一个国家，各方面经济都在高速发展。您认为，是什么东西支撑了它们，守卫了它们？"

于今清的声音很低，低得像在对自己说话。

"如果没有基础制造业与国防科技，也就是您所说的，'杀人武器'的支撑，这个繁荣的时代将变成一堆华美的泡沫。"

于今清盯着那名记者，脑海里浮现出一张笑脸。

"我信你。"丁未空笑着说。

起飞之前，他已经升职，是队里举足轻重的人物了。

于今清站在起降轨道上，捏紧了拳头，说："要不，要不……"

他拍了拍于今清的肩膀，说："你对我有点儿信心行不行，谁能比你空哥牛？你空哥将来可是要驾驶飞行器小时数破万，留名青史的！"

"我在这里等你，你不回来我不走。"于今清看着他说。

丁未空哈哈大笑，说："别，你哥会打我。"

于今清低头笑了一下，说："他打不过你。"

丁未空走向驾驶舱，上去之前，他转过身，在蓝天下，向于今清缓缓抬起手。看到他如此庄严而郑重的模样，让于今清也忍不住抬起手。

虽然他和丁未空工作内容不同，但他们却在做同样的事。

于今清撑在桌子上的手渐渐收紧，他的每一寸肌肉都绷紧了。他的目光扫过台下的一张张脸，最后落在那名提问的记者脸上。

"为什么今天你可以躺在这堆柔软的泡沫上，指责你的国家？"于今清的声音由压抑变得激昂，"那是因为有另一群人，用一生跪在钢筋水泥里，撑起了这块土地，让你有国可骂。"

全场寂静无声，没有人再提问。

过了一会儿，负责人慢慢地对呆立在原地的记者说："这位记者，你坐下吧。"

那名记者脸上青一阵白一阵，坐下了。

负责人扫视了全场一圈，然后说："没有要提问的了？那最后大家一起合个影吧。"

采访最后在快门声中结束。

于今清没有说太多话，却异常疲惫。等所有记者都走了，陈东君扶着于今清站起来，准备往外走，总指挥叹了一口气，对他们说："调查结果出来了。"

于今清几乎站不住，说："找到他的……遗骸了吗？"

总指挥沉声道："嗯。碎成了很多块，拼不成……"这位年过半百的老人一下子哽咽了，"拼不成一个完整的……所以最后决定火化。"

于今清崩溃地大哭起来，陈东君扶着他，可是自己也要站不稳，只能一只手扶着他，一只手撑着墙壁。

"飞行记录仪和驾驶舱通话记录器都保存完好。"总指挥说，"是控制系统出了问题，不是发动机。"

于今清丝毫没有觉得好受一点，如果原因不出在他身上，那就意味着他连解决的办法都没有。

"完整的调查结果已经整理出来了，你们可以去我那里看。"总指挥说。

于今清僵立在原地许久，突然哑声问："驾驶舱有通话记录器，他最后有说什么话吗？"

"有，他最后尝试联系'QZ'号，但是失败了。其实有跳伞的机会，但是飞行器很可能会坠毁在其他小型作训场甚至带着装备的补给中心里，所以他没有跳。"总指挥摇了摇头，说完所有的话，他像突然老了许多岁，身躯甚至有些佝偻起来。

总指挥颤颤巍巍地走出会议室，走到门边的时候，突然像想起了什么，回过头，对陈东君和于今清说："他有什么关系非常好的队友吗？"

二人一怔。

"他最后好像还说了一句话，但当时很可能意识模糊了。他说'很荣幸跟你做一世队友，海底见'。"

陈东君和于今清在会议室里站了很久，陈东君说："回去吧。"

于今清说："出去看看。"

两人走到开阔处，咸腥的海风刮在脸上，有如刀割。

夕阳正在远方的海平线上，将坠未坠，玫瑰色的晚霞包裹着夕阳，映在蔚蓝的海面上。

夕阳一如往日，海水一如往日。

于今清看着远方，慢慢地念着："跨鹤高飞意壮哉，云霄一羽雪皑皑。此行莫恨天涯远，咫尺之间归去来——"

"哥，他不是不回来，他是回去了。"于今清说。

陈东君无言地站在于今清身旁，脸上被晚霞映出一丝浅浅的怀念。

他们久久伫立。

待到夕阳全部沉下去，于今清说："哥，我好累。"

陈东君说："回去睡一觉吧，等睡醒就好了。"

他们回到室内，于今清躺在床上，陈东君坐在床边。

"我看你睡着。"陈东君给于今清披了披毯子。

于今清闭上眼，睫毛一直颤抖着。

他毫无办法，任由所有画面和声音充斥他的脑袋，最终沉沉睡去。

睡梦中，他穿上了一条雪白的公主裙。他朝左右看了看，发现身边站着一群小孩子，吵着要玩救公主的游戏。

于今清不明所以地看着他们。

小孩子中最高最神气的小男孩眼睛一亮，说："以前玩了那么多次救公主，没意思，这回我们玩'找公主'怎么样？"

"怎么找？怎么找？"小孩们跃跃欲试。

个子最高的小男孩对于今清说："我给你两分钟，躲起来。"

他又看了看手腕上的电子表，对其余小孩子说："两分钟以后我们去找他，谁先找到，谁赢。"他用电子表定了个时，"都不许看公主。"

所有小孩都捂住眼睛，于今清拎起裙子拔腿就跑。他也不知道为什么要跑，好像本来就该这样。

于今清一路疯跑，跑到了家属院的外面，他沿着马路走，突然看见一条小巷子，很窄，差不多两个人并肩站着那么宽，他不知为什么，就跑到那条小巷子里去了。

他跑进去以后，发现那条小巷子里没什么可以藏身的地方，就是一个死胡同。

他在地上蹲了一会儿，有点儿想出去，但是突然看到大马路上一队小孩正从前面跑过去，怕被抓到，于是又向墙边缩了缩，没敢出去。

过了半天，也没人进到巷子里来，他蹲在地上脚都蹲麻了，又不敢坐到地上，怕坐脏了裙子。

等着等着都傍晚了，他实在蹲不住，一屁股坐到地上。他又等了半天，天都渐渐黑下来了。

他有点害怕，站了起来。

突然，一个身影出现在巷子口，在最后残余的晚霞下，像一个踏云而来的英雄。

于今清突然想起来，这个长得特别高的"痞子"，名字叫陈东君。

他手上拿着一把木剑，居高临下地对于今清说："我找到你了。"

他伸出手，说："跟我走吧。"

于今清拍拍裙子上的灰尘，向陈东君伸出手。

陈东君一只手执着剑，一只手牵着于今清，将他带出那条狭窄黑暗的小巷。一辆灰色的面包车从小巷前经过，不知要开往何方。

陈东君牵着于今清，两人朝光来之处走去，黑暗渐渐落在身后。

尾 声

海岛之月

"哥，小心胃。"于今清拿下陈东君手上的酒杯。

庆功宴已经快结束了。

前段时间，所有载能×代飞行器已经全部完成了国产发动机换装，并成功试飞。

虽然离正式列队还有一段距离，但这已经意味着，从发动机到螺丝钉，载能×代飞行器已经完完全全实现国产。

此时"QZ"号正停在南部某海域一座不知名的海岛边。

"出去走走吗？"于今清把酒杯放在桌上。

"嗯。"陈东君应了一声，低头看着于今清说，"你好像瘦了点。"

于今清伸了个懒腰，说："不过明天就放假了啊。"

两人去报备了一下，就离开作训场上岛。

海岛上。

海风吹过，海浪拍岸，鞋子踩着沙子，咸湿的海风吹过热带植物的叶子，发出"沙沙"的声响。

变色龙隐在棕灰色的树干上，寄居蟹从于今清脚边爬过，两人一路从码头走到了岛的另一边。

一轮明月出现在天的尽头，像永不灭的灯塔。

他们都已经三十多岁了。

虽然他们都已经三十多岁了，但于彼此而言，仍是当初共乘一辆自行车，一同穿过街道、路灯、梧桐和万家灯火的少年。

于今清坐在沙滩上，看着远处的明月。海岛之月，那是光来之处。

于今清突然想起了西海湖的日出。

"哥……离空哥走，已经快五年了。"他说。

几年来，他想丁未空的时候越来越少，但是这一天，他觉得他欠丁未空一杯庆功酒。

"嗯。"陈东君把手放在于今清的后脑勺上。

于今清说："哥，等我。"他说完就朝码头跑去。

陈东君看见，于今清再跑回来的时候手上拿着一瓶酒。

他一步一步走到海边，将一整瓶酒都倒进了海水里。

"哥，我读本科的时候，特别流行玩接诗，就是续写'我有一壶酒，足以慰风尘'这句。"于今清回头，看着陈东君说。

陈东君没有说话，只慢慢走到于今清身边。

于今清看着海面说："当时我接不出什么好诗，今天却突然想到了。"

"我有一壶酒，

足以慰风尘。

尽倾江海里，

愿可祭英魂。"

番 外 一

南卡啊，天空

67%——

丁未空叼着烟，站在操场边。阳光洒在他身上，将手臂上的肌肉轮廓映得分明。

"喂，南卡是什么意思？"他踢了一脚身边人的靴子。

南卡转过头，看着丁未空的侧脸，刀削斧凿，连粗糙的皮肤也带上了特殊的味道，像不小心跌入长河的一座石雕，经浪淘洗。

他从丁未空嘴里抽出那半根香烟，吸了一口，说："南卡啊？天空的意思。"

52%——

丁未空脱了靴子，甩到一边，靴子口歪着，倒出一地的水。他脱了已经湿透的作训服上衣，拎着毛巾往浴室走。

"哎，明天放假。"一道声音从丁未空背后传来。

"你想干吗？"丁未空回过头，南卡正坐在床上看着他，看到他转身，故意对着他的腹肌吹了声口哨。

"上次说了，带你去吃正宗风干牛肉。"南卡边说边一个翻身闪到丁未空面前，捏了一把他的斜腹肌，"啧啧，这块儿练得比我好。"

"我一身汗。"丁未空侧身避开。

288

"我又不嫌你脏。"南卡收回手。

"你行了啊。"丁未空语带笑意。

"你怎么练的啊？"南卡不服气。

"我教你？"丁未空故意说。

果然，南卡眼睛放光，说："行啊。"

丁未空低笑一声，南卡趁机又在丁未空斜的腹肌上捏了一把，说："什么时候教？别光说不练啊你。"

丁未空看着南卡说："那你先告诉我上次你教我唱的是什么。"

南卡得意道："哈哈，你求我啊！"

"你不告诉我是吧？"丁未空低笑。

南卡一脸防备，跳开两步，说："你别想用武力制服我啊！我可不让你啊！"

丁未空向前一步，南卡反射性地摆出了防御的姿势，而丁未空只是弯下身拿起了靠在墙边的琴。

他坐在床上，轻轻拨弄了两下，一段前奏响了起来。

他一边唱一边看着站在床前的人："心头影事幻重重，化作佳人绝代容。"

丁未空才唱第一句，南卡就惊讶地趴到床边，问："你会唱汉语了？你跟谁学的？"

丁未空却没回答他，只是低头一边弹琴一边唱："恰似东山山上月，轻轻跨过最高峰。哎——跨鹤高飞意壮哉，云霄一羽雪皑皑。莫恨此行天涯远，咫尺之间归去来。"

"哎，你什么时候——"南卡失声。

丁未空听见声音，视线从琴弦转到南卡脸上。

"我先去洗澡。"南卡拿起毛巾就要走。

丁未空低头笑了一下，立马放下琴，揽上南卡的肩，说："哎，我正好也要去，一起呗。"

南卡把丁未空的手臂甩开，蹦出三米远，差点把头磕到柜子上。他朝丁未空说："你先去。"

丁未空退开半步，嘴角勾起来，光着的脚在南卡小腿侧面踢了一下，说："走，赶紧的。"

南卡迟疑着跟上丁未空。

丁未空回过头，笑出一口小白牙："哎，你怕什么啊？"

"谁怕了啊？"南卡说。

丁未空伸长了手臂，勾着南卡的脖子，说："那你就快给我过来！"

39%——

吉普车路过了一片五彩旗。

"那是什么啊？"丁未空随口问。

"五彩旗，我们这儿的特色。下车看看？"南卡说。

"行啊。"丁未空说。

他们走过去，丁未空拿起一面旗帜问道："这上面说的什么啊？"

南卡看了一眼，回答："这上面写的，可以翻译为'妙哉莲花生'。"

"'妙哉莲花生'？莲花生有什么可妙的。"丁未空笑起来。

"哎，丁未空，你少开口胡诌。"南卡也笑起来，"观音就是持有珍宝莲花者，所以整句应该翻译为'向持有珍宝莲花的圣者敬礼祈请，摧破烦恼'。"

"行行行。"丁未空夸张地朝南卡鞠了个躬，"我向你敬礼祈请，摧破烦恼。你带我吃肉去。"

两人上了吉普车，往南卡家开去。南卡坐在副驾驶座上，转头盯着丁未空。

丁未空转头朝他笑道："怎么了？"

"我觉得你有点儿不正常。"南卡说。

"哪儿不正常了？"丁未空嗤笑一声。

"我也不知道。"南卡的眉头微微隆起。

"哼，叽叽歪歪的。"丁未空觉得好笑。

两人开车到南卡家，南卡说："让你见识见识什么是美味。"

丁未空说："行啊。哎，一会儿见到你爸妈，我怎么叫他们啊？"

南卡说："还能怎么叫？"

"就当地的话怎么喊叔叔阿姨呗。"丁未空笑起来。

南卡怎么看怎么觉得丁未空笑得坏，他故意教丁未空说："叔叔就是'阿爸啦'，阿姨就是'阿妈啦'。"

丁未空一边向前走一边跟着念："阿爸啦，阿妈啦……行，我学会了。"

南卡在丁未空身后暗笑。

丁未空拉开门，大娘正在屋子里，一看到两人，她就用当地的话问南卡这是谁，是不是他的队友。

丁未空自来熟地喊："阿妈啦。"

南卡大笑，大娘也笑起来。大娘对南卡说了几句当地的话，然后转身继续去准备饭食。

南卡说："那个，'阿妈啦'是妈的意思。"

"哦。"丁未空点点头。

等大娘再进来的时候，丁未空又喊："阿妈啦。"

大娘一边笑着摇头，一边把风干牛肉、新鲜的炒牛肉都摆上桌。

南卡看了丁未空一眼，说："你还乱叫。"

"你又没教我别的。"丁未空笑嘻嘻地说。

南卡赶紧说："我现在教……"

"我记不住了。"丁未空状似可惜地摇摇头，"以后都只能叫'阿妈啦'了，没办法。"

"骗谁啊！"南卡说。

丁未空又朝着大娘叫了一声："阿妈啦。"

语落，他和南卡两人都突然笑了起来。

20%——

"喂，你的衣服没穿！"南卡从吉普车里拿出大衣，扔到丁未空头上，"冻死你。"

丁未空接了衣服，披上，继续往前走。南卡从他身后跳到他背上，说："来来来，背我。"

丁未空调整了一下姿势，声音里都是笑意："你吃什么了重成这样？"

"跟你吃的一样啊。"南卡揪丁未空的头发，"是你劲儿变小了吧？说，你是不是训练偷懒了？"

丁未空走到湖边，把人扔到地上，说："那是你。"

"哎哟，痛死了。"南卡的声音听起来特别委屈，"你下手都没个轻重的吗？"

丁未空一边在黑暗中无声地笑，一边伸出手去拉地上的人。

伴随着一声坏笑，丁未空被摔到地上，全身几处主要关节立马被锁死。

"你果然训练偷懒了。"南卡的声音听起来很得意。

丁未空没有说话，只有呼吸声。

南卡立马担心起来，去摸丁未空的后脑勺，问："你怎么了？撞到头了？"

丁未空一个擒拿把南卡制住，南卡气急败坏地大喊："丁未空，你小子也学坏了！"

丁未空的声音里带着笑意："现学现卖。"

"你放开我，快放开，你看就要日出了，一会儿就错过了。"

292

南卡被压制着喊。

丁未空把人押到一块大石头边，按着坐下，手却还锁着他的肩膀和手臂的关节，一点儿也没放松："就这么看吧。"

"你居然让我被押着看日出，你是不是人啊？"南卡不满地喊。

"我也很无奈。"丁未空声音里的笑意一点儿也藏不住。

日出壮美得犹如一个全新生命的诞生。在那幅鬼斧神工的画卷下，丁未空放松了手臂，与南卡并肩坐着。

那轮朝阳完全升起的时候，整个世界的外衣好像都被揭开了，露出最本质、最自然、最纯洁的一面。

丁未空听到南卡说了句什么，缓缓转过头，正好瞧见南卡俊朗的脸上映着微红，那是朝霞中最温柔的一抹颜色。

一群海鸟飞过，卷起一阵风。

11%——

锡国。

进景点前，南卡弯下腰，从路边的一位锡国老人那儿买了一盏蓝莲花，丁未空也买了一盏。

景点里人山人海，人群移动缓慢，他们走了很久，才走到人气最盛处。

南卡手捧一盏蓝莲花，对着丁未空说："愿摧破一切烦恼……"

"愿你一世无忧。"丁未空马上接道。

他也捧着一盏蓝莲花，郑重地看着南卡的眼睛。

10%——

南部某海域，一座不知名的海岛上。

南卡面朝阳光走去，当他快要走到高速飞行器旁边的时候，突然转过身，在一片逆光中，缓缓朝丁未空这边抬起了手。

丁未空比了一个"原地等候"的手势，大步朝南卡走过去。

"怎么了？"南卡看着面前的丁未空说。

丁未空的背影挡住了所有人的视线，他再次替南卡整理好头盔，抚平对方制服上的细小褶皱。

"南卡。"丁未空低声喊他的名字，"南卡，你听我说。我丁未空，以做过你的队友为荣。"

"丁未空，你……"南卡看着丁未空的眼睛。

丁未空将手重重放在南卡的肩上，说："我丁未空，以做过你的知己为荣。"

丁未空退开两步，缓缓抬起手。

南卡也再次抬起手，说："丁未空，我南卡，也以做过你的队友与知己为荣。"

一样的斧凿眉目，一样的郑重深沉，一样的惺惺相惜。

一阵阵剧痛传来，眼前一片血红，丁未空的意识早已不清楚了。

"目前跳伞存活率已不足 10%——"机舱内传来不知道第几遍机械的声音。

在一片血色中，他看见了一架高速飞行器，一把琴，一汪蓝色的湖水，一座巍峨的高山。

他仿佛听见了熟悉的歌声。

在一片血色中，他看见了一盏蓝莲花，一个笑容，一张映着朝霞的微红的脸，是那天朝霞中最温柔的一抹颜色。

那是他见过的最美的日出。

他仿佛听见有人在他耳边说："南卡啊？天空的意思。"

丁未空闭上了眼睛。

"很荣幸跟你做一世队友，海底见。"

番 外 二

飞行器模型

那是有一年临近放高温假的时候，丁未空从首都打来电话，叫于今清和陈东君过去喝酒。

于今清接电话的时候正在食堂打饭，他跟窗口的阿姨嘱咐完"我哥的那份要小米粥"，才笑着对电话那头喊："空哥。"

丁未空闻声说："得，我还说请你们来喝酒，就你哥那胃，还是算了吧。"

于今清笑着说："其实他最近养得还行，挺注意的。"

"那你们来不来？一句话。"丁未空的笑声很爽朗，"话说在前头，我可难得有几天假啊，机会只此一次，逾期不候。"

"什么机会？喝酒的机会？"于今清拎起两盒打好的饭菜，边打电话边往试飞站走，"酒这个东西嘛，也不是一定要喝……"

"哎。"丁未空说，"你真不来啊？"

"我的话还没说完哪。"于今清笑得特别欠揍，"酒可以不喝，人不能不见嘛。"

"你小子这张嘴，"丁未空笑骂，"什么时候学得跟你哥似的了？"他骂完又问，"那你能做得了你哥的主吗？"

"能啊，怎么不能？"于今清站在试飞站的一头，遥遥望着另一头正在帮助飞行器试飞的陈东君，"他也该休个假了。"

陈东君已经很久没休过假，去年更是过年都没回去过，这次试飞完，总算可以休息一段时间了。

挂了电话，于今清朝陈东君走。

天边的太阳又圆又大，飞行器在那轮落日前留下一道深色的剪影。

姜工站在陈东君身侧，看着飞行器飞远，准备解裤子就近"放个水"。陈东君瞥见了，踢他一脚："干什么？干什么？真拿这儿当厕所了是吧？"

试飞站太大，洗手间离得远，去一趟得花上半个小时，不少人嫌一来一回耽误事，就在草地上就近解决，反正都是一些糙老爷们，凑在一块儿不讲究。不过现在基地里的女同志越来越多，再这么干就有点儿影响不好了。

"怎么了？这儿不就我俩吗？"姜工边把裤链拉好边往四周看，这一看，刚好看见十几米外的于今清，"哟，我说呢，今天陈工怎么这么讲文明讲礼貌，原来是弟弟来了。"

"姜工也在啊，早知道我多打一份饭了。"于今清走上前来，"哥，你怎么也不说一声？"

"他用不着你打饭。"陈东君嗤笑道，"他有人心疼。"说罢，又转头跟姜工说，"你先撤吧，我在这儿就行了。"

姜工转头望了一眼天边，说："人还没回来呢。"

"等你去趟洗手间再回来，人家试飞员都下班了。"陈东君看了眼腕表，"你直接撤吧。"

姜工点点头，可没敢直接走，反而搓了搓手，说："陈工，你说你好不容易有一天不压榨人，我怎么还有点儿不适应了呢？"

"少贫，快滚。"陈东君笑着骂了一句，等姜工转身走了几步，又把人叫住，"哎，有个事儿，前两天铸造那边有一批废料，你去帮我说一声，让他们给我留着。"

"什么废料？"姜工想了想，"哦，那批剩下的铝合金啊？"

"对。"陈东君交代，"给我留着，不用处理了，算我跟基地买的。"

"行，你放心。"姜工应完，走了，留下于今清在原地。他好奇地问："哥，你要铝合金干吗？"

"钟关白一早给我打了个电话，叫我放高温假去他那儿，看望孤儿院的小孩。"陈东君说，"看小孩总不能空着手去吧？买玩具还不如自己铸点儿飞行器模型带过去。"

"模型？"于今清眼睛一亮，"我也想要。"

陈东君看着他笑道："于今清小朋友，今年你几岁啊？还跟小孩抢模型。"

"那我不管，小时候可没人给我做飞行器模型。"于今清说着，整个人挂到陈东君背上，近距离威胁，"你给不给我做？"

于今清说要做，那就肯定要做。陈东君投降："给给给……"

等试飞员完成试飞，两人回到宿舍区，找了一块草地，坐下来吃晚饭，一边吃一边讨论模型的外观。

饭吃完，模型的外观也讨论得差不多了，于今清想起丁未空刚打来的电话，说："对了，空哥叫我们放假过去喝酒，他正好也在首都。"

陈东君说："行啊，到时候我左手提两壶酒，右手提一袋飞行器模型，两边不耽搁。"

到了出发的那一天，他们俩各拎了一个大行李箱，真正的行李没多少，两个箱子满满都是模型。过安检的时候，工作人员还以为他们俩是卖模型的。

丁未空去机场接他们，一看见那俩行李箱就调侃："你们这是打算过来安家了，是吧？"

"那可不，"陈东君跟着开玩笑，"一点儿身家全在这儿了。"

"你真把全副身家带来了？"丁未空打开车子后备厢，拎起一个箱子放进去，"里面装的什么宝贝啊？还挺沉。"

"之后你就知道了。"于今清神神秘秘地说，"我跟我哥造了三天。"

丁未空放好箱子，从后备厢里拿出两瓶水，扔给陈东君和于今清，问："造什么？宇宙？"

于今清刚喝了一口水，差点喷出来："你够了。"

三人上了车，于今清在手机上找他订的宾馆的具体位置："我看看怎么走。"

"什么怎么走？"丁未空边开车边说，"都到我这儿了，你不会还打算住酒店吧？"

于今清被搞得有点不好意思，说："空哥，我也不是跟你客气，就是怕人多打扰叔叔阿姨。"

"我妈连屋子都收拾好了，就等着你们去。"丁未空从后视镜看了一眼于今清，"你们要是住外边，那可就真伤人家心了啊。"

于今清可担不起这个罪名，说："我马上把宾馆退了。"

车行驶了一个多小时，穿过无数古迹与繁华，停在一座四合院前。院内有一棵高大的杏树，枝叶如云如盖，小半伸出墙来，在门前的马路上遮出一片阴凉。

正是最后的果期，熟透的杏缀在枝头，伸手就可以摘到。于今清仰头看了看，揶揄说："空哥，你这家底，土财主啊。"

"这就土财主了？里面还有两棵桃树，我小时候种的。"丁未空摘了两颗杏，给于今清和陈东君一人扔了一颗，"走，进去。"

"我们就这么空着手进去？"于今清指挥陈东君，说，"哥，你去超市买点儿水果吧。"

"少来。"丁未空长臂一展，一只手揽着一个人，把两人推进门，"树上挂的都吃不完了，还买。"

正是吃午饭的时候，丁爸爸做了一桌好菜，丁妈妈说树下凉快，去院子里吃，于今清他们便帮忙把桌子搬到桃树下，端菜盛饭。

丁爸爸健谈，他们没喝酒，一顿饭就以故事佐菜肴，也聊得尽兴。饭后，丁爸爸丁妈妈要午睡，剩下于今清他们在院子里。

"我好久没这么休息过了。"于今清靠在椅背上，伸了个懒腰，"这个假要是能一直放下去就好了。"

陈东君笑着说："真一直放下去你就不这么想了。"

"也是，都是衬托出来的。"于今清把手枕到脑后，别过头看丁未空，"空哥，下午有什么活动？"

丁未空笑问："你想要什么活动？"

他这一问，于今清就开始掰着手指头数景点。其实那些地方他在大学时都去过了，不过这次是跟他哥一起，到底不一样。

他正数着，一阵风刮过，头顶的枝叶跟着摇曳起来，几个熟透的桃子掉下来，丁未空眼明手快，一下接住了两个。

云动得很快，天渐渐阴了。于今清说："这天说变就变啊？不会要下雨了吧？"

"像是要下。"丁未空话音未落，忽而一道闪电在天边闪过，接着轰隆一声，打雷了。

于今清抄起桌上的盘碟碗筷就往屋里跑，陈东君和丁未空在后面搬桌椅，搬完又开始抢救那些落在地上的桃和杏，总算赶在雨落下来前把东西都收进了屋。

三个人都出了一身汗，他们站在台阶上，对着雨幕喝茶。

雨打枝叶，雷声阵阵，凉风吹散了暑气，倒比方才艳阳天时更像在放假了。

于今清说："以前我怎么没觉得下雨这么好呢？"

陈东君说："下这么大雨，你刚才说的那些地方，只怕一时半会儿去不成了。"

"就在这儿看雨也挺好的。"于今清想起什么，跑回房中，从箱子里拿了两个飞行器模型出来，"噔噔噔——"

两架精巧的飞行器出现在丁未空眼前，他拿起其中一架看了看，笑着说："这就是你们花了三天造的宝贝？"

"对啊，厉害吧？"于今清拿着飞行器模拟飞行，从东边跑到西边，像小孩似的。

陈东君就看着他笑，丁未空也笑："比造了个真的还高兴。"

"这个还能挂起来。"于今清跑到丁未空面前，"你看，上面打了孔。"说着，他指了指屋檐，"要是在这儿挂上一排，那就是一个飞行器战队啊，多帅。"

"这就帅了？"陈东君觉得好笑，问，"你忘了你空哥是干什么的了？"

"别听他的。"丁未空朝不远处一间房间的门口抬了抬下巴，"就挂我房门口，想挂多少挂多少。"

"真的？"于今清一听，转身就要去拿够一个战队的飞行器。

陈东君把他揪住，说："你们一个两个的，都跟小孩抢模型？"

于今清终于想起这些模型是要送人的了，说："那我就再拿一个，我们一人一个。"

说罢，他跑回房中再拿了一个模型出来，把三架飞行器排成一行，挂在了门口的屋檐上。

"对了。"丁未空想起什么，跑进房中，翻出几个小兵来，那是他儿时的玩具，每个小兵不过寸许高，刚好可以塞进飞行器里。

于今清看着那些小人，一个一个地认："这个像我哥，这个像我，后面的那个像空哥……"

丁未空边听着于今清的话笑，边把手中的小兵挨个放进飞行器里，可笑着笑着便有些出神了。

三个小兵放完，他手心里还剩下一个小兵，没有飞行器可乘。

不过出神也只是片刻，片刻后，他轻轻把手心里的小兵放在了窗台上，远远看去，就像那个小兵坐在远处看着天上的飞行器。

301

风吹过来，屋檐下的三架飞行器摇摇晃晃，高高低低，像在风雨中穿梭飞行。

于今清半是开玩笑半是认真地抬起手，说："致敬。"

陈东君和丁未空也配合地抬起手，说："致敬。"

图书在版编目（CIP）数据

过人间 / 公子优著 .
— 武汉 ：长江出版社 ,2021.12
ISBN 978-7-5492-8085-8

Ⅰ . ①过… Ⅱ . ①公… Ⅲ . ①长篇小说—中国—当代 Ⅳ . ① I247.5

中国版本图书馆 CIP 数据核字 (2021) 第 244300 号

过人间　公子优　著
GUO RENJIAN

出　　版	长江出版社	
	（武汉市解放大道 1863 号）	
选题策划	阿　朱　靳　丽	
市场发行	长江出版社发行部	
网　　址	http://www.cjpress.com.cn	
责任编辑	陈　辉	
封面设计	马冬梅　齐晓婷	
印　　刷	湖南天闻新华印务有限公司	
版　　次	2021 年 12 月第 1 版	
印　　次	2022 年 3 月第 1 次印刷	
开　　本	880mm×1230mm　1/32	
印　　张	9.75	
字　　数	230 千字	
书　　号	ISBN 978-7-5492-8085-8	
定　　价	54.80 元	

电话：027-82926557（总编室）　027-82926806（市场营销部）